Hermann Weinhauer

Imperium Germanicum – Alternativweltgeschichte Zweiter Weltkrieg Band 3

Schlacht ums Mittelmeer

EK-2 Militär

Verpassen Sie keine Neuerscheinung mehr!

Tragen Sie sich in den Newsletter von *EK-2 Militär* ein, um über aktuelle Angebote und Neuerscheinungen informiert zu werden und an exklusiven Leser-Aktionen teilzunehmen.

Link zum Newsletter:

https://ek2-publishing.aweb.page

Über unsere Homepage:

www.ek2-publishing.com

Klick auf *Newsletter*

Via Google: *EK-2 Verlag*

Als besonderes Dankeschön erhalten Sie **kostenlos** das E-Book »Die Weltenkrieg Saga« von Tom Zola.

Deutsche Panzertechnik trifft außerirdischen Zorn in diesem fesselnden Action-Spektakel!

Ihre Zufriedenheit ist unser Ziel!

Liebe Leser, liebe Leserinnen,

zunächst möchten wir uns herzlich bei Ihnen dafür bedanken, dass Sie dieses Buch erworben haben. Wir sind ein kleines Familienunternehmen aus Duisburg und freuen uns riesig über jeden einzelnen Verkauf!

Mit unserem Label *EK-2 Militär* möchten wir militärische und militärgeschichtliche Themen sichtbarer machen und Leserinnen und Leser begeistern.

Vor allem aber möchten wir, dass jedes unserer Bücher **Ihnen ein einzigartiges und erfreuliches Leseerlebnis** bietet. Daher liegt uns Ihre Meinung ganz besonders am Herzen!

Wir freuen uns über Ihr Feedback zu unserem Buch. Haben Sie Anmerkungen? Kritik? Bitte lassen Sie es uns wissen. Ihre Rückmeldung ist wertvoll für uns, damit wir in Zukunft noch bessere Bücher für Sie machen können.

Schreiben Sie uns: info@ek2-publishing.com

Nun wünschen wir Ihnen ein angenehmes Leseerlebnis!

Heiko, Jill & Moni
von
EK-2 Publishing

Das Oberkommando der Wehrmacht gibt bekannt

... An der Ostfront ist es im Südabschnitt der 17. Armee gelungen, weitere Angriffe der Bolschewisten abzuweisen. Der Feind bezahlte dafür mit überaus hohen Verlusten.

Es gelang ferner, weitere Kräfte aus dem Kuban-Brückenkopf über die Straße von Kertsch zurückzuführen und auf der Krim neu zu formieren.

Nach härtestem Kampf ist Taganrog verlorengegangen. Die Rote Armee erlitt dabei jedoch Verluste von mehr als 10.000 Mann an Toten, Verwundeten und Gefangenen. Ebenfalls konnten unsere tapferen Soldaten viele tausend Tonnen Material des Gegners vernichten.

Derweil vermochten die deutschen Truppen geordnet auf die Linie Chapayeva-Lakedemonowka auszuweichen. Bei den Kämpfen zeichneten sich besonders die aserbaidschanischen Infanteriebataillone 804 und 806 aus.

Starke sowjetische Verbände stoßen weiter aus Mariupol vor. Zusätzliche bolschewistische Truppen stehen vor Fedoriwka und Novoseliwka mit dem Ziel, Stalino zu nehmen. Unsere Soldaten liefern ihnen im Kampfverbund mit unseren Verbündeten schwerste Abwehrkämpfe.

An den übrigen Frontabschnitten im Osten ist es dieser Tage ruhig, abgesehen von vereinzelten Stoß- und Spähtrupptätigkeiten.

In Tunesien konnte die 21. Panzerdivision einen feindlichen Angriff in Stärke von acht Bataillonen bei Faid erfolgreich abweisen. Um einer drohenden Umfassung zu entgehen, gingen unsere Truppen im Anschluss geordnet auf Maknassy zurück.

In der Atlantikschlacht gelang es schweren Jägern unter dem Kommando des »Fliegerführer Atlantik«, mehrere feindliche Flugzeuge über der Biskaya abzuschießen. Darunter waren auch zwei Flugboot »Catalina« und ein schwerer Bomber des Typen »Halifax«.

...

04. Februar 1943

Später Abend, Neue Reichskanzlei, Berlin

Kaiser Louis Ferdinand I. vergräbt erschöpft sein Gesicht in seinen Händen. Erst vor wenigen Minuten ging wieder einmal eine Besprechung mit seinen wichtigsten militärischen und politischen

Beratern zu Ende. Die endlosen Debatten zerren an den Nerven des 35-jährigen Monarchen.

Als die große Eichentür erneut aufgeschoben wird, blickt er erstaunt auf, denn er hat seinem Adjutanten, Major Maximilian Reichenbach, befohlen, dass er die nächste halbe Stunde keinesfalls gestört zu werden wünsche. Doch sofort huscht ein Lächeln über das erschöpfte Gesicht des Kaisers.

In das mit hochwertigem Marmor, Palisander und Gemälden bestückte Arbeitszimmer tritt seine Gemahlin und somit Großdeutsche Kaiserin: Kira Kirillowna von Preußen.

Die 33-jährige Monarchin schwebt förmlich zu ihrem Mann herüber, der nun seit zweieinhalb Monaten das Geschick des Reichs in seinen Händen hält.

»Du siehst erschöpft aus«, sagt sie mit lieblicher Stimme.

Dieser winkt ab. »Meine Liebste, die Probleme des Reiches werden einfach nicht geringer.« Er steht auf, bewegt sich zu einem kleinen, reich verzierten Schrank aus Mahagoniholz und holt zwei Kristallgläser, eine angebrochene Flasche Cognac und eine Flasche Sekt hervor. Nachdem er beide Gläser gefüllt hat, setzt er sich wieder auf den bequemen Sessel aus gutem Leder.

»Die übriggebliebenen Parteigrößen versuchen immer wieder Unruhe zu stiften und ihre Grenzen auszutesten. Unsere Gefängnisse füllen sich zusehends. Auch die Entschleierung über die wahren Vorgänge in den Konzentrationslagern raubt mir den Schlaf. Hätte ich es nicht selbst von Insassen gehört, ich würde es nicht glauben. Doch was ich mit den dafür verantwortlichen Männern anstelle, weiß ich schon zu genau.« Bei diesen Worten schleicht sich ein Grinsen auf seine Lippen, das für die dies betreffenden Personen wohl nichts Gutes verheißt. Er hebt sein Kristallglas, hält es in Richtung des Glases der Kaiserin. Nachdem ein melodisches *Pling* beim Anstoßen erklungen ist, kostet er einen Schluck des goldbrauen Getränks.

Louis Ferdinand I. spürt, wie der Alkohol seine Kehle hinunterläuft und ihn scheinbar neu belebt.

Die Monarchin würde gern etwas erwidern, doch spürt sie, dass es besser ist, ihren Gatten einfach sprechen zu lassen.

»Der ehemalige Reichstatthalter von Wien, Baldur von Schirach, macht bei der Aufstachelung besonders von sich reden. Aber dieser ehemalige Leutnant wird sich bald in anderen Bereichen hervortun können. Der Reichsjugendführer Axmann hingegen hat seine uneingeschränkte Mitarbeit angeboten. Ich denke, ich werde ihn als Reichsjugendführer belassen, nur halt ohne die NS-Polemik. Vorerst jedenfalls.« Wieder nimmt der Kaiser einen Schluck des aromatischen Alkohols. »Militärisch geraten wir mehr und mehr unter Zugzwang. An der Ostfront kommen wir mit der flexiblen Verteidigungsstrategie von Feldmarschall von Manstein gut zurande. Für jeden Meter Geländegewinn müssen die Sowjets schwere Verluste hinnehmen. Irgendwann müssen auch ihre Reserven mal erschöpft sein. Wlassows Bemühungen tragen jetzt schon Früchte. Es melden sich mehr und mehr Freiwillige aus den Gefangenenlagern. Wir können personell bereits drei Divisionen aufstellen. Auch in den besetzten Gebieten steigen die Meldungen, da die unmenschliche Behandlung durch die Behörden ein Ende hat. Die Zahl der Überläufer steigt ebenfalls, seitdem wir General Wlassow und seinen Männern in dieser Sache freie Hand lassen.

Stalin und seine Kumpanen haben nun nicht mehr den Kampf gegen den Faschismus als Parole, sondern den Kampf gegen einen angeblichen deutschen Imperialismus und das preußische Junkertum als Wurzel des deutschen Militarismus. Doch das wird sich auch bald zerschlagen, nachdem wir unsere Vorstellungen zur Neuordnung Europas und der freien Völker bekanntgegeben haben.« Bei diesen Begriffen »Junkertum« und »Militarismus« schüttelt der Kaiser mit dem Kopf und wischt sich mit der Rechten über das müde Gesicht.

Kira Kirillowa kann sich eine bissige Bemerkung zu Stalin und seinen Handlangern ebenfalls nicht verkneifen, denn schließlich wurden große Teile ihrer Familie durch die Bolschewisten ermordet. Louis Ferdinand schwenkt gedankenverloren sein Glas und beobachtet die kraftvoll riechende Flüssigkeit darin.

»Alles in allem bereitet mir die Ostfront weniger Sorgen als die Front im Süden und in Afrika, obwohl Andrej Andrejewitsch auch erwähnte, dass es bereits jetzt Unstimmigkeiten zwischen den Russen und den Ukrainern gibt. Irgendein Stephan Bandera und ein Andrij Melnyk machen da wohl Stimmung gegen ihn und für eine unabhängige Ukraine. Ich sagte ihm, er solle versuchen, diese beiden Herren in den Griff zu bekommen. Sollte es Schwierigkeiten geben, die unser gemeinsames Ziel, die Niederschlagung des Bolschewismus, gefährden, so werden wir auch da eine Lösung finden. Aber vielleicht kannst du, meine Liebste, auch nochmal mit ihm sprechen?«

Wieder zeichnet sich auf dem Gesicht der Urenkelin des russischen Zaren Alexanders II. dieses liebevolle Lächeln ab, das er so liebt. Ihr leichtes Nicken signalisiert ihm, dass sie mit seiner Bitte einverstanden ist. Ihre roten Lippen berühren das kristallene Sektglas und sie nimmt einen Schluck vom Faber-Sekt.

Mit einem letzten, kräftigen Zug leert der Monarch seinerseits sein Cognac-Glas.

»Wir müssen das Afrikakorps schnellstmöglich zurückholen. Der Kampf um Afrika ist verloren. Die Italiener sind davon natürlich keineswegs begeistert, da sie somit ihre Kolonien verlieren werden. Am liebsten würde ich diese Faschisten in Rom einfach ihrem Schicksal überlassen. Aber ich kann es nicht riskieren, dass die Alliierten in Italien landen.

Dass die Italiener ihre Marine endlich einmal konsequent einsetzen, davon bin ich auch noch nicht überzeugt. Bisher war deren Einsatz mehr als zurückhaltend. Aber genau das ist für die Rückführung unserer Männer und auch die der italienischen Kräfte essenziell.

Dazu kommt noch, dass die Herren von Witzleben, von Rundstedt, Raeder und sogar Goerdeler nicht verstehen, warum ich unseren Verbündeten unsere Hochtechnologie dergestalt billig überlasse und Lizenzfertigungen im großen Umfang genehmige. Der Einzige, der mich zu verstehen scheint, ist Außenminister von Neurath. Er hat ebenfalls erkannt, dass jede Stärkung unserer Verbündeten eine Schwächung unserer Feinde bedeutet. Ganz besonders im Hinblick auf die Japaner trifft dies zu. Wenn die Japaner im Pazifik Fortschritte erzielen, oder wenigstens ihre Positionen halten können, bleiben den Amerikanern und Engländern samt ihren Commonwealth-Truppen weniger Ressourcen im Kampf gegen uns. Immer wieder muss ich die gleichen Diskussionen führen.«

Die junge Kaiserin steht auf und geht betont elegant um den großen Arbeitstisch herum zum Kaiser, der in seiner schwarzen Gardeuniform dasitzt. Sie legt ihm ihre filigrane Hand auf die Schulter.

»Komm, wir lassen uns von Major Reichbach Heim fahren. Die Kinder haben dich schon seit Tagen nicht mehr zu Gesicht bekommen.«

Ihr betörender Duft steigt ihm in die Nase. Er erhebt sich aus dem Ledersessel und streichelt ihr über den sich deutlich abzeichnenden Baby-Bauch.

»Du hast recht. Lass uns gehen.«

04. Februar 1943

Kurz vor Mitternacht, Nordfrankreich

Langsam schiebt sich die Maschine von Unterfeldwebel Helmut Schwarz an den Feindbomber heran.

»Gegner kurvt«, meldet der Hauptgefreite Leder. Ständig pendelt der Zacken auf der Braunschen Röhre von links nach rechts und wieder zurück.

Sie haben den Kanal hinter sich gelassen und befinden sich nun über französischem Gebiet.

Wenigstens wurde der blödsinnige Befehl, Feindbomber, die über eigenem Gebiet angegriffen werden, möglichst zur Landung zu zwingen, wieder aufgehoben«, denkt sich Schwarz, als er Meter um Meter zum Feind gut macht.

Der Flugzeugführer setzt nun alles auf eine Karte und schiebt den Gashebel auf Volllast. Diese enorme Beanspruchung halten die beiden Jumo 211-Motoren höchstens fünf Minuten durch. Leder stoppt zur Sicherheit die Zeit. Die Junkers zittert und ächzt bis in die letzten Spannten. Die Besatzung steht unter höchster Nervenanspannung.

»Abstand verringert sich schnell!«, meldet der Hauptgefreite, »Kontakt noch 1.000 Meter voraus.«

Gespannt versucht Schwarz die Finsternis vor sich mit den Augen zu durchdringen.

Der Gefreite Liebemann behält die Umgebung hinter dem Nachtjäger im Blick, Leder die Anzeige.

»Noch 600 Meter, Feind fliegt geraden Kurs und gibt Höhe auf.«

Schwarz blickt schnell auf den Höhenmesser; dieser zeigt noch 1.200 Meter an.

Verdammt niedrig, denkt Schwarz. Die geringe Höhe ist bedenklich. Sollte etwas schief gehen, verbleiben der Besatzung nur Sekunden, um aus der brennenden Maschine herauszukommen.

Auch der Fallschirm braucht seine Zeit, um sich zu öffnen.

»Noch 400 Meter«, durchdringt die Stimme von Leder die Gedanken von Unterfeldwebel Schwarz.

Das relativ helle Mondlicht, das sie im Rücken haben, begünstigt den Briten. Er hat damit die große Chance, den deutschen Nachtjäger als Erstes zu entdecken und entsprechende Maßnahmen einzuleiten.

Schwarz bewegt das Steuerhorn leicht.

Ich setz mich etwas seitlich von ihm, so kann er mich nicht durch einen vollen Feuerstoß aus der Heckkanzel erwischen.

»Abstand 150 Meter - Flughöhe 800 Meter - rechts voraus.«

»Hab' ihn!«, antwortet Schwarz.

Das Seitenleitwerk des Bombers reflektiert leicht das Mondlicht.

Doch im gleichen Augenblick muss der Brite wohl auch die Junkers entdeckt haben. Er kurvt wild nach unten weg. Der Kampf auf Leben und Tod beginnt aufs Neue. Kaum gelingt es Schwarz, den schweren Jäger in Schussposition zu bringen, da zieht der Engländer steil nach oben. Die Tragflächen des britischen Bombers breiten sich unheimlich im Mondlicht aus.

Schwarz bleibt am Feindbomber dran. Im Hochziehen läuft die Short Stirling voll durch das Visier von Schwarz. Er drückt die Knöpfe der Bordwaffen. Die Flammenlanzen spritzen zum Gegner hinüber. Doch der Engländer erkennt die Gefahr und drückt den 30 Tonnen schweren Bomber wieder nach unten.

Schwarz rinnt der Schweiß unter der Fliegerhaube hervor und läuft seine Stirn hinunter.

Der Unterfeldwebel blickt auf den Höhenmesser.

Nur noch 300 Meter, denkt er sich und wendet sich sofort wieder voll und ganz dem Geschehen vor ihnen zu. Der Engländer zieht immer noch nach unten - Tiefstflug! Seine Nase befindet sich beinahe schon unter der Grasnarbe.

Ein Teufelskerl. Entweder verrückt oder verdammt mutig.

Schwarz kann sich einer Anerkennung des englischen Flugzeugführers nicht entziehen.

Die Stirling gewinnt wieder etwas an Höhe, doch sie kurvt wie verrückt und die Bordschützen feuern aus allen Rohren. Wild jagen die Leuchtspuren um die Ju 88 herum.

Schwarz drückt nun die Junkers abrupt nach unten. Durch dieses Manöver haben die Briten den feindlichen Nachtjäger wohl kurz aus den Augen verloren. Genau diesen Moment nutzt der Unterfeldwebel. Er zieht die *Lucie II* steil nach oben und betätigt die Auslöser für die Bordwaffen im Bug. Schwarz sieht, wie die Geschosse sich in den Rumpf und die linke Tragfläche der Stirling fressen.

Eine Stichflamme schießt aus der getroffenen Tragfläche. Die Feuerlohe erfasst die beiden linken Bristol Herkules XVI-Sternmotoren. Nur Augenblicke später montiert die Tragfläche ab und der schwere Bomber stürzt wie eine Fackel hernieder. Er zerschellt am Erdboden.

Schwarz und Leder atmen tief durch.

»Jawoll, wieder ein paar verdammte Engländer weniger; keiner ist rausgekommen!«, erklingt es plötzlich aus der Eigenverständigung.

Unterfeldwebel Helmut Schwarz spürt, wie eine brennende Wut in ihm hochkocht.

»Halt deine verdammte Schnauze, sonst schmeiß ich dich noch während des Fluges aus der Maschine!«, brüllt er den jungen Gefreiten Liebemann so laut an, dass er es auch ohne die Bordverständigung gehört hätte.

Dieser ist so schockiert über die barsche Zurechtweisung, dass er zu keiner Erwiderung fähig ist. Auch der Hauptgefreite Leder sagt nur kurz: »Alles gut bei dir, Helmut? Lass uns lieber auf Heimatkurs gehen.«

Leder gibt den benötigten Kurs durch.

Den Rest des Fluges herrscht unter der Besatzung eisiges Schweigen.

Das Oberkommando der Wehrmacht gibt bekannt

… Bolschewistische Streitkräfte greifen wiederholt unsere Stellungen um Noworossijsk an, doch konnten sie dort wie auch in anderen Abschnitten der 17. Armee erfolgreich abgewehrt werden. Die schrittweise Rückführung der Truppen im Kuban-Brückenkopf schreitet weiter voran.

Im Kampfraum Taganrog leisten Einheiten der einstigen Waffen-SS und fremdländische Truppen weiterhin erbitterten Widerstand, um den geordneten Rückzug und den Aufbau einer neuen Verteidigungslinie zu decken.

Entlang der übrigen Frontabschnitte kam es zu keinen nennenswerten Kampfhandlungen.

Im Kampfraum Norwegen und Finnland dauern die Stellungskämpfe an.

Auf dem afrikanischen Kriegsschauplatz liefern sich deutsch-italienische und amerikanische Truppen hinhaltende Gefechte, auch Vichy-französische Verbände beteiligen sich an den Kämpfen gegen die Anglo-Amerikaner. Sie stehen fest an unserer Seite.

Auch in der vergangenen Nacht kam es zu schweren Luftkämpfen mit englischen Terrorfliegern über der britischen Insel, über Frankreich und bis in das westliche Reichsgebiet hinein. Erneut mussten die feindlichen Nachtbomber einen hohen Blutzoll entrichten. Mindestens 40 schwere britische Bomber wurden durch Nachtjäger und Flakwaffe vernichtet.

Bei Tageinsätzen US-amerikanischer Bomber wurden mehrere Städte in Nord- und Zentralfrankreich angegriffen. Auch hier konnten mehrere Feindflugzeuge durch Zerstörerverbände der Luftwaffe und Flakbatterien abgeschossen werden.

In der Schlacht um den Atlantik …

05. Februar 1943

Morgens, westlich von Taganrog

Lieber Vater,

nun stoßen die bolschewistischen Verbände schon wochenlang westwärts.

Ich sitze in einem kleinen Erdbunker in der Nähe der Stadt Taganrog.

Selbstverständlich könnten gerade wir, die ehemalige Garde unseres Führers, die jetzt in Ungnade gefallen ist, über unser Schicksal gram sein. Doch hast du, lieber Vater, mir stets beigebracht, dass es sich für eine Garde schickt, aufrecht zu stehen und das auferlegte Schicksal zu ertragen.

Und wer weiß das besser als du, da du selbst im ersten Großen Krieg als Gardeangehöriger für Deutschlands Schutz im Schützengraben lagst? So wie du will auch ich es halten und mit mir meine Kameraden.

Gestern bekamen wir tatsächlich Besuch von einem geschniegelten Etappenhengst, der uns befahl, unsere Kragenspiegel und unser Ärmelband abzumachen, damit er sie mit nach Berlin nehmen könne. Da war er aber bei uns an der falschen Adresse! Er hat von uns wohl die Tracht Prügel seines Lebens bekommen. Kurz danach erlebten wir einen

Artillerieüberfall durch die Russen; der arme Tropf hat es leider nicht mehr rechtzeitig in den Bunker geschafft.

Wie wir hörten, kam es auch bei anderen SS-Einheiten zu ähnlichen Zwischenfällen. Angeblich sollen die Kameraden der Leibstandarte, die bei Rozhok, einem kleinen Kaff am asowschen Meer, eine neue Stellung aufbauen, einen ebensolchen Besucher verprügelt, seine Uniform genommen und mit saftigen Tritten ins Meer befördert haben.

Wieviel Wahrheit dabei ist, weiß ich nicht. Doch zeigt es dir wohl sehr gut, dass auch wir als Angehörige der Garde des Führers unseren Stolz nicht verloren haben.

Ich bitte dich, meine Kleidung und Habseligkeiten sicher aufzubewahren.

Trudi hat mir geschrieben, dass sie jetzt in einem Lazarett in Königsberg arbeitet.

Ich bitte dich Vater, sorge dafür, dass Trudi auch im Reich bleibt und nicht auf die verrückte Idee kommt, sich vom Roten Kreuz in ein Frontlazarett versetzen zu lassen. Sag ihr ruhig, sollte ich das erfahren, dann werde ich meine kleine Schwester höchstselbst an den Ohren wieder zurück ins Reich schleifen.

Ich sage das mit aller gebotenen Härte und Ernsthaftigkeit.

Bei einem überraschenden Angriff der Bolschewiken gelang es uns nicht mehr, ein Lazarett der Aserbaidschaner, die hier mit uns gegen den Kommunismus kämpfen, zu räumen. Schweren Herzens mussten wir zahlreiche Verwundete zurücklassen. Einige Rotkreuz-Schwestern und Ärzte wollten freiwillig bei den Verwundeten bleiben.

Es gelang uns bei einem Gegenstoß, bei dem die fremdvölkischen mit Todesverachtung voranstürmten, das Gebäude, in dem das Lazarett untergebracht war, wieder zurückzuerobern. Doch von den Zurückgelassenen war niemand mehr am Leben. Die Bilder, die ich dort sah, werde ich wohl nie wieder vergessen. Es war ein Maß an Grausamkeit, das ich nicht für möglich gehalten hätte.

Sowohl die beiden aserbaidschanischen Bataillone, die mit uns kämpfen und denen ich wirklich Respekt zollen muss, als auch wir haben danach für zwei Tage keine Gefangenen gemacht.

Ich werde Trudi deshalb aber auch nochmal selbst schreiben. Nur denke ich, dass es bei dir mit väterlicher Strenge vielleicht mehr fruchtet.

Bitte sag Mutti, dass die Kekse, die sie letztes Mal mitgeschickt hat, sehr gut waren. Auch von meinen Kameraden soll ich deshalb liebe Grüße ausrichten.

Ich hoffe, mein letztes Paket aus Frankreich, das ich vor unserer Verlegung geschickt hatte, ist inzwischen angekommen. Dem Wein wird die lange Zeit keinen Abbruch getan haben, aber der Weichkäse wird jetzt wohl nicht mehr genießbar sein.

Wenn ihr mir wieder einmal ein Päckchen schicken wollt, dann legt bitte etwas Briefpapier und ein paar Rasierklingen dazu.

So, für das Erste soll es heute reichen.

Der Russe wird bestimmt in der Morgendämmerung wieder aktiv werden.

Ich grüße und denke an euch!

Euer Marcus

05. Februar 1943

Nachmittags, Fliegerhorst Gilze Rijen

Unterfeldwebel Helmut Schwarz begibt sich mit seinem Kameraden, dem Hauptgefreiten Eberhard Leder, zur Kantine des Fliegerhorsts.

»Mensch Helmut, was war denn mit dir los? Weshalb hast du denn den kleinen Liebemann so angeblafft?«

Schwarz winkt genervt ab.

»Lass gut sein, Eberhard. Da hab' ich jetzt keine Nerven für. Ich will nur erstmal etwas Anständiges essen, bevor es heute Abend wieder losgeht.«

Leder bleibt schlagartig stehen: »Nein, Helmut! So kommst du mir nicht davon. Ich kenne dich nun bereits lange genug, um zu merken, dass dich etwas unglaublich stört.«

Nun ist es Schwarz, der augenblicklich stehen bleibt. In einer einzigen, schnellen Bewegung dreht er sich zu seinem Navigator um.

»Also gut, wenn du es unbedingt wissen willst, Eberhard. Es ist die Art und Weise von Liebemann, mit der ich überhaupt nicht zurechtkomme. Ja, er hat ein hervorragendes Auge und hat uns mit seiner Treffsicherheit auch schon Mal den ein- oder anderen Feindjäger vom Leib gehalten. Ja, wir sind mittlerweile die erfolgreichste Besatzung unserer Gruppe – aber ich mache die Feindflüge, um die unschuldigen Zivilisten zu schützen, die nichts für diesen verdammten Krieg können. Natürlich freut es mich, wenn wir wieder einen Bomber abschießen. Aber genauso freut es mich, wenn eine andere Besatzung der Gruppe oder sogar des

Geschwaders einen dieser verfluchten Bomber vom Himmel holt. Liebemann allerdings hat nichts Besseres zu tun, als sich vor den anderen Besatzungen aufzuspielen. Auch seine unglaublich abwertenden Äußerungen gegenüber den britischen Besatzungen empfinde ich als deplatziert.«

Der Hauptgefreite sieht seinen Kameraden verwundert an.

»Wie meinst du das - deplatziert?«

Unterfeldwebel Schwarz packt den Hauptgefreiten mit beiden Händen an den Schultern.

»Eberhard, vergiss nicht, dass mit jedem abgeschossenen Bomber auch Menschen in den Tod gerissen werden! Soldaten wie wir - die auch nur ihre Befehle befolgen. Denkst du, das sind alles Verbrecher? Verrückte, die Spaß daran haben, Menschen zu töten?«

Sein Gesicht wird schlagartig von Trauer übermannt. »Wenn ich da oben bin, im entscheidenden Moment, dann blende ich es aus, dass dort Menschen drin sind. Dann sehe ich den Bomber, eine seelenlose Maschine. Das macht es leichter, oder vielmehr, es ermöglicht mir, überhaupt die Auslöseknöpfe zu betätigen. Aber wenn sie dann wie brennende Fackeln abstürzen, oder sich aus den abstürzenden Bombern werfen, dann wird es mir wieder schmerzlich bewusst, dass es auch bei der anderen Feldpostnummer Menschen sind.«

Nun ist es Leder, der mit gesenktem Kopf dasteht.

Unterfeldwebel Helmut Schwarz dreht sich um und geht allein in Richtung Kantine weiter.

05. Februar 1943

Nachmittags, Kampfgebiet Taganrog

»Walküre Eins an Walküre Vier - was ist los mit Ihnen?«, ruft Leutnant Otto Krüger nochmals über Funk.

Doch der angerufene Flugzeugführer in der brennenden Henschel Hs 129 meldet sich nicht.

Unteroffizier Bauer und die übrigen Männer der Schlachtfliegerstaffel blicken hinüber.

Die Henschel beginnt zu taumeln. Plötzlich stellt sie sich auf den Kopf und rauscht heulend und pfeifend nach unten. Augenblicke später schlägt sie in einer mächtigen Feuerwolke auf den verschneiten Boden auf und brennt aus.

Krüger gibt die Position der Absturzstelle an die Bodenleitstelle durch.

Die restlichen Schlachtflugzeuge gehen ein letztes Mal auf Kurs in Richtung Front. Noch immer läuft der sowjetische Angriff, um die ihnen bei Taganrog entwischten Einheiten endlich zu vernichten.

»Noch einmal über die Front. Jagd nach eigenem Ermessen«, knarzt es in den Kopfhörern der Fliegerhauben.

Als sie wieder die Hauptkampflinie überfliegen, steigen Glitzerketten zu ihnen herauf. Doch die Leuchtspurgeschosse der Maschinengewehre und leichten Flak sind ungenau.

Kurz hinter der Front sehen sie bereits wieder die Massen der feindlichen Kampfpanzer.

Bauer, der diesmal ohne seine Kameraden Voigt und Bauerfeind fliegt, da deren Maschine beschädigt ist, stellt die Hs 129 auf die rechte Tragfläche. Nur leicht muss der Unteroffizier den Kurs ändern, um die gegnerischen Panzer von der Seite her anzugreifen. Er drückt an; genau vor ihm fahren zwei sowjetische T-34.

Die Entfernung zwischen dem Unteroffizier und den feindlichen Panzern verringert sich schnell.

Inzwischen haben die Sowjets wohl bemerkt, was da erneut auf sie zu rauscht. Die beiden Panzerkampfwagen kurven genauso wild durch das weiße Schneegelände wie die übrigen Angriffsformationen auch, welche von den Schlachtfliegern angegriffen werden.

Trotz der wilden Kurbelei der beiden T-34, die auch im Schnee eine erstaunliche Wendigkeit aufweisen, behält Bauer sie im Visier. An den beiden T-34 kann er trotz der weißen Tarnung noch genau die ursprüngliche olivgrüne Farbe erkennen. Er kann auch den schwarzen Dieselrauch aus den Auspufftöpfen der schweren Panzer sehen.

Er hält etwas nach links vor, so dass der vorderste Panzer genau in die Geschossbahn hineinfahren müsste. Die MK 103 beginnt zu rattern. Bauer spürt die Erschütterung der Flugzeugzelle. Die Treffer liegen gut. Die 30 Millimeter-Geschosse jagen in die seitliche Panzerung des ersten T-34 und lassen das Heck aufbrennen. Der schwere Panzer stoppt und Bauer kann aus dem Augenwinkel noch erkennen, wie die Turmluke aufgestoßen wird.

Schnell orientiert sich der Unteroffizier. An den Rauchfackeln erkennt er, dass auch einige der Kameraden erneut erfolgreich gewesen sind.

»Walküre Eins an alle - ein Angriff noch, dann sammeln«, erschallt es aus den Hörmuscheln der Kopfhaube.

Bauer lässt den Steuerknüppel nach links wandern. Er überblickt das Schlachtfeld und sieht, dass der sowjetische Angriff anscheinend zusammengebrochen ist. Die übriggebliebenen Panzer und Rotarmisten bewegen sich auf ihre Stellungen zu.

Unteroffizier Ludwig Bauer sucht ein neues Ziel und entdeckt wiederum einen roten Panzer. Diesmal kann er ihn sogar vom Heck aus packen.

Das Fadenkreuz des Reflexvisiers glüht. Wieder drückt er seine Henschel leicht an. Die Bordkanonen und die Maschinengewehre sind bereit. Der 26 Tonnen schwere Panzer wandert ins Fadenkreuz. Daneben, davor und dahinter erkennt der Flugzeugführer kleinere Punkte - Infanterie.

Wieder beginnt die 30 Millimeter-MK zu bellen, wieder jagen die Geschosse mit einer Geschwindigkeit von bis zu 960 Meter pro Sekunde auf den feindlichen Kampfpanzer zu. Mit Leichtigkeit durchdringen sie die 14 Millimeter starke Heckpanzerung des T-34.

Nun betätigt Bauer auch die Maschinengewehre und lässt dafür die MK 103 verstummen.

Beim Abdrehen sieht der Unteroffizier, wie schwarzer, öliger Rauch bei dem gegnerischen Kampfpanzer aufsteigt und wie die rasanten Geschosse der vier Bord-MG den Schnee aufwühlen. So mancher Rotarmist kreuzt die Geschossbahn und bleibt wohl für immer liegen.

Das Oberkommando der Wehrmacht gibt bekannt

… Die 17. Armee führt die Abwehr des bei Noworossijsk durch Landungen verstärkten Feindes fort und schlug auch in den anderen ihr obliegenden Abschnitten jegliche Angriffe ab.

Die Rückführung der Armee über die Straße von Kertsch geht davon ungehindert voran.

Die Einbruchsstelle auf dem linken Flügel der Armeeabteilung Hollidt konnte der Feind trotz neuer Vorstöße nicht vergrößern.

Die 1. Panzerarmee verbessert ihre Lage östlich von Woroschilowgrad und brachte im Abschnitt des III. Panzerkorps nach freiwilliger Preisgabe von Gelände erneute feindliche Angriffe zum Stehen.

Die einstige Division Totenkopf konnte zusammen mit zwei fremdländischen Bataillonen ihre Stellungen halten.

Im Übrigen Raum der Ostfront gab es nur örtliche Vorstöße des Gegners ohne jede taktische oder strategische Bedeutung.

In Tunesien griff der Feind am Dj. Mansour im Abschnitt der italienischen Division »Superga« an. Der Einbruch konnte im Gegenstoß abgeriegelt werden.

Bei der deutsch-italienischen Panzerarmee schob sich der Gegner nach heftiger Artillerievorbereitung an die Nachhutstellungen heran.

...

06. Februar 1943

Nachmittags; Neue Reichskanzlei; Berlin

Wieder einmal haben sich die wichtigsten Vertreter des Großdeutschen Kaiserreiches im Arbeitszimmer in der neuen Reichskanzlei eingefunden.

Um den riesigen Kartentisch haben sich neben dem Kaiser in seiner eleganten Gardeuniform Großadmiral Raeder, Generalfeldmarschall Kesselring, Generalfeldmarschall von Witzleben, Generalfeldmarschall von Rundstedt, Admiral Canaris, Carl Friedrich Goerdeler und Albert Speer versammelt. Die schwarze Uniform des Kaisers sticht aus der Menge der feldgrauen, marine- und luftwaffenblauen Uniformen heraus.

Der Kaiser überblickt die Lagekarte an der Ostfront. Feldmarschall von Witzleben berichtet soeben über die aktuellen Lageentwicklungen und weist dabei mit einem Zeigestock auf die entsprechenden Stellen in der Karte.

»Also, wie Sie sehen können, im Raum der Heeresgruppe Mitte bleibt seit der ›Büffelbewegung‹ alles ruhig. Ebenso wie bei der Heeresgruppe Nord.

Nach der Offensive bei Leningrad, in deren Verlauf wir unter anderem Schlüsselburg verloren haben, verhalten sich die Sowjets auch dort ruhig.

Die einzige, wirklich ernsthafte Gefahr geht zurzeit vom südlichen Raum bei Stalino, Woroschilowgrad, Fodorowka und Alexandrowo aus. Dort geben wir nach und nach Gelände auf, um die nachstoßenden Verbände dann im Gegenstoß aufzureiben und gegebenenfalls einzukesseln.

Was auffallend ist, sind die größer werdenden Mengen an Überläufern entlang der gesamten Frontbreite von Petsamo bis zum Kuban. Viele der Überläufer erzählen uns das immer Gleiche: Unzufriedenheit mit dem sowjetischen System und die Aussicht, an der Seite von General Wlassow gegen dieses zu kämpfen, treiben die meisten an.

Da hakt nun Generalfeldmarschall von Rundstedt ein: »Eure Majestät, die beiden ersten Divisionen der Russischen Volksarmee machen bei der Aufstellung große Fortschritte. Natürlich ist es hilfreich, dass wir uns so gut wie möglich auf sowjetische Beutewaffen stützen. Die ersten Teilnehmer der Führer- und Unterführerlehrgänge sind ebenfalls sehr erfolgreich, größtenteils jedenfalls. Sie werden eine willkommene Ergänzung zu den deutschen Führern und Unterführern sein, die jetzt noch die Ausbildung leiten. Auch die Waffenlehrgänge laufen zufriedenstellen. Wenn es so weitergeht, können diese beiden Divisionen Ende März bereits verlegt werden.

Die Divisionen der 6. Armee, welche sich allesamt in Frankreich befinden, machen bei der Neuaufstellung ebenfalls sehr gute Fortschritte. Genesende und Urlauber der entsprechenden Divisionen werden auch wieder diesen Verbänden zugeführt. Jene Truppeneinheiten, die noch an der Front stehen, werden weiterhin so bald wie möglich aus dieser herausgezogen und nach Frankreich oder in die entsprechenden Standorte verlegt.«

Nun unterbricht der Monarch den 67-jährigen, hochverdienten Feldmarschall. Louis Ferdinand I. schaut von der Karte auf und den Generalfeldmarschall an.

»Feldmarschall von Rundstedt, es tut mir leid, Sie unterbrechen zu müssen. In den Aufzeichnungen habe ich gelesen, dass sich unter den Stalingrad-Verbänden auch die 44. Infanteriedivision befindet.«

Von Rundstedt, der neben zahlreichen anderen Orden und Ehrenzeichen auch das Ritterkreuz des königlichen Hausordens von Hohenzollern trägt, schaut den Kaiser irritiert an.

»Ja, mein Kaiser. Das ist in der Tat der Fall. Die Division sollte aus Platzgründen ab morgen auf den Truppenübungsplatz *Maria ter Heide* bei Antwerpen verlegt werden.«

Der Kaiser verliert sich wieder in der großen Karte.

»Dieser Division gehört auch das Infanterieregiment 134 an, welches aus dem österreichischen Infanterieregiment 4 entstanden ist, und dieses wiederum aus dem früheren k.u.k.-Regiment *Hoch- und Deutschmeister*, richtig?«

Der Befehlshaber des Ersatzheeres kann sich eine gewisse Anerkennung für die Truppentradition dieser Division und speziell des genannten Regiments nicht verwehren.

»Jawohl, Eure Majestät, Ihr habt recht. Das Regiment 134 ist der entsprechende Traditionsträger des Ordens.«

Ohne von der großen Lagekarte aufzuschauen, erwidert der Monarch nun: »Dann wünsche ich, dass die 44. ID bei der Neuaufstellung zu einer Panzerdivision umstrukturiert wird. Auch soll sie eine eigene schwere Panzerkompanie erhalten. Als Friedensstandort werde ich Wien bestimmen. Da das Haus Hohenzollern und auch das Haus Habsburg eine besondere Beziehung zum Deutschen Orden verbindet, verfüge ich, dass die gesamte Division den Ehrennamen *Reichsgrenadier-Division Hoch- und Deutschmeister* erhalten soll.«

Ein kurzes Raunen geht durch die kleine Runde.

Dies veranlasst nun den jungen Kaiser, nochmals aufzuschauen.

»Meine Herren, wir sind uns wohl einig, dass es gerade in unserer Situation immens wichtig ist, Traditionen und Verbindungen aufrecht zu erhalten und zu stärken. Daher bestimme ich auch, dass die Division ähnlich der Gardepanzerdivision *Großdeutschland* im gesamten Reichsgebiet Angehörige anwerben darf, jedoch ausschließlich Freiwillige. Als Besonderheit dürfen in ihren Reihen jedoch auch Esten und Letten dienen, da dies im Groben dem damaligen Ordensgebiet Livland entspricht.«

Nun meldet sich der 1884 geborene politische Berater des Kaisers, Carl Friedrich Goerdeler, zu Wort: »Eure Majestät bedenken aber, dass der Orden 1938 im gesamten Reich durch das Aufhebungsdekret aufgelöst wurde? Daher wäre es doch sehr unpassend, wenn wir eine Division *Hoch- und Deutschmeister* haben, aber der Orden, der für diesen Namen Pate steht, verboten ist.«

Zustimmendes Gemurmel breitet sich aus. Auch der Kaiser nickt zustimmend.

»Sie haben natürlich Recht, mein lieber Goerdeler. Daher möchte ich Sie bitten, einen entsprechenden Erlass auszuarbeiten, um dies unverzüglich rückgängig zu machen. Setzen Sie sich auch mit den entsprechenden Stellen in Verbindung. Ich möchte darüber hinaus, dass die Angehörigen der Division ein entsprechendes Ärmelband verliehen bekommen. Ich denke, es wäre ein sehr passender Rahmen, wenn der amtierende Hoch- und Deutschmeister bei einer kleinen Zeremonie anwesend wäre.«

Goerdeler macht sich einige Notizen in einem, in braunes Leder eingefasstes Notizbuch.

Louis Ferdinand I. strafft sich und streicht seine schwarze Gardeuniform.

»Wollen wir uns aber wieder den militärischen Gegebenheiten zuwenden. Wie sieht es in Afrika aus, Feldmarschall von Witzleben?«

Der Generalstabschef im OKW, Generalfeldmarschall Erwin von Witzleben, nimmt eine weitere Akte zur Hand.

»Meine Herren, auf dem afrikanischen Kriegsschauplatz spitzt sich die Lage weiter zu. Zwar kann Feldmarschall Rommel seine Stellungen noch halten, teilweise sogar örtliche Gegenschläge führen, aber es ist absehbar, dass Afrika nicht mehr lange gehalten werden kann.

Rommel plant eine Offensive gegen die Amerikaner, um diese weiter zurückzudrängen. Doch auch dies ist letztendlich nur eine weitere Vorbereitung für die *Operation Hannibal*, welche planmäßig um 22 Uhr des 28. Februars starten wird. Rommel hat uns aber bereits vom Unwillen der Italiener berichtet. Der neue Generalstabschef des Comando Supremo, General Vittorio Ambrosio, ist, gelinde gesagt, misstrauisch uns gegenüber. Aber er ist uns gegenüber immerhin positiver eingestellt als der ehemaligen nationalsozialistischen Führung. Wenn Afrika verloren ist, so wird seine ganze Aufmerksamkeit der Verteidigung Siziliens und dem italienischen Kernland gelten. Sobald die Strafdivision 999 und die Strafeinheit 500 voll aufgefüllt sind, werden sie nach Afrika verlegt, um den geplanten Brückenkopf um Tunis zu verteidigen, damit die Einheiten der Heeresgruppe Afrika evakuiert werden können.«

Hier hakt nun von Rundstedt ein: »Die Strafdivision 999 kann über Soll aufgestockt werden, die Strafeinheit 500 wird in der Gesamtstärke ebenfalls eine Stärke von 14.000 Mann erreichen. Hinzugezogen wird der Großteil der KL-Wachmannschaften, die Angehörigen dieser Einsatzgruppen und einige zu aufmüpfige NS-Größen, die bisher noch nicht inhaftiert wurden. Die Maßnahmen wurden bereits durchgeplant und laufen im Augenblick an. Nach kurzen Verbandsübungen werden die beiden Divisionen nach Italien verlegt, um dann weiter nach Afrika übersetzen zu können.«

Wieder ergreift der Kaiser das Wort: »Großadmiral Raeder, wie sieht es mit den Kapazitäten unserer Marine aus?«

Der Großadmiral in seiner marineblauen Uniform und dem blitzenden Ritterkreuz um den Hals nickt kurz und beginnt mit seinen Ausführungen: »Eure Majestät, meine Herren, die Überführung dieser beiden Einheiten sollte kein Problem für die maritimen Kräfte darstellen. Der Transportraum für die Rückführung der Heeresgruppe ist ebenfalls zum Großteil abgesichert. Feldmarschall Kesselring hat zudem Transportraum per Luft zugesagt. Nach einigen Besprechungen mit unseren Verbündeten werden die Rumänen Transportschiffe stellen und auch drei Zerstörer, zwei Motortorpedoboote und ein Unterseeboot – alles recht moderne Einheiten. Bulgarien wird uns ebenfalls mit Transportschiffen unterstützen, jedoch nicht mit Kampfeinheiten. Dies ist jedoch nicht weiter tragisch, da es sich sowieso nur um veraltetes Gerät gehandelt hätte. An eigenen Einheiten haben wir 23 Unterseeboote der 29. U-Flottille und 18 Schnellboote in zwei S-Flottillen zu unserer Verfügung. Es wird im Eiltempo daran gearbeitet, so viele Einheiten wie möglich einsatzbereit zu bekommen.

Wie man sieht, hängt das ganze Unternehmen seeseitig von der Einsatzbereitschaft der italienischen Einheiten ab. Unsere U-Boote werden zwar einen Speerriegel bilden, doch muss mit stärksten anglo-amerikanischen Angriffen gerechnet werden.

Die Seekriegsleitung ist dabei, detaillierte Pläne auszuarbeiten.

Unsere Flotteneinheiten sind weiterhin im höchsten Maß eingeteilt, die italienischen Matrosen an den neuen Anlagen anzulernen. Der Einbau besagter Anlagen, wie zum Beispiel modernste Funkmess- und Feuerleitanlagen wird wohl bis zum letzten Tag dauern; unsere Spezialisten arbeiten unter Hochdruck, werden jedoch vorbildlich von den italienischen Technikern und Ingenieuren unterstützt.

Die Versorgung mit Betriebsstoffen läuft ebenfalls, beeinträchtigt jedoch unsere Flottenbewegungen, da der Betriebsstoff nicht für alle Seeeinheiten reicht. Da wir die Atlantik- und Nordmeeroperationen unserer Unterseeboote so wenig wie möglich einschränken wollen, befinden sich die schweren Einheiten vorerst in deren Stützpunkten.

Bei Tageslicht wird es dann auf die Luftsicherung ankommen.«

»Da wird uns Generalfeldmarschall Kesselring wohl am besten Auskunft geben können«, sagt der Kaiser freundlich und lächelt dem Angesprochenen zu. »Herr Feldmarschall.« Louis Ferdinand bittet den Oberbefehlshaber der Luftwaffe mit einer ausladenden Handbewegung zu sprechen.

»Mein Kaiser, meine Herren, in Afrika selbst verfügt der *Fliegerführer Afrika* unter anderem über das Stuka-Geschwader 3, welches sich auch zu Angriffen auf Seeziele eignet, und das Jagdgeschwader 27 sowie die III./JG 53 und die 10. Staffel des JG 53, welche als Jabo-Staffel eingesetzt wird. Auch mit diesen Flugzeugen können durchaus Schiffe angegriffen werden. Ansonsten ist noch die 12. Staffel des Lehrgeschwaders 1 zu erwähnen.

Des Weiteren halten wir vom X. Fliegerkorps das Lehrgeschwader 1, abgesehen von der besagten 12. Staffel, in Griechenland vor. Das Geschwader wird ab übermorgen nach Catania auf Sizilien verlegt.

Vom II. Fliegerkorps wäre noch der Stab und die I. Gruppe des Kampfgeschwaders 54, der Stab und die II. Gruppe des Jagdgeschwaders 53 und die Ergänzungsgruppe des Stuka-Geschwaders 3 für diesen Einsatz verfügbar. Alle Einheiten werden in Kürze nach Sizilien oder Festlanditalien verlegt. Die Luftoperation des *Unternehmens Hannibal* wird von der Luftflotte 2 unter Generalfeldmarschall Sperrle geleitet. Die ihm vorher unterstellten Verbände der Luftflotte 3 am Kanal haben sich dort ebenfalls gegen feindliche Schiffseinheiten beweisen müssen, daher hat Sperrle auch mit dieser Kampfweise Erfahrungen.«

Die Anwesenden nicken bestätigend. Beinahe jeder von inen hat schon auf die ein oder andere Weise mit dem Feldmarschall zusammengearbeitet. Doch der Gesichtsausdruck von Albert Kesselring wird nun noch ernster, als er es vorher bereits war.

»Leider muss ich davon ausgehen, dass diese Verbände nicht reichen werden, um einen entschlossen geführten Angriff des Gegners auf unsere Evakuierungsflotte abzuweisen, egal ob seeseitig oder aus der Luft vorgetragen.

Da sich die Kämpfe im Südraum der Ostfront, zumindest in der Luft, etwas abschwächen, werde ich von dort die I. Gruppe des JG 4 abziehen, ebenso die I./JG 2. Beide Gruppen werden nach Pantelleria auf Sizilien verlegt.

Die Jabo-Staffel des JG 2 wird nach Tunis verlegt.

An Kampfflugzeugen ist die Verlegung des KG 30 *Hindenburg* geplant. Die I. Gruppe nach Pantelleria, die II. Gruppe nach Palermo und die III. Gruppe nach Tunis. Die Einheiten des KG 40, welche mit der He 177 ausgerüstet sind, sowie die I./KG 50 werden in Bari stationiert.

Von den Italienern werden uns vier abgekämpfte Geschwader mit teils veralteten Jagdflugzeugen und drei ebenfalls geschwächte Kampfgeschwader, deren übriggebliebene Flugzeuge größtenteils veraltet sind, unterstützen.

Von den übrigen Verbündeten haben wir keine Luftunterstützung erbeten, da deren Ausrüstungsstand teilweise noch schlechter ist. Die modernen anglo-amerikanischen Fliegerkräfte würden sie förmlich in der Luft zerreißen.

Einige Gruppen mit Transportflugzeugen können uns ebenfalls noch gestellt werden. Der *Lufttransportführer Mittelmeer* verfügt über Ju 52, Me 321 und Me 323.

Alles nicht sehr rosig, aber wir haben auch noch ein paar Überraschungen in der Hinterhand.

Als Erstes wäre da die ferngesteuerte Gleitbombe Hs 293 zu nennen. Es sind vorerst nur einige wenige Exemplare vorhanden und diese eigentlich noch nicht voll und ganz frontreif, doch in der jetzigen Situation müssen wir jeden Vorteil nutzen.

Die Techniker von Telefunken sind bereits unterwegs zu den Fliegerhorsten, um die Besatzungen der Do 217 und He 177 einzuweisen, ebenso wie die Spezialisten von Peenemünde-West und Rechlin, welche die Erprobung durchgeführt haben. Eine weitere große Anzahl von Technikern und Mechanikern wurden in Marsch gesetzt, um nötige Umbaumaßnahmen schnellstmöglich durchzuführen. Es wirkt zwar alles sehr improvisiert und zugegebenermaßen ist es das auch, doch es bleibt uns angesichts der Lage keine andere Wahl.«

Feldmarschall Kesselring blickt nun in eine Reihe erstaunter und fragender Gesichter.

Carl Friedrich Goerdeler ist der Erste, der die entscheidende Frage stellt: »Verzeihen Sie, Herr Generalfeldmarschall, aber um was handelt es sich den bei der besagten Hs 293?«

Kesselring, der mit einer solchen Nachfrage rechnete, öffnet seinen Aktenkoffer und holt mehrere Ausführungen von Datenblättern hervor. Schnell wird jedem der Anwesenden ein Exemplar ausgehändigt. Neugierig blättern die Männer herum und finden eine Seite mit der Bezeichnung *Hs 293.*

»Wie Sie sehen, ist die Hs 293 eine Gleitbombe, wie ich bereits erwähnte. Die eigentliche Serienproduktion der Ausführung A-1 begann bereits im November letzten Jahres, doch ist sie nur in recht kleinen Stückzahlen vorhanden und es gibt teilweise noch Probleme mit der Fernsteueranlage Kehl/Straßburg. Jedoch hat diese Gleitbombe den großen Vorteil, dass sie von weiterer Entfernung aus abgeschossen werden kann und von dort aus auf ihr Ziel zugesteuert wird. Die Hs 293 eignet sich zur Bekämpfung leicht gepanzerter Seeziele.

Unser zweiter Trumpf ist die Bombe PC 1400 X - von der Truppe, die sie erprobt hat, auch kurz *Fritz X* oder *FX* genannt.

Sie ist eine freifallende, aber nachsteuerbare Bombe, die auch schwere Panzerungen durchschlagen kann. Sie muss zwar näher am Ziel ausgelöst werden, da sie im Gegensatz zur Hs 293 keinen Eigenantrieb besitzt, dennoch verschießen wir sie in einem Winkel zum Ziel, der eine böse Überraschung für die Alliierten bedeuten wird, da sie nicht mit der Möglichkeit des Nachsteuerns unserer Waffen rechnen werden.

Leider sind von der *Fritz X* noch weniger Exemplare vorhanden als von der Hs.

Das Erprobungskommando 21 testet die Bombe seit November letzten Jahres unter Einsatzbedingungen und wird dementsprechend den Einsatz führen und gegebenenfalls weitere Mannschaften kurzfristig anlernen.

Unser dritter Trumpf ist eine Flugzeugkombination aus Trägerflugzeug und aufgesetztem Führungsflugzeug.

Aufzeichnungen darüber habe ich kurz nach meiner Amtsübernahme gefunden. Oberstleutnant Dietrich Peltz und Major Werner Baumbach trugen wohl bereits im Januar 1942 diese Idee Reichmarschall Göring vor. Leider erfolgte wie auch bei einigen anderen vielversprechenden Projekten keinerlei Reaktion. Ich hatte für dieses als *Mistel* oder *Beethoven* bezeichnete Gespann zwar Scapa Flow oder Rüstungsbetriebe in Russland im Sinn, aber auch für diesen Einsatz wird es sich wohl eignen. Leider konnten wir erst drei Exemplare fertigstellen, ein weiteres Gespann wird wohl bis *Hannibal* einsatzbereit sein.

Wie Sie alle lesen können, verfügt jedes Gespann über einen Sprengkopf von 3.500 Kilogramm als Hohlladung. Dementsprechend hat das Trägerflugzeug im Ziel eine vernichtende Wirkung.

Ich habe Major Baumbach bereits frühzeitig angewiesen, sich für einen entsprechenden Einsatz bereitzuhalten und geeignete Flugzeugführer heranzubilden.

Wie Sie sehen, meine Herren, die Erfolgsaussichten der *Operation Hannibal* könnten besser sein, doch aussichtslos ist das Vorhaben nicht. Es bleibt aber ein Vabanquespiel.«

Betroffene und ratlose Gesichter sind zu sehen.

Unerwartet schlägt der sonst so gefasste von Witzleben mit der Faust auf den großen Kartetisch.

»Die Truppe hätte schon lange herausgezogen werden müssen! Spätestens aber seit der gelungenen anglo-amerikanischen Invasion in Nordafrika. Nun hängt mal wieder alles am seidenen Faden und zu allem Überfluss sind wir dieses Mal tatsächlich auf einen Verbündeten angewiesen, der zunehmend kriegsmüde wird.«

Wieder ist vielstimmiges Gemurmel zu vernehmen. Der Monarch Großdeutschlands hebt seine rechte Hand, um die Aufmerksamkeit wieder einzufangen.

Langsam versiegen die Stimmen.

»Admiral Canaris, mit welchen Kräften haben wir es im Mittelmeer zu tun?«

Der Admiral, welcher mit nur rund 1,60 m Körpergröße recht klein geraten war, sich aber durch eine unglaubliche Tüchtigkeit und Energie sehr hervortut, greift in seine Aktentasche und holt einen großen Ordner heraus. Nach kurzem Blättern meint er:

»Herrschaften, die Feindstärke der Anglo-Amerikaner im Mittelmeerraum wird mir mit 106.000 Mann beziffert. An Seestreitkräften haben wir es zusammen mit der Region Casablanca mit vier Schlachtschiffen, neun Flugzeugträgern, 13 Kreuzern und 56 Zerstörern zu tun. Glücklicherweise befinden sich jedoch nicht alle Einheiten im Mittelmeer. Die sogenannte *Western Task Force*, bestehend aus zwei Schlachtschiffen, fünf Flugzeugträgern, sieben Kreuzern und 38 Zerstörern, steht in der Region Casablanca. Das heißt jedoch nicht, dass die Einheiten nicht schnell ins Mittelmeer verlegt werden können. Die entsprechenden Dokumente werden Ihnen und Feldmarschall Rommel als Oberbefehlshaber Süd laufend zugesandt.«

Die von Canaris mitgebrachten Dokumente werden den anwesenden Größen des Reiches übergeben und machen die Runde. Besonders die Oberbefehlshaber der Luftwaffe und Kriegsmarine schauen studieren sie sehr genau. Anzahl und Typen von Einheiten der feindlichen Luftwaffen und Marinen sind aufgeführt. Es sind alles in allem sehr ernüchternde Zahlen.

Noch während die Dokumente ausgewertet werden, betritt eine Ordonanz den Raum und schenkt den Männern Getränke ein.

Schließlich wendet sich der Kaiser an Canaris: »Wie sieht es mit unserer geplanten Operation *Frühlingserwachen* aus, Admiral?«

Der angesprochene Marineoffizier greift wiederum in seine Aktentasche und holt einen Stapel weiterer Papiere hervor.

»Die Vorbereitungen liegen im Plan, mein Kaiser. Die Abwehr funkt weiterhin beständig Nachrichten zur Koordination des geplanten Treffens in Schloss Versailles. Unsere Agenten innerhalb der Résistance haben es geschafft, die wesentlichen Dokumente an Mitarbeiter um Henry Frenay, Pierre Fabien und Pierre Villon zu übermitteln. Diese werden sie sicherlich an ihre Kontaktmänner bei den *Freien Franzosen* und den Alliierten weitergeben.

Auch bei unserem Rückzug im Raum Taganrog wurden entsprechende Dokumente ›versehentlich‹ zurückgelassen, so dass sie von den Sowjets gefunden werden.« Ein leichtes Grinsen bereitet sich auf dem Gesicht des Chefs der Abwehr aus.

»Im Raum Prag werden ebenfalls alle erdenklichen Maßnahmen ergriffen, um ein ungestörtes Treffen durchführen zu können. Die Personen auf dem Hradschin wurden überprüft und werden gegebenenfalls ausgetauscht. Ebenso wurden die Aktivitäten unserer Agenten im Protektorat verstärkt, um unliebsame Personen aufzuspüren und zu ...«, der Abwehrchef räuspert sich, »... zu entfernen.«

Die Besprechung dauert noch weitere Stunden an.

Müde und erschöpft sitzt der Monarch danach wieder in seinem ledernen Arbeitssessel. Vor ihm auf der Tischplatte wartet ein

Glas, gefüllt mit Cognac. Er greift danach und lässt die braune Flüssigkeit seine Kehle hinunterfließen.

Er spürt, wie der Alkohol seinen Magen erreicht, schließt die Augen und atmet tief durch.

In diesem Moment klingelt das Telefon; es ist das Vorzimmer.

»Eure Majestät, der Wagen ist bereit; wir können abfahren.«

Die Fahrt durch das dunkle Berlin ist trostlos. Keine Straßenlaterne brennt. Die Fenster der Häuser sind abgedunkelt, kein Lichtschein dringt nach außen.

Müde blickt er aus dem Fond seines Mercedes-Benz 770 W. Ein gleiches Modell fährt direkt voraus, besetzt mit bewaffneten Gardesoldaten.

Gedanken kreisen durch seinen Kopf. Die geplante *Operation Frühlingserwachen,* die *Operation Hannibal,* ungeheuerliche Versäumnisse im Bereich von Flugzeugen, ferngelenkten Bomben und anderen Fernwaffen, die dem Reich nun fehlen …

Die Neuaufstellungen der Divisionen der 6. Armee, die baldige Umstrukturierung der ehemaligen SS-Divisionen, die Aufstellung der Freiwilligenlegionen und der zunehmende Druck der Alliierten. Er merkt kaum, wie sich der 114 PS starke Mercedes durch die Straßen der Reichshauptstadt bewegt und sie die Außenbezirke hinter sich lassen auf dem Weg nach Potsdam. Eigentlich sehnt er sich nur nach seinem Bett.

06. Februar 1943

Nachmittags, westlich von Taganrog

»Scheiß Kälte! Nach kürzester Zeit denkt man, dass einem die Eier abfrieren!«

Der Obergefreite Friedrich Steinbach betritt den kleinen Viermannbunker, dick eingepackt in einen weißen Schafspelzmantel. Er bringt einen Schwall eisiger Luft und Schnee mit hinein. Allein bei diesem Lufthauch beginnt Klaudius zu frösteln.

Er sitzt zusammen mit dem Obergefreiten Hans Riethmüller an einem improvisierten Tisch und spielt Karten.

»Mensch Friedrich, mach doch das Brett zu!«, ruft Klaudius wütend, während Steinbach den schweren Mantel auszieht und den weiß-gekalkten Stahlhelm abnimmt.

»Ach, sei ruhig; sag mir lieber, was der Melder gesagt hat.«

Klaudius grinst und wirft die Karten auf den grob gezimmerten Tisch.

»Kannst' dich beruhigen. Bei Einbruch der Dunkelheit sollen wir uns zurückziehen. Es geht nach Maximow.«

Riethmüller schnappt sich ein leeres Holzfass und setzt sich neben den Feldwebel.

»Was sollen wir in dem Kaff?«

Klaudius streckt sein verwundetes Bein etwas aus. Die erlittene Stichwunde schmerzt noch immer. Er hat die Wunde nur notdürftig nähen und verbinden lassen, denn er wollte bei seinen Männern bleiben und nicht nach der Genesung in irgendeinen Haufen gesteckt werden.

»Der Melder wusste nichts Genaues. Er behauptete aber, dass von dort aus eine Gegenoffensive geführt werden soll.«

Steinbach lacht laut auf. »Aber doch hoffentlich nicht mit uns? Unsere Kompanie ist ein Trümmerhaufen. Bei der Division sieht es bestimmt nicht besser aus. Sonst wären wir wieder bei den Pionieren und nicht weiterhin bei den Grenadieren.«

Riethmüller schaut überrascht auf. »Ach komm, so schlecht ist es bei uns nicht - und überhaupt, von eurem ehemaligen Haufen ist doch keiner mehr dabei.«

Dieser Satz, wohl unbedacht ausgesprochen, trifft Klaudius mitten ins Herz. Der Obergefreite Riethmüller hat jedoch Recht ... Mehlei, Kehlheim, Sommer und einige andere sind gefallen. Bast und Riedel verwundet. Wenigstens ist es Klaudius zusammen mit Oberleutnant Hayes Führsprache gelungen, dass Riedel nach seiner Genesung zu einem der neuen Scharfschützenlehrgänge kommandiert wird. Seit des Stalingrader Rattenkrieges und der Blutmühle Rostow haben die verantwortlichen Stellen endlich erkannt, dass Anzahl und Fähigkeiten der Scharfschützen der Wehrmacht gesteigert werden müssen.

»Nein, der Melder meinte, wir sollen dort nur noch die Stellung halten, zusammen mit unseren fremdländischen Kameraden, und wenn die geplante Gegenoffensive anläuft, sollen wir endlich herausgezogen werden.«

Riethmüller und Klaudius spielen weiter Karten, Steinbach legt sich auf einen Strohsack, der notdürftig mit einer Decke überzogen ist, und beginnt einen Brief an seine Eltern zu schreiben. Diese leben in der Mark Brandenburg und wurden bisher vom Krieg noch nicht allzu arg getroffen. Dennoch sorgt sich Steinbach um seinen kleinen Bruder, der nun bald mit der Schule fertig sein wird. Was danach kommt, weiß niemand. Eigentlich hatte Steinbach angenommen, dass der verfluchte Krieg bereits zu Ende sein wird, wenn es so weit ist.

Die Zeit vergeht, Klaudius sieht auf seine Uhr und meint: »Mach dich zur Ablösung fertig, Riethmüller. Nicht, dass uns der Mocker noch am Grabenrand festfriert.«

Der Obergefreite Hans Riethmüller aus dem Ruhrgebiet steht auf, schnappt sich den dicken Schafspelzmantel, zieht sich eine Wollmütze über den Kopf und darüber den weißen Stahlhelm.

Murrend zwängt er sich durch die niedrige Öffnung des kleinen Bunkers und stapft zu dem Kameraden, der sicher schon auf die Ablösung wartet.

Draußen herrscht eine schneidende Kälte und zu allem Überfluss weht auch noch ein rauer, feuchter Wind vom Meer herüber.

Der Obergefreite kämpft sich durch hüfthohen Schnee.

Als er an der Stelle ankommt, an der eigentlich der Soldat Mocker stehen müsste, findet er jedoch niemanden vor.

Riethmüller blickt sich um und ruft den Kameraden mehrmals leise, doch nichts rührt sich. Nach einigen Minuten eilt der Obergefreiten zurück zum Bunker. Als er eintritt, blicken ihn Klaudius und Steinbach verwundert an.

»Mocker ist weg!«, stößt er aufgeregt hervor.

Sofort sind Steinbach und Klaudius hellwach.

Beide werfen sich in die Uniformjacke und schnappen sich je ein weißes Schlupfhemd, welches sie sich selbst aus weißen Laken hergestellt haben.

Die drei Soldaten eilen zum Wachposten. Noch immer ist vom Soldaten Mocker nichts zu sehen.

»Meint ihr, er ist stiften gegangen?«, fragt Riethmüller die anderen verlegen.

Feldwebel Klaudius sieht sich um.

»Ich fürchte eher, dass er vom Iwan kassiert wurde.«

Steinbach stimmt seinem Zugführer zu.

»Riethmüller, lauf zur Gruppe Kupferschmidt hinüber und frag, ob die etwas gesehen haben. Danach zu Bergers Gruppe. Irgendeiner muss doch was mitbekommen haben.

Steinbach, du läufst zu Oberleutnant Haye hinter und berichtest ihm, was hier geschehen ist.«

Das Oberkommando der Wehrmacht gibt bekannt

... Im Bereich der 17. Armee sind weitere Divisionen über die Straße von Kertsch transportiert worden. Die Transporte werden in keiner Weise von der sowjetischen Marine beeinträchtigt.

Bei Taganrog wurden die letzten Einheiten weiter zurückgenommen und besetzen nun eine neue Verteidigungslinie. Die Rote Armee stößt vorsichtig nach.

Nach schweren Gefechten wurden die Ortschaften Fedoriwka und Novoseliwka geräumt. Der Feind stößt unter enormen Verlusten auf Stalino vor.

Der feindliche Angriff auf Mariupol kam vor der Linie Rozhok-Fodorowka-Grigoryewka zum Stehen.

Ein Gegenangriff zur Bereinigung der Einbruchsstelle bei der Armeeabteilung Hollidt zeitigte teilweise taktische Erfolge.

An der übrigen Ostfront ist es ruhig.

Auf dem afrikanischen Kriegsschauplatz gelang es unseren Truppen in Tunesien Dj. Mansour zurückzuerobern und gegen starke feindliche Gegenangriffe zu verteidigen.

Der Gegner büßte dabei ungeheuerliche Kräfte ein.

Im Luftkrieg blieb es über dem Reichsgebiet und den besetzten Westgebieten zeitweise ruhig. Weder die amerikanischen noch die britischen Terrorflieger versuchten einen Einflug. Über der Ostfront ereigneten sich hauptsächlich über den Kampfgebieten im Südabschnitt teils heftige Gefechte mit der roten Luftwaffe. Zahlreiche bolschewistischen Jagd- und Kampfflugzeuge konnten von unseren Jagdkräften abgeschossen werden.

Einmal mehr konnten sich Hauptmann Hermann Graf, Träger der Brillanten zum Ritterkreuz, und Leutnant Erich Hartmann mit mehreren Luftsiegen an einem einzelnen Tag auszeichnen.

Auch unseren Schlachtfliegerverbänden gelangen die Abschüsse zahlreicher feindlicher Panzerkampfwagen im Kampfraum um Taganrog.

Im Ärmelkanal gelang es Schnellbootverbänden der Kriegsmarine, dem Feind Verluste von 5.000 Bruttoregistertonnen an Schiffsraum beizubringen.

Mehrere Unterseeboote operieren …

07. Februar 1943

Vormittags, Bunkeranlage Maybach I

Kaiser Louis Ferdinand I. ist mit seiner Wagenkolonne soeben in die Bunkeranlage des Oberkommandos des Heeres in Wünsdorf eingefahren. Durch einen Ringstollen gelangen er, sein Adjutant Major Maximilian Reichenbach und zwei Soldaten der Gardedivision *Großdeutschland* zum Bunker des Generals der Infanterie, Kurt Zeitzler.

Es ist das erste Mal, dass der Monarch diese Anlage betritt. Es erstaunt ihn schon sehr, wie weitläufig sie ist. Nach einigen Minuten erreichen sie endlich den richtigen Bunker.

Der Monarch tritt ein. Der Bunker ist schmucklos, kühl und Louis Ferdinand I. spürt eine gewisse Feuchtigkeit in der Luft.

General Zeitzler steht mit einigen hohen Offizieren zusammen und diskutiert angeregt. Auch einige Offiziere in fremder Uniform sind unter den Anwesenden.

Als der Generalstabschef des Heeres den Monarchen erkennt, lässt er die Offiziere sofort stehen und eilt dem Kaiser entgegen.

»Eure Hoheit, ich freue mich, dass es Ihnen so schnell möglich war, hierher zu kommen.«

Der junge Regent streckt dem General jovial die Hand entgegen und feixt freundlich.

»General Zeitzler, aber selbstverständlich. Natürlich haben Sie bei meiner Gemahlin nun einen schweren Stand, aber bei unserem Telefonat haben Sie sich sehr besorgt angehört.«

Als der Monarch sieht, wie dem General das Gesicht zu entgleiten droht, lacht er laut auf.

»Keine Sorge mein lieber Zeitzler. Ich denke, die angespannte Laune wird sich schnell wieder legen.«

Dann wird er wieder ernst.

»Aber was gibt es den so Dringendes?«

Zeitzler strafft sich und bittet den Kaiser, ihm zu folgen. Bei den übrigen Offizieren angelangt und nach knapper Begrüßung, sagt er: »Eure Majestät, die Verbindungsoffiziere der rumänischen und bulgarischen Wehrmacht haben einige Anliegen und Beschwerden vorgebracht und ich dachte, dass Sie diese aus erster Hand erfahren sollten.«

Der Kaiser Großdeutschlands zieht überrascht die rechte Augenbraue hoch.

»Welche Beschwerden gibt es den von unseren Verbündeten? Ich meine doch, dass wir sie nach Kräften unterstützen.«

Ein schlanker, drahtig wirkender Offizier in einer khakifarbenen Uniform tritt vor.

»Das ist Generalmajor Avram Popescu, Eure Majestät.«

Der rumänische General grüßt den deutschen Monarchen streng militärisch und beginnt dann mit einem leichten Akzent:

»Eure Majestät, Marschall Antonescu ist ein Schreiben übermittelt worden, in dem vom deutschen Heer das Auftreten von Zersetzungserscheinungen innerhalb unserer Verbände beklagt wird. Der Marschall hat diese Meldung ruhig und sachlich entgegengenommen und Rücksprache mit unserem Kriegsminister, General Pantazi, gehalten. Ebenfalls wurde bereits ein Funkaufruf vorbereitet und wird, nach Abstimmung mit dem Generalstabschef der deutschen Wehrmacht, verschickt.

Doch Marschall Antonescu hat ebenfalls auf die taktischen und psychologischen Fehler deutscherseits hingewiesen. Auch bittet er darum, dass die rumänischen Kommandostellen gebührend berücksichtigt werden, und vermehrt auftretende unwürdige Vorgänge bei der Behandlung unserer 3. und 4. Armee abgestellt werden.«

Louis Ferdinand hört sich den Bericht des rumänischen Generalmajors aufmerksam an.

»General Pantazi, ich danke Ihnen für die Ausführungen. Ich möchte Sie bitten, General Zeitzler einen detaillierten Bericht von angeblich unwürdigem Verhalten durch deutsche Verbände gegen Ihre Männer zukommen zu lassen. Sollten sich Verfehlungen nach eingehender Prüfung bestätigen, so können Sie gewiss sein, dass es entsprechend geahndet wird.

Dessen ungeachtet muss ich Sie jedoch bitten, dass ihrerseits alles Erdenkliche getan wird, um Ihre Truppen auf das Äußerste anzuspornen. Gerade jetzt kommt es im Südraum auf jede einzelne Division an.«

Der General nickt dankend und diktiert seinem Adjutanten etwas, woraufhin dieser einige Notizen anfertigt.

»Ich danke Ihnen für Ihre Zeit, Eure Hoheit, und ich werde Marschall Antonescu Ihre Worte schnellstens überbringen.«

Als Nächstes weist General Zeitzler auf einen großen, sehr kräftig, aber keineswegs füllig wirkenden Offizier. Auch dieser trägt eine khakifarbene Uniform und dazu scharlachrote Paspeln am Kragen. Seine ebenfalls khakifarbene Reiterhose weist rote Doppelstreifen auf.

»Eure Hoheit, dies ist Generalleutnant Hristo Parvanov, der Verbindungsoffizier der bulgarischen Wehrmacht.«

Auch dieser hohe Offizier grüßt den deutschen Regenten sehr militärisch und zackig.

Der deutsche Kaiser nickt dem stattlichen General mit den schwarzen Haaren und einem sehr auffälligen schwarzen Schnauzer wohlwollend zu.

Es erklingt eine tiefe Bassstimme mit unverkennbarem osteuropäischem Akzent: »Eure Hoheit, ich danke Ihnen für Ihre Zeit. Bereits im November gab es ein Treffen zwischen ihrem Wehrmachtsführungsstab und einem Vertreter unseres Kriegsministeriums. Dort wurde eine Bedarfsliste für militärisches Gerät vereinbart. Leider ist es bisher zu keiner Lieferung gekommen und wir werden bei Nachfragen immer wieder vertröstet.

Eure Hoheit, ich muss darauf hinweisen, dass es uns nicht möglich ist, entsprechend mobile und kampfstarke Verbände aufzustellen, wenn wir nicht die benötigten Materialien erhalten.«

Der deutsche Regent überlegt und kratzt sich nachdenklich mit der rechten Hand am Kinn.

»General Parvanov, Ihnen ist es sicherlich nicht entgangen, dass wir an der Ostfront von einer Krisensituation in die nächste geschlittert sind. Dabei haben wir und auch unsere Verbündeten, die mit uns Seite an Seite gegen den Bolschewismus kämpfen, enorme Verluste erlitten. Daher waren wir natürlich gezwungen, zuerst unsere und auch die Verluste eben dieser Verbündeten wieder auszugleichen. Die Weichen sind nun aber gestellt, um die Lage an der Ostfront zu stabilisieren und auch in absehbarer

Zukunft wieder selbst offensiv zu werden. Dann haben wir sicherlich auch die Kapazitäten frei, um Ihren Bedarf zu decken.«

Der bulgarische Generalleutnant scheint mit der Antwort nicht sonderlich zufrieden zu sein. Jedenfalls lässt sein Gesichtsausdruck dies vermuten.

Wieder huscht ein Lächeln über das Gesicht des großdeutschen Kaisers.

»Natürlich könnten wir mit der Vergabe von Lizenzen bestimmter Waffentypen dafür Sorge tragen, dass Sie Ihre Truppen teilweise selbst mit modernen Waffen ausstatten können. Entsprechende Vergabeverfahren haben wir bereits mit unseren rumänischen, ungarischen, italienischen und auch japanischen Verbündeten vereinbart.«

Bei diesen Worten erhellt sich das Gesicht von Generalleutnant Parvanov sofort.

»Jedoch ist es dafür notwendig, dass das militärische Engagement Bulgariens ausgeweitet wird. Zurzeit richten sich Ihre militärischen Anstrengungen nur gegen die westlichen Alliierten. Doch liegt die größte Gefahr für das Bestehen unseres Bündnisses im Osten.

Daher müssen wir selbstverständlich dafür Sorge tragen, dass wir auch in diese Richtung abgesichert sind.«

Generalleutnant Parvanov nickt verstehend.

»Ich werde Eure Botschaft dem Zaren überbringen und ich denke, Ihr werdet sehr bald eine Antwort erhalten.«

07. Februar 1943

Vormittags; Schloss Apenstein

Eine Kolonne, bestehend aus mehreren Lastwagen Opel Blitz und einigen VW-Kübeln, nähert sich dem Schloss Aspenstein in Kochel am See.

Auf den Dreitonner-LKW sitzen Soldaten der Gardedivision *Großdeutschland*. Die Männer sind teils in Uniformen mit dem Tarnmuster der Wehrmacht gehüllt, teils in solche der ehemaligen Waffen-SS. Die alten feldgrauen Uniformen sieht man bei ihnen nicht mehr. Gleich ist bei allen der Ärmelstreifen mit dem

Großdeutschland-Schriftzug auf dem rechten Unterarm, aber auch der Reichsadler mit Kaiserkronen in den Fängen auf dem linken Oberarm.

Angeführt wird die Kolonne von einem Major und einem Hauptmann. Beide Offiziere tragen im Gegensatz zu ihren Männern die schwarze Gardeuniform.

Die Fahrzeuge halten vor dem Gelände des Schlosses. Befehle werden gerufen, Soldatenstiefel knallen auf den Pflastersteinen, als die Männer von den Ladeflächen springen.

In geordneter Formation marschieren sie daraufhin die gepflasterte Auffahrt hinauf; der Major und Hauptmann führen ihre Soldaten an. Die Gruppe ist mit MP 40 und Karabinern 98k bewaffnet. Die voranschreitenden Offiziere führen jedoch nur ihre P 38 im Holster.

Entschlossen schreiten sie auf das saubere, weiß-gestrichene Gebäude zu.

Niemand stellt sich ihnen in den Weg.

Der Hauptmann stößt die schwere Holztür auf, um in das Gebäude zu gelangen. Der Major marschiert energisch durch die Tür und danach über einen langen Gang, während der Hauptmann zwei Gardesoldaten befiehlt, ihnen zu folgen. Der Rest der Einheit nimmt auf dem Gelände Stellung.

Die vier Soldaten gelangen kurz darauf in einen großen Saal und dort steht der ehemalige Reichsjugendführer und ehemalige Reichsstatthalter von Wien.

Er trägt noch immer die braune Parteiuniform mit den Rangabzeichen eines Reichsleiters der NSDAP.

»Baldur von Schirach, im Namen des Kaisers des Großdeutschen Kaiserreichs und obersten Befehlshabers der Wehrmacht verhafte ich Sie. Folgen Sie mir freiwillig, sonst muss ich Gewalt anwenden«, tönt die befehlsgewohnte Stimme des Majors eiskalt durch den Saal.

Von Schirach wendet sich vom Fenster ab und setzt an, um etwas zu sagen, dann schließt er den Mund wieder.

Der Major sieht, wie der Widerstand des jungenhaft aussehenden Mannes zusammenbricht. Der gerade noch so aufrecht dastehende ehemalige Reichstatthalter wirkt nun gekrümmt und unentschlossen. Doch dann gibt sich von Schirach einen Ruck und sagt: »Herr Major, Sie tragen die Verantwortung für diesen Übergriff auf mich und meine Familie.«

Unbeeindruckt erwidert der Major: »Keine Sorge, Herr von Schirach. Ihrer Familie wird nichts geschehen.«

07. Februar 1943

Nachmittags, Bunkeranlage Maybach II, Wünsdorf bei Zossen

Vizeadmiral Wilhelm Canaris läuft langsam in seinem Büroraum in der Bunkeranlage auf und ab. Ein Offizier der Abwehr steht mit mehreren Akten im Raum und breitet sie auf dem Schreibtisch des Admirals aus.

»Wie zuverlässig sind diese Meldungen?«

Der Offizier wiegt den Kopf hin und her.

»Nun, Herr Admiral, sie wurden zweimal bestätigt. Von unterschiedlichen Quellen. Damit ist es recht wahrscheinlich, dass sie stimmen.«

»Er kann uns gefährlich werden«, erwidert der Chef der Abwehr ruhig und beinahe bedächtig.

»Das hängt davon ab, was er aus seinem Büro mitgenommen hat, bevor er es sprengte - und natürlich, was er über *Götzenfall* wusste.«

Canaris bleibt stehen und dreht sich in einer flüssigen Bewegung zu dem Offizier der Abwehr um: »Wir werden und wir können nicht warten, bis er es uns mitteilt. Ich will wissen, was er vorhat und ob er uns schaden will. Setzen Sie sofort unsere besten Männer auf ihn an. Finden Sie ihn und bekommen Sie raus, was er weiß. Sollte sich herausstellen, dass er mehr weiß, als für ihn gut ist, so stellen Sie sicher, dass er es niemandem mitteilen kann!«

Für Canaris ist das Gespräch damit beendet. Der Offizier grüßt kurz und verlässt schnellstens das Büro des Vizeadmirals.

Der Abwehrchef sitzt nun allein hinter seinem Schreibtisch und blickt auf die große Lagekarte Europas.

Überall in Europa und auch in vielen Ländern der restlichen Welt befinden sich seine Agenten im Einsatz.

Vorerst liegt sein Augenmerk aber weiterhin auf dem eigenen Land. Im großdeutschen Kaiserreich gibt es noch immer einige Personen, die unbedingt entfernt werden müssen, selbst wenn sie zum Kreis der Verschwörer von *Götzenfall* gehörten.

Eine dieser Personen ist Viktor Lutze, Stabschef der SA. Als die Verschwörer rund um Louis Ferdinand, von Manstein, Goerdeler, Canaris und andere ihn ansprachen, um auszuloten, wo er bei einem Putsch stehen würde, stellte er sich sehr schnell auf die Seite der Verschwörer. Dem Monarchen und auch von Manstein schien es von Anfang an, als ob Lutze eher daran interessiert wäre, alte Rechnungen mit der SS zu begleichen.

Nun jedoch steht er ebendieser Mann der neuen Ordnung im Wege. Er hat seinen Zweck erfüllt.

Canaris weiß genau, dass Lutze regelmäßig mit seinem Dienstwagen unterwegs ist. Er hat befohlen, die Bremsen und die Lenkung zu manipulieren.

Canaris hofft, dass er morgen, spätestens übermorgen den Bericht dazu auf seinem Tisch liegen hat.

Die geheimen Gespräche seiner Agenten Edgar Klaus und Bruno Peter Kleist mit sowjetischen Kontaktmännern in Schweden gilt es ebenfalls genauestens zu beobachten.

Wieder legt Canaris einen Stapel Akten beiseite.

Auf der nun obenliegenden Akte steht geschrieben: *Operation Sonnenaufgang*.

Auch mit den westlichen Alliierten gibt es geheime Treffen …

Die dortigen Kontakte regelt der Hauptmann der Reserve Randolph Freiherr von Breidbach-Bürresheim. Unter anderem mit dem Leiter des OSS in Bern, Allen Dulles, entfalteten sich recht vielversprechende Gespräche …

07. Februar 1943

Nachmittags, Madrid

Wir befinden uns auf der *Plaza Mayor,* einem perfekten Rechteck mit den Maßen 120 mal 90 Meter, das Herzstück der Innenstadt und auch der eindrucksvollste der vielen Plätze Madrids.

Der unauffällig gekleidete Mann genießt das für Februar recht milde Wetter. Er hält ein kleines Heft in der Hand und liest darin einige interessante Fakten über den Platz, auf dem er flaniert.

Natürlich ist ihm nicht entgangen, dass er schon seit geraumer Zeit von einer Person verfolgt und beschattet wird. Doch solange er sich im öffentlichen Raum mit vielen Menschen bewegt, ist er relativ sicher.

Diese Beschattungen und das Nachstellen, das täglich Brot der Geheimdienste auf der ganzen Welt, kennt der junge Mann mit seinen 33 Jahren nur zu genau.

Nach ungefähr 30 Minuten setzt er sich in den Außenbereich eines der vielen Cafés am Rand des *Plaza Mayor*. Als die Bedienung kommt, bestellt er in einem beinahe akzentfreien Englisch einen Kaffee und ein kleines Stück Apfelkuchen.

Aus dem Augenwinkel sieht er, dass der fremde Mann, der ihm gefolgt ist, nun ebenfalls in dem Café einkehrt. Der in einen unauffällig grauen Anzug gekleidete Fremde setzt sich einige Tische weiter.

Nachdem er sein Kuchenstück aufgegessen hat, bewegt er sich in das Innere des Cafés. Er hat dafür einen Augenblick abgepasst, als mehrere Menschen gleichzeitig hinein- und hinausgingen, so dass er annehmen kann, dass der Verfolger ihn aus den Augen verloren haben könnte.

Niemand folgt ihm.

Nachdem er kurz der Toilette des Cafés einen Besuch abstattete, schlendert er wieder ins Freie.

Der mutmaßliche Agent sitzt noch immer auf seinem Platz, schaut sich jedoch etwas beunruhigt um. Offenkundig hat er seine Zielperson tatsächlich aus dem Auge verloren.

Zielstrebig geht der junge Mann nun zu seinem Verfolger. Auf der Toilette hat er seine P 08 aus dem Schulterholster unter seiner Anzugsjacke gezogen und hinten in seine Anzugshose gesteckt.

Er zieht den Stuhl gegenüber dem mutmaßlichen Agenten ruckartig nach hinten. Entgeistert sieht dieser den Fremden an.

Der junge Mann mit dem ordentlich nach hinten gekämmten, braunen Haaren sitzt seinem Verfolger nun genau gegenüber.

»Sie wurden von Admiral Canaris geschickt. Was wollen Sie von mir?«, fragt er ihn. »Und kommen Sie nicht auf dumme Ideen. Ich ziele mit einer 08 unter dem Tisch auf eine sehr empfindliche Stelle Ihres Körpers.«

Der Agent macht jedoch keine Anstalten, irgendwelche Gegenmaßnahmen zu ergreifen.

»Ah, Herr Schellenberg, oder soll ich lieber Brigadeführer Schellenberg sagen?«

Schellenberg sieht den Agenten mit eiskaltem Bick an und meint mit eisiger Stimme: »Ich frage Sie noch einmal. Was wollen Sie von mir?«

Der Agent lächelt überlegen.

»Ich möchte mich nur ein wenig mit Ihnen unterhalten. Admiral Canaris hat mir ein paar Fragen für Sie mitgegeben.«

Nun ist es der ehemalige SS-Brigadeführer, der ein Lächeln auf seinem Gesicht sehen lässt.

»Ach, hat der Herr Admiral etwa Sehnsucht nach mir?«

»Oh nein, nicht direkt. Wir waren nur ein wenig überrascht von Ihrem plötzlichen Aufbruch, und auch etwas bestürzt, wie Sie Ihre ehemalige Arbeitsstelle verlassen haben.«

Der Sarkasmus in den Worten des Abwehragenten ist nicht zu überhören.

»Nun, ich wollte nicht warten, bis ich mich aus Versehen in meine eigene Kugel werfe, oder stolpere und in meine Badewanne falle.«

Noch bevor der Mann von der Abwehr etwas erwidern kann, stehen plötzlich zwei weitere Männer links und rechts neben dem Tisch.

Sichtlich aus dem Konzept gebracht, betrachtet der Abwehr-Agent die beiden Neuankömmlinge mit südländischem Aussehen.

»Sehen Sie, Herr … Sie haben mir Ihren Namen noch gar nicht genannt.«

Einer der Neuankömmlinge stupst den Agenten der Abwehr mit einem Gegenstand in den Rücken. Der Mann spürt einen dünnen, zylindrischen Gegenstand. Er beißt die Zähne aufeinander.

»Nennen Sie mich ruhig Müller.«

Schellenberg lacht kurz auf.

»Natürlich, Müller - aber wie Sie wollen, Herr Müller. Ich mache diese Arbeit schon eine ganze Weile. Daher kenne ich Ihre Arbeitsweise - und wie man sieht, kenne ich einige Leute in wichtigen und einflussreichen Positionen. Sie haben jetzt genau zwei Möglichkeiten. Entweder Sie kommen ganz ruhig mit, beantworten mir ein paar Fragen und überleben, oder Sie werden den heutigen Sonnenuntergang nicht mehr erleben.«

Das Oberkommando gibt bekannt

... Im Kuban-Brückenkopf ist die Evakuierung der 17. Armee und der unterstellten 3. rumänischen Armee beinahe vollständig abgeschlossen.

Feindliche Kräfte stoßen weiterhin auf Woroschilowgrad und Stalino vor. Ortschaften entlang der Feindbewegung wurden planmäßig geräumt.

Der gegnerische Stoß auf Mariupol wird weiterhin an der Linie Rozhok-Fodorowka-Grigoryewka abgewehrt. Dort kommt es zu stärksten Angriffen. Die Bolschewisten haben über 20 Panzer und unzählige Infanteristen verloren.

Ein koordiniertes Angriffsunternehmen von Luftwaffenverbänden im Südraum der Ostfront gegen erkannte und vermutete Flugplätze der Roten Luftwaffe verzeichnete einen überwältigenden Erfolg. Nach ersten Schätzungen wurden über 100 Jagdflugzeuge und 120 Schlacht- und Transportflugzeuge zerstört oder so schwer beschädigt, dass sie auf absehbare Zeit nicht eingesetzt werden können. Darüber hinaus wurden zahlreiche Gebäude und Werkhallen zerstört.

Unsere deutschen Verbände verzeichneten dabei nur geringfügige Verluste von 10 Jagd-, Schlacht- und Kampfflugzeugen.

An der Westfront kam es weiterhin weder zu Tage noch in der Nacht zu Einflügen feindlicher Flugzeuge.

Im Kampfraum Afrika kam es zu weiteren schweren Abwehr- und Angriffskämpfen.

Bei diesen Kämpfen konnte sich die Fallschirmjägerbrigade Ramcke unter Generalleutnant Hermann-Bernhard Ramcke besonders auszeichnen.

In der Schlacht um den Atlantik ...

08. Februar 1943

Frühmorgens, Bunkeranlage Maybach II, Wünsdorf bei Zossen

Admiral Canaris schlägt mit der Faust auf die Arbeitsplatte.

Der auf Schellenberg angesetzte Agent meldete sich nicht zur vereinbarten Zeit am gestrigen Tage. Auch heute Früh kam kein Lebenszeichen von ihm.

Das kann nur eines bedeuten – Schellenberg hat den Agenten entdeckt.

Der Vizeadmiral hat das gesamte Spionagenetz in Spanien auf den Sachverhalt aufmerksam gemacht und zu erhöhter Wachsamkeit aufgefordert.

Der Chef des militärischen Geheimdienstes des Großdeutschen Kaiserreichs greift zum Telefonhörer: »Krebbers? Canaris hier. Gibt es etwas Neues von unserem Mann in Madrid - Nein? Sie werden mich sofort informieren, wenn es neue Nachrichten gibt!«

Er knallt den Hörer des schwarzen Telefons auf die Gabel und schnappt sich eine weitere Akte.

Auch wenn die Sache mit Schellenberg sehr ärgerlich ist und durchaus unangenehm werden könnte, ist dies nicht die einzige Baustelle, um die er sich zu kümmern hat.

Zum Beispiel kann die Abwehr nun dank der Mithilfe General Wlassows auch Kommandounternehmen auf dem Gebiet der Sowjetunion unter Mithilfe von russischen Soldaten ins Auge fassen.

Es gibt durchaus interessante Infrastrukturziele im sowjetischen Hinterland, die in Frage kommen …

08. Februar 1943

Frühmorgens, Madrid

Walter Schellenberg sitzt in einer sehr luxuriösen Hotelsuite. Jeden Augenblick müssten seine beiden spanischen Helfer zurückkommen.

Der gefangengenommene Abwehragent liegt noch immer gefesselt im Nebenzimmer. Es klopft in der verabredeten Reihenfolge an der Tür.

Schellenberg, gehüllt in eine schwarze Anzugshose und ein weißes Hemd, öffnet die Tür.

Die beiden Helfer treten ein. Schnell werden einige Worte auf Englisch gewechselt und die beiden Männer begeben sich in das Nebenzimmer.

Augenblicke später zerren sie den Abwehrmann in das Hauptzimmer und platzieren ihn grob auf einem Stuhl.

Schellenberg sitzt in einem angenehm gepolsterten Sessel, genau gegenüber.

»Nun Herr Müller, ich hoffe, Sie haben gut geschlafen?«, meint er in einer ruhigen und neutralen Tonlage.

Der gefesselt Abwehragent stöhnt und zischt durch die Zähne: »Na ja, ging so. Hätte vorher nochmal aufs Klo gehen sollen.«

Schellenberg muss kurz auflachen, wird jedoch sofort wieder ernst.

»Nun, jetzt wollen wir uns doch aufs Wesentliche konzentrieren. Wissen Sie, Müller, nicht nur ich bin neugierig, was Canaris und die neue Führung so vorhaben.

Auch meine Kontakte beim spanischen Geheimdienst sind sich da nicht mehr so sicher. Mit dem Führer und seinen Vertrauten hatte Spanien ein recht gutes Verhältnis ...«

Über das Gesicht des Agenten der Abwehr huscht ein gequältes Lächeln.

»Tja, Brigadeführer, so geht es dem Admiral auch. Immerhin waren Sie ein ranghohes Mitglied der Schutzstaffel. Wir wissen noch nicht genau, wie tief Sie in diesem Sumpf gesteckt haben.«

Schellenberg lacht laut auf und erhebt sich betont langsam aus dem Sessel. Er schreitet ein paar Schritte auf Müller zu.

»Müller, Canaris weiß sehr genau, wie tief ich wo drinstecke oder gesteckt habe - wie dem auch sei. Ich habe für Admiral Canaris eine Nachricht. Sie können die Nachricht gern lesen. Wir werden Sie nun freilassen und Sie werden diese Nachricht unverzüglich an Admiral Canaris weiterleiten. Die Antwort können Sie mir dann übermorgen früh am Eingang des Museo del Prado übergeben.«

Walter Schellenberg bedeutet den Helfern, den Gefangen loszubinden. Einer der Spanier übergibt Müller ein geschlossenes Couvert und geleitet den Agenten aus der Suite.

Noch ehe der Abwehrmann aus der Tür hinaus ist, meint Schellenberg mit eisiger Stimme: »Müller! Sollte bei der Übergabe übermorgen irgendetwas schief gehen, werden einige unangenehme Informationen an alle wichtigen Geheimdienste und Regierungen der Welt übermittelt.«

Müller nickt und verlässt das Zimmer.

08. Februar 1943

Vormittags, Bunkeranlage Maybach II, Wünsdorf bei Zossen

Vizeadmiral Wilhelm Canaris sitzt vor einem Bericht, den er vor wenigen Minuten erhalten hat.

Jener Bericht besagt, dass Viktor Lutze, SA-Stabschef und Wehrerziehungsführer im Rang eines Reichsministers, am gestrigen Abend bei einem Autounfall in der Nähe von München ums Leben gekommen sei. Im Polizeibericht wird stehen, dass dies aus ungeklärten Ursachen geschehen sei. An einem abschüssigen Abschnitt der Verbindungsstraße Nürnberg in Richtung München kam es dann zu diesem »bedauerlichen« Unfall.

Obwohl bei diesem Unfall auch Lutzes Tochter Inge ums Leben kam, kann sich der Abwehrchef ein Grinsen nicht verkneifen.

Wieder einer weniger, geht es dem Admiral durch den Kopf, als urplötzlich die Tür seines Büros aufgerissen wird und Kapitänleutnant Krebbers eintritt.

»Herr Admiral, wir haben endlich Nachricht von unserem Mann in Madrid.«

Aufgeregt winkt er mit einem Stück Papier.

Canaris springt sofort von seinem Sessel auf.

»Geben Sie schon her!«

Der Admiral reißt seinem Adjutanten das Blatt förmlich aus der Hand. Er überfliegt es.

»Ich brauche dringend eine Verbindung zum Kaiser; das ist ja unglaublich.«

08. Februar 1943

Nachmittags, Kampfraum Rozhok

Unteroffizier Ludwig Bauer befindet sich wieder einmal mit seinen Kameraden auf Feindflug. Die letzten Tage haben auch bei den Schlachtfliegern Spuren hinterlassen.

Gestern hat sich die Staffel an den Angriff gegen die feindlichen Flugplätze beteiligt. Leutnant Krüger meinte, dass diese Aktion erforderlich sei, da starke Jagdfliegerverbände von der Ostfront abgezogen werden sollen. Die Angriffsoperation gegen die feindlichen Fliegerkräfte diene daher dazu, den deutschen Truppen Luft zu verschaffen.

Anscheinend hatte die Unternehmung Erfolg, denn gestern und auch heute haben die Schlachtflieger keinen feindlichen Jäger zu Gesicht bekommen. Dafür aber umso mehr sowjetische Panzer, Lastkraftwagen, Artillerie- und Panzerabwehrgeschütze sowie Infanterieeinheiten.

Dieses Mal geht es für Bauer und die anderen Schlachtflieger tiefer in das feindliche Hinterland hinein. Einige Aufklärer haben mehrere sowjetische Artilleriebatterien gemeldet.

Die Staffel von Leutnant Krüger besteht momentan nur noch aus sechs Maschinen. Sie haben sich in zwei Gruppen aufgeteilt. Die erste führt Leutnant Krüger selbst, die zweite Gruppe führt Unteroffizier Bauer. Mit ihm fliegen seine beiden Kameraden Voigt und Bauerfeind.

»Rabe Eins an Rabe Vier – kommen«, knarrt es aus den Hörmuscheln der FT-Haube.

»Hier Rabe Vier«, antwortet Bauer.

»Haben Artilleriestellungen ausgenmacht. Rabe Eins bis Drei fliegen von Nordost an. Rabe Vier bis Sechs aus Richtung Südosten angreifen – Frage Viktor.«

»Viktor«, ist die kurze Antwort von Bauer. Er lässt seine Maschine leicht nach Süden abdrehen; die beiden anderen Maschinen folgen ihm.

Nach wenigen Minuten sehen die drei Flugzeugführer im Norden Geschossketten von Flugabwehrgeschützen in den Himmel steigen.

Bauer dreht seine Maschine auf die Artilleriestellung zu. Augenblicke später erkennen die drei Luftwaffensoldaten ebenfalls eine Artilleriestellung.

Die drei Maschinen fliegen in ungefähr 1.000 Meter an.

»Rabe Vier an Rabe Fünf – Angriff auf die Artilleriegeschütze – Rabe Sechs, Angriff auf die Flugabwehr.«

Bauer und Voigt drücken ihre Maschinen leicht an. Die Geschwindigkeit steigt, die Kontrolllampen zeigen an, dass die Waffen bereit sind.

Noch schlägt ihnen kein Abwehrfeuer entgegen; die rote Flak feuert weiterhin auf die Gruppe um Leutnant Krüger.

Unteroffizier Heinrich Bauerfeind setzt sich etwas nach rechts ab und rast auf die Flugabwehrgeschütze zu.

Die Artilleriegeschütze, die mit weißen Tarnnetzen abgedeckt sind, wandern in die grün leuchtenden Reflexvisiere und werden größer und größer.

Bauer drückt die Auslöseknöpfe für die 30 Millimeter MK 108 und die Bord-MG.

Die ersten Geschosse schlagen kurz vor den Geschützen in den Schnee und lassen kleine Schneefontönen aufstieben. Doch dann hämmern die Geschosse im Kaliber 30 Millimeter und 7,92 Millimeter in den kalten Stahl des anvisierten Geschützes. Das Tarnnetz wird in Fetzen gerissen. Die Geschützbedienungen liegen neben ihren Kanonen in Gräben und Deckungslöchern.

Bauer erkennt, wie seine Geschosse in und um das Geschütz einschlagen und den Stahl zerreißen. Auch Voigt trifft das von ihm angeflogene Geschütz. Kurz vor dem Abdrehen bemerkt Bauer, wie die Bedienungsmannschaften der Flak hektisch auf die neuen Ziele eindrehen, aber auch bei ihnen Geschosse von Bordkanonen und Bord-MG einschlagen.

Schon zischen die drei Schlachtflugzeuge an den Geschützen vorbei und drehen nach links ab, um nochmals anzufliegen. Nicht weit entfernt von ihren Zielen sehen die drei Flugzeugführer, wie sich mehrere Rauchsäulen in den Himmel kräuseln.

»Rabe Vier an Rabe Fünf und Sechs – neuer Anflug, gleiche Aufteilung«, gibt Bauer an seine beiden Kameraden durch.

Die drei Hs 129 beschreiben eine weite Kurve. Bauer lässt den Steuerknüppel etwas nach hinten wandern, um wieder an Höhe zu gewinnen. Die Bedienungsmannschaften der Flugabwehrgeschütze haben ihre Rohre nun auch auf die Henschel der drei Unteroffiziere eingedreht. Zu allem Überfluss stehen anscheinend auch einige schwere DschK-Maschinengewehre bereit. Den drei Flugzeugführern flitzen die Geschosse im Kaliber 37 Millimeter und 12,7 Millimeter um die Ohren.

Bauer vernimmt ein unschönes Knirschen in seiner Maschine, doch ein kurzer Blick auf die Instrumententafel zeigt ihm, dass es anscheinend zu keinen ernsthaften Beschädigungen gekommen ist.

Kurz darauf schweben alle drei außerhalb der Reichweite der sowjetischen Flugabwehr.

»Alles klar bei euch?«, erkundigt sich Bauer bei seinen Kameraden. Zwei kurze Bestätigungen wandern durch den Äther. Die drei Schlachtflieger klettern auf 1.500 Meter.

Aus dieser Höhe erkennen sie, dass bei den Artilleriestellungen der Sowjets mehrere dunkle Rauchsäulen aufsteigen – ein sicheres Zeichen, dass beim Feind einiges an Gerät zerstört worden ist.

Wieder nimmt Bauer Kurs auf die Artilleriegeschütze. Er drückt den Steuerknüppel an und stürzt im flachen Winkel mit steigernder Geschwindigkeit auf die Stellungen zu. Seine beiden Kameraden machen es ihm gleich. Doch diesmal sind die roten Flakbedienungsmannschaften gewarnt und die drei Schlachtflugzeuge werden von einem wahren Feuerhagel empfangen.

Unzählige Flammenschnüre flitzen um die angreifenden Henschel herum. Mehrmals scheppert es in der Maschine von Unteroffizier Ludwig Bauer.

Er korrigiert noch rasch den Kurs und dann drückt auch er die Auslöseknöpfe seiner Bordwaffen. Nun zischen seinerseits Flammenschnüre zum Gegner hinüber. Sie fressen sich in den Stahl eines weiteren Geschützes. Durch die Wucht der 30 Millimeter-Geschosse seiner MK 108 wird das anvisierte Artilleriegeschütz umgerissen. Plötzlich steigt rechts neben dem Geschütz aus einem Stapel Holzkisten eine mächtige Flammenwand empor. Anscheinend hat Unteroffizier Voigt einen Munitionsstapel erwischt.

Doch die aufkommende Freude über den vernichtenden Erfolg währt nur kurz. Entsetzt sehen Bauer und Voigt, wie die Maschine von Unteroffizier Bauerfeind, der die Bekämpfung der Flugabwehrgeschütze übernommen hat, voll von einer Geschosskette getroffen wird.

Die 37 Millimeter-Geschosse sägen in die linke Tragfläche und reißen diese förmlich ab.

Sofort dreht sich die Henschel um die Längsachse. Nur mit Glück gelingt es Voigt, der waidwundenen Maschine des Kameraden auszuweichen.

Wie in Zeitlupe sehen sie zu, wie die trudelnde und sich überschlagende Maschine an Höhe verliert und schließlich mit hoher Geschwindigkeit keine 50 Meter neben der sowjetischen Artilleriestellung in den Schnee einschlägt. Es folgt eine Detonation und eine Rauchfahne wächst empor. Trümmerteile fliegen umher.

Geschockt beobachten Bauer und Voigt das grausige Geschehen, welches sich mit der weiterhin detonierenden Munition der Artilleriegeschütze vermischt und ein schauriges Inferno abgibt.

Die Flugabwehrgeschütze haben aufgehört zu feuern. Wahrscheinlich wurden die Bedienungsmannschaften durch den Trümmer- und Splitterhagel in Deckung gezwungen.

Ein unbeschreibliches Stimmengewirr ist im Kopfhörer von Bauers FT-Haube zu vernehmen.

Erst allmählich gelingt es seinem Unterbewusstsein, die Wortfetzen zu vernünftigen Sätzen zusammenzufügen.

»Rabe Ein an alle Raben - Rückflug - Statusbericht.«

08. Februar 1943

Nachmittags, Hauptquartier Oberbefehlshaber Ost

Generalfeldmarschall von Manstein hält sich mit seinen Stabsoffizieren und den Verbindungsoffizieren zu den einzelnen Heeresgruppen wieder einmal vor der großen Lagekarte der Ostfront auf.

»Meine Herren, nun befinden wir uns in genau der Lage, die ich befürchtet hatte. Wir haben zwar die 6. Armee und auch die Teile der 4. Panzerarmee gerettet, aber diese Verbände stehen uns nun einmal primär nicht zur Verfügung, da sie sich in Neuaufstellung befinden. Teile der zur Befreiung der Stalingrader Divisionen eingesetzten Verbände waren noch gar nicht komplett aufgefrischt. Ich denke da nur an die drei SS-Divisionen.

Die Sowjets andererseits stoßen mit allen ihnen zur Verfügung stehenden Kräften gegen unsere Front im Süden und dazu gehören auch die Verbände, die den Kessel gebildet hatten.

Taganrog ist bereits verloren gegangen. Bis wir Woroschilowgrad und Stalino aufgeben müssen, ist es ebenfalls nur noch eine Frage der Zeit.«

Manstein schlägt mit der Faust auf den großen Holztisch, so dass die darauf ebenfalls abgestellten Gläser ein wenig nach oben hüpfen.

Nun meldet sich Generalmajor Friedrich Schulz, der Chef des Generalstabes, beim *OB Ost* zu Wort: »Herr Feldmarschall, vergessen Sie nicht die Verbände der 17. Armee. Wenn die erstmal alle aus dem Kuban-Brückenkopf evakuiert sind, steht die 17. Armee zu unserer Verfügung.«

Manstein schaut auf und blickt seinen Generalstabschef giftig an.

»Als ob ich das vergessen hätte, Schulz. Welche Verbände stehen denn bisher bereit?«

Schulz kramt verlegen in seinen Akten. Er hat bemerkt, dass seine Formulierung unpassend war. Es unterstellte dem Oberbefehlshaber Ost, dieser hätte einfach eine ganze Armee vergessen.

Endlich hat er die endsprechende Akte gefunden.

»In der Bereitstellung für *Frühlingsgewitter* befinden sich zurzeit die 6. und 9. rumänische Division, die slowakische schnelle Division befindet sich im Anmarsch und es wird übermorgen mit ihrem Eintreffen gerechnet.

Des Weiteren befindet sich der Arko 134 samt Truppen auf der Krim bei Simferopol, ebenso wie der Korp-Nachschubführer 444. Die Korps-Nachrichten-Abteilung 444 liegt noch in Kertsch.

Die 97. Jäger-Division befindet sich momentan im Abtransport und sobald dann auch die 125. ID ihre Stellungen räumen kann und Kertsch erreicht hat, ist das gesamte XXXXIV. Korps verfügbar.

General de Angelis befindet sich noch bei seinen Männern im Kuban-Brückenkopf; es ist seine Absicht, zusammen mit der 125. überzusetzen.

Sein Generalstabschef, Oberst i.G. Macher, befindet sich bereits in Simferopol und koordiniert von dort aus die Bewegungen der bereits übergesetzten Verbände.

Vom V. AK befinden sich die 3. rumänische Gebirgsdivision und die 10. rumänische Division im Bereitstellungsraum für *Frühlingsgewitter*, ebenso wie unsere 9. ID und die Sturmgeschütz-Abteilung 249. Im Anmarsch befinden sich die 73. ID und die 19. rumänische Division. Diese treffen ebenfalls in den nächsten zwei Tagen im Bereitstellungsraum ein. Im Kuban-Brückenkopf befindet sich noch die 5. Luftwaffen-Felddivision und der Großteil der Korps-Truppen und des Korps-Stabes.

Das LII. AK samt drei Infanteriedivisionen nebst Korpstruppen hat gemeldet, dass es bereits vollständig übersetzen konnte und sich unlängst auf dem Weg zum befohlenen Bereitstellungsraum befindet. Das XXXXIX. Gebirgs-Korps steht mit der Masse jedoch noch im Kuban-Brückenkopf.

General Ruoff, samt Armee-Stab, befindet sich in Kertsch; Generalmajor Müller ist ebenfalls noch im Brückenkopf.

Alles in allem erwarten wir in den kommenden Wochen erhebliche Verstärkungen im Südraum.«

Von Manstein reckt seine markante Nase nach vorn: »Dennoch benötigen wir jetzt Offensivkräfte im Süden! Aber vor allem müssen wir dem Befehls- und Unterstellungschaos ein Ende setzen.«

Nun schauen die anwesenden Generalstabsoffiziere erwartungsvoll zum Feldmarschall.

»Die Aufteilung unserer Kräfte im Südraum der Ostfront unter drei Heeresgruppenkommandos hat sich nach der Aufgabe des Kaukasusraums und demnächst auch des Kuban-Brückenkopfs als überflüssig erwiesen. Von daher werden die Verbände der Heeresgruppen A, B und Don wieder zur Heeresgruppe Süd zusammengelegt. Die Führung der neuen Heeresgruppe Süd übernimmt Generalfeldmarschall von Kleist mit seinem Stab. Die Stäbe und Befehlshaber der Heeresgruppen B und Don gehen dann wohl vorerst in die *Führerreserve*.

Die rumänischen Divisionen sollen die Verteidigungslinie der SS-Divisionen übernehmen und diese unter allen Umständen halten. Die frei gewordenen SS-Divisionen werden schnellstmöglich dem OB des Ersatzheeres überstellt, so dass sie planmäßig umstrukturiert werden können. Nach den letzten Stärkemeldungen sind sie ohnehin nicht mehr für offensive Operationen zu gebrauchen.

Die slowakische schnelle Division soll sich nach ihrer Ankunft als Eingreifreserve bereithalten. Ebenso die Sturmgeschütz-Abteilung 249. Noch vorhandene Kampfpanzer, Selbstfahrlafetten und Schützenpanzer der SS-Divisionen sind an die Slowaken abzugeben. Die Panzerabwehrgeschütze und Artillerie bekommen die Rumänen.

Die 9. ID soll als mögliche *Korsettstange* zwischen die rumänischen Verbände eingezogen werden.

Das III. Panzer-Korps und LVII. Panzer-Korps sollen sich ebenfalls in den Bereitstellungsraum von *Frühlingsgewitter* begeben. Mit der 13. Panzerdivision, der 17. Panzerdivision und der 23. Panzerdivision, den beiden Sturmgeschütz-Abteilungen und der Division *Wiking* haben wir dann wenigstens vier gepanzerte Divisionen und die beiden Sturmgeschütz-Abteilungen in der Hinterhand.

In spätestens zwei Tagen muss die Bereitstellung der Angriffsdivisionen abgeschlossen sein!«

Die anwesenden Generalstabsoffiziere fertigen fleißig Notizen an, um diese nach der Besprechung sofort an die entsprechenden Stellen weitergeben zu können.

08. Februar 1943

Nachmittags, Neues Palais

Vizeadmiral Wilhelm Canaris schreitet durch das große Triumphtor. Der Anblick des 24 Meter hohen, kuppelgekrönten Tors erfüllt ihn mit Demut. Am Nord- und Südende wird es flankiert von zwei Kolonnadenbögen samt 158 Säulen und Pavillongebäuden.

Der Chef der militärischen Abwehr ist in einen langen und warmen marineblauen Mantel gekleidet. Auf dem Kopf trägt er die typische Schirmmütze in marineblau mit goldenen Abzeichen der Kriegsmarine.

Schnellen Schrittes marschiert er über den langen, kerzengeraden und verschneiten Weg. Auch der Anblick des Neuen Palais mit seiner hohen Kuppel und der darauf ruhenden, goldenen Statue wirkt auf den Vizeadmiral erhebend.

Nach wenigen Minuten ist er am Eingang des Palais angelangt. Zwei Posten der Division *Großdeutschland* frieren dort leise vor sich hin.

Als Canaris an ihnen vorbeischreitet und von Major Maximilian Reichenbach in Empfang genommen wird, präsentieren die beiden Gardesoldaten das Gewehr.

Er wird durch das untere Vestibül und den Grottensaal zum Arbeitszimmer des Kaisers geführt. Dessen Adjutant kündigt den Chef der Abwehr an, daraufhin tritt Canaris ein.

»Admiral Canaris, was kann ich für Sie tun? Weshalb wollten Sie mich so dringend sprechen?« Der vierjährige Prinz Friedrich Wilhelm sitzt auf dem Schoss des Monarchen. Es handelt sich um den ältesten Abkömmling des Kaisers; dieser schaut den Gast kurz verwundert an und malt dann weiter Linien auf das gelbliche Stück Papier vor sich.

Der Abwehrchef räuspert sich und sagt: »Eure Majestät, es geht um die Personalie Schellenberg. Wir haben eine Nachricht von ihm erhalten.«

Der Kaiser nimmt seinen Sohn vom Schoß und geleitet Canaris ins Schreibkabinett. Kaum sind sie aus dem Arbeitszimmer, da eilt ein junges Dienstmädchen herbei, um sich um den Prinzen zu kümmern.

Ehe der Monarch die Tür schließt, ruft er seinem Adjutanten zu: »Reichenbach, bringen Sie uns doch bitte eine Kanne Kaffee, drei Tassen und gesellen Sie sich dann zu uns.«

Das Schreibkabinett ist mit feinen Wandteppichen, Marmorboden und einem ausladenden Bücherregal ausgestattet, in dem tausende Werke der unterschiedlichsten Autoren zur Schau gestellt sind.

Louis Ferdinand setzt sich und bedeutet seinem Gast, ebenfalls Platz zu nehmen.

»So, Herr Canaris, was gibt es betreffend Herrn Schellenberg zu klären?«

»Mein Kaiser, Schellenberg hat einen unserer Agenten, der ihn beschatten sollte, mit Hilfe einiger spanischer Agenten entführt. Sie hielten ihn für eine Nacht fest und haben ihn dann mit einer Nachricht an mich unversehrt freigelassen.«

Der Regent Großdeutschlands schaut verwundert auf.

»Was besagt jene Nachricht?«

In diesem Augenblick öffnet Major Reichenbach die Tür. Er trägt auf einem Tablett eine schmuckvoll verzierte Kaffeekanne aus Porzellan und drei im gleichen Stil verzierte Tassen. Er stellt das Tablett auf einen Beistelltisch.

Reichenbach gießt den beiden ein und nimmt danach seine Tasse, um sich etwas abseits der beiden auf einen dritten Stuhl zu setzen.

Canaris schaut den Major verwundert an. Dem Kaiser bleibt der Blick des Abwehrchefs nicht verborgen.

»Fahren Sie ruhig fort, Herr Canaris«, sagt er ruhig und führt sich die Tasse mit dem heißen Kaffee zum Mund.

Der Abwehrchef räuspert sich und nippt kurz an seinem Getränk.

»Mein Kaiser, die Forderungen, die Schellenberg erhebt, erscheinen mir im Großen und Ganzen vernünftig. Es verwundert mich im Nachhinein auch nicht, dass unsere Aktion so verlaufen ist - ich hätte vorsichtiger sein sollen. Schellenberg war lange genug in diesem Geschäft tätig, um entsprechende Kontakte zu knüpfen. Genauso wie er sich über unsere Absichten ihm gegenüber nicht im Klaren ist, so sind unsere Verbündeten ebenfalls verunsichert über die Absichten und Ziele der neuen Führung.

Das hat er sich natürlich zunutze gemacht. Schellenberg ist ein intelligenter und zielstrebiger Mann.

Nun zu seinen Forderungen. Er verlangt, dass seine Familie gefahrlos nach Spanien ausreisen darf und er nicht länger offensiv beschattet wird.«

Der Kaiser kratzt sich bedächtig am frisch rasierten Kinn.

»Und was bietet er uns dafür an?«

Es folgt eine kurze Pause, bevor der Vizeadmiral fortfährt: »Er bietet uns an, Informationen des spanischen Geheimdienstes zu uns durchzustechen, außerdem die Vernichtung von belastenden Informationen gegen uns, was das Attentat auf Hitler anbelangt, und die Weiterführung der *Aktion Bernhard* von Spanien aus.«

Der Kaiser schaut sein Gegenüber verwundert an.

»Was darf ich unter der *Aktion Bernhard* verstehen?«

Man hört Wilhelm Canaris laut durchatmen, ehe er zu einer Erklärung ansetzt. »Bei der *Aktion Bernhard* handelt es sich um eine Geldfälschungsoperation des ehemaligen Sicherheitsdienstes im Reichssicherheitshauptamt.

Im KL Sachsenhausen, in den Baracken 18 und 19, fälschen derzeit 144 ehemalige jüdische Häftlinge mit Hilfe professioneller Geldfälscher ausländische Währungen, vor allem englische Pfundnoten. Ziel ist es, die Volkswirtschaften der Alliierten zu destabilisieren.

Es werden größtenteils Fünf-, Zehn-, Zwanzig- und Fünfzig-Pfund-Noten gefälscht. Die Blüten gelangen durch die Finanzierung unserer Spione in den Geldkreislauf, und auch durch das Zahlen von Auslandsrechnungen. Geplant ist in näherer Zukunft zudem, Falschgeld direkt über England abzuwerfen.«

Der Monarch sieht Canaris mit großen Augen an.

»Herr Canaris, das ist ein sehr perfider Plan.«

Der Abwehrchef hebt die Hände: »Von dem die Abwehr erst vor Kurzem erfahren hat. Der SD unter Schellenberg war hier federführend.«

Louis Ferdinand I. sieht Canaris prüfend an.

»Gibt es noch andere Geheimoperationen, von denen ich wissen sollte?«

Der alte Admiral setzt ein verschmitztes Lächeln auf: »Einige, Eure Majestät, einige. Doch vorerst sollten wir uns um diese Angelegenheit kümmern.«

Der Regent muss plötzlich auflachen.

»Herr Canaris, ich mag Ihren trockenen Humor. - Aber zum Thema Schellenberg - was halten Sie davon?«

Der Admiral nippt wieder an seiner Tasse. »Eure Majestät, ich möchte Ihnen empfehlen, auf das Angebot von Schellenberg einzugehen. Wenn wir abwägen, was wir gewinnen und was wir verlieren können, so ist der Gewinn beträchtlich und rechtfertigt das Risiko.«

Der Kaiser aber bleibt skeptisch.

»Können wir ihm trauen?«

08. Februar 1943

Abends, Kampfraum Woroschilowgrad

Der Hauptgefreite Stüwe blickt angespannt auf seine Uhr. Das fluoreszierende Ziffernblatt verrät ihm, dass die Absetzbewegung der Kampfgruppe - oder eher von dem, was noch von ihr übrig ist - begonnen hat.

Es wurden alle erdenklichen Vorsichtsmaßnahmen getroffen. Den Männer ist striktes Rauchverbot befohlen worden und Nachrichten werden nur durch Melder übermittelt, damit die Sowjets keine Sprechfunk- oder Fernmeldenachrichten abfangen können.

Die Masse der Kräfte soll sich nach Woroschilowgrad absetzen. Das Vorfeld soll planmäßig geräumt werden. Ein unbedingtes *Halten von jedem Meter Boden* gibt es nicht mehr. Wenn die Führung es für nötig hält, Gelände aufzugeben, so wird sie dies anordnen.

Dadurch werden die eigenen Kräfte geschont und es gelang bereits mehrmals, die Sowjets in Hinterhalte zu locken oder auf Pakriegel auflaufen zu lassen.

Alle persönlichen Ausrüstungsgegenstände, die Lärm verursachen könnten, wurden mit Lappen umwickelt. An den verschiedenen Ablaufpunkten stehen Einweiser, um den zurückweichenden Einheiten den Weg zu weisen und unnötige Stauungen zu verhindern.

Wieder einmal zurück, denkt sich Stüwe.

Doch seine Truppe ist noch nicht dabei. Sie bilden einen schwachen Abwehrriegel, um möglicherweise nachstoßende Rotarmisten aufzuhalten.

Natürlich ist Stüwe sich im Klaren darüber, dass sie einem energisch vorgetragenen Angriff nicht würden standhalten können. Doch er vertraut darauf, dass die Roten nichts von der Absetzbewegung mitbekommen werden.

Er hat die Männer seiner Gruppe relativ weit auseinandergezogen. Ab und an sollen sie eine Leuchtkugel in den bewölkten Abendhimmel schicken, oder auch mal eine Garbe mit dem MG 42 verschießen, um dem Feind zu zeigen, dass sie noch da sind.

Die Deckungsgruppe ist jedoch wie gesagt relativ schwach. Sie besteht in diesem Abschnitt nur noch aus der Gruppe Stüwe und einer 5 cm Pak 38.

Erfahrungsgemäß sind die beiden ersten Stunden am kritischsten. Stößt in dieser Zeit der Gegner entschlossen nach oder setzt sogar Panzer ein, ist Chaos vorprogrammiert.

Die Zeit vergeht und glücklicherweise passiert nichts.

Stüwe läuft seinen Abschnitt wieder einmal ab. Er hält beim Obergefreiten Lothar Müller an.

»Na Lothar, alles ruhig?«, erkundigt sich der Gruppenführer bei seinem Kameraden.

Die beiden haben bereits viel zusammen durchgemacht und sogar die Zerschlagung ihrer Division - der 8. Luftwaffen-Felddivision - überstanden. Seither wechselt ihre Einheit, zu einer Kampfgruppe zusammengefasst, von einer Unterstellung unter eine fremde Division zur nächsten.

»Ja Max, alle ruhig. Der Iwan scheint glücklicherweise nichts mitzubekommen.«

Wieder zischt ein peitschender Schuss aus einem Karabiner 98k ins Vorfeld.

Stüwe und Müller zucken unwillkürlich zusammen und die behelmten Köpfe fliegen herum zum Schützen. Doch als kein Alarm gegeben wird und auch kein weiterer Schuss folgt, wissen sie, dass es wohl nur wieder Theater für den Feind war.

Doch sicherheitshalber verabschiedet sich Stüwe schnell mit einem freundschaftlichen Klaps auf die Schulter und flüstert noch im Gehen: »Wir reden nachher weiter.«

Dann kämpft er sich durch den verschneiten Laufgraben zum Schützen von eben.

Müller wendet seinen Blick wieder ins Vorfeld. Glücklicherweise schneit es nicht, nur der Wind weht ab und an Schneewehen über das Gelände.

Vorsichtshalber überprüft er zum wiederholten Mal seine beiden Stielhandgranaten auf der kleinen, in die Grabenwand gebuddelten Ablagefläche, und legt dafür seinen, mit weißem Tuch umwickelten Karabiner auf die Grabenkante.

Als Stüwe nach seinem Rundgang zurückkehrt, wispert er: »Die Absetzbewegung verläuft planmäßig, nirgends an der Divisionsfront werden Feindberührungen gemeldet. Wollen wir hoffen, dass es so bleibt.«

Müller nickt zustimmend. Ohne den Blick aus dem Vorfeld zu nehmen, erwidert er: «Was hältst du von der ganzen Sache? Von den Alten ist kaum mehr einer da. Ersatz bekommen wir kaum noch und zu allem Überfluss werden wir von einer Division zu nächsten gereicht. Jedes Mal werden wir als Feuerwehr oder als Nachhut verheizt.«

Stüwe muss seinem Kameraden beipflichten. Die Resteinheiten der 8. Luftwaffen-Felddivision wurden seit ihrer Zerschlagung im Don-Bogen nicht mehr geschlossen eingesetzt und die einzelnen Kampfgruppen wurden auf unterschiedliche Divisionen aufgeteilt. Sie wurden zwar von den fremden Truppenführern bevorzugt eingesetzt, aber dafür bei der Versorgung oftmals vernachlässigt.

»Hast' ja recht, Lothar, aber was soll ich sagen? Ich bin ja selbst nur ein kleines Licht. Selbst der Leutnant kann da nichts machen. Er hatte schon mehrmals beim Bataillon vorgesprochen, dass die Einsätze nicht akzeptabel seien.«

Davon weiß Müller auch. Leutnant Busch, ihr Kampfgruppenkommandeur, ist ein feiner Kerl. Er wurde ihnen als Kommandeur zugeteilt, nachdem sie ihren letzten Kommandeur verloren hatten. Busch befand sich seit der Aufstellung der 8. Division im Verband.

»Ich hatte vom Küchenbullen der Division gehört, dass die Fallschirmjäger Freiwillige suchen«, sagt Müller plötzlich.

Stüwe schaut seinen Kameraden verwundert an, ohne dass dieser den Blick erwidert. Müller blickt weiterhin stur in das schneeweiße Vorfeld.

»Davon habe ich ja noch gar nichts gehört? Willst du dich etwa freiwillig melden?«

Nun dreht der Obergefreite Lothar Müller den Kopf und forscht einen Moment lang im Gesicht seines Gruppenführers. Seine rot leuchtenden Wangen zeichnen sich deutlich unter dem weiß gestrichenen Stahlhelm und dem feldgrauen Wollschal ab.

»Ich habe jedenfalls keine Lust, mich weiter verheizen zu lassen und zu warten, bis es mich auch erwischt.«

Das Oberkommando der Wehrmacht gibt bekannt

... Im Nordraum der Ostfront, im Bereich der Heeresgruppe Nordland, kam es zu verstärkten Stoßtruppaktivitäten des Gegners. Diese konnten jedoch samt und sonders unter schwersten Verlusten für die Bolschewisten abgewiesen werden.

Im Raum Leningrad kam es ebenfalls zu verstärkten Stoß- und Spähtruppaktivitäten; auch diese konnten problemlos zurückgeschlagen werden. Bei diesen Kämpfen hat sich die schwere Panzerabteilung 502 unter Major Märker besonders ausgezeichnet

Im Bereich der Heeresgruppe Mitte führten unsere Truppen weitere Frontbegradigungen durch und konnten unter planmäßiger Preisgabe von Gebieten bedeutende strategische Reserven bilden.

Im Kampfraum der Heeresgruppe Süd setzten die Bolschewisten ihre Angriffstätigkeiten fort. Es kam zu stärksten Gefechten im Raum Rozhok-Fodorowka-Grigoryewka. Dennoch konnte die Verteidigungslinie unter schweren Verlusten gehalten werden. Hier zeichnete sich die Division unter Generalmajor Max Simon in besonderem Maße aus und konnte alle bolschewistischen Einbruchsversuche zurückweisen.

Im Kuban-Brückenkopf kam es ebenfalls zu wütenden Angriffen durch sowjetische Verbände mit starker Panzerunterstützung. Diese Angriffe konnten bereits in der Entstehung durch unsere Schlachtfliegerverbände empfindlich getroffen werden. Unseren tapferen Jagdfliegern gelang es über dem Kuban-Gebiet trotz schlechter Wetterlage, mehrere rote Jagd- und Kampfflugzeuge abzuschießen.

Major Kurt Brändle, Gruppenkommandeur in einem Jagdgeschwader, bezwang innerhalb von vier Stunden allein vier gegnerische Jagdmaschinen.

Im Kampfraum Afrika kam es nur zu leichten Gefechtstätigkeiten. Wiederholt wird gemeldet, dass Vichy-französische Einheiten in die Kämpfe gegen die anglo-amerikanischen Verbände unterstützend eingreifen.

In der Schlacht um den Atlantik ist es deutschen und italienischen Unterseebooten gelungen, erfolgreich gegen einen feindlichen Geleitzug zu operieren und mehrere 10.000 Bruttoregistertonnen Schiffsraum zu versenken.

Über dem Reichsgebiet kam es sowohl in der Nacht als auch am Tage zu keinen nennenswerten Einflügen durch feindliche Fliegerkräfte.

…

09. Februar 1943

Früher Morgen, Flugplatz Djerderda Tunis

»Ablösung fertig machen!«

Der Unteroffizier vom Dienst tritt pünktlich in die Wachstube ein. Beim Ruf des UvD schnellen sechs schlafende Männer hoch.

»Das der einen nie pennen lassen kann«, knurrt der Obergefreite Franz Diesterfink vor sich hin.

»Nun macht schon. Die anderen wollen sich auch noch ein bisschen hinhauen!«, ermahnt sie der Unteroffizier mit Namen Christian Blechschmitt und rüttelt einen der noch liegenden Soldaten unsanft an der Schulter.

Die Männer schlüpfen in ihre Stiefel, ziehen sich die khakifarbenen Uniformjacken an und werfen sich noch einen Mantel über, denn frühmorgens, wenn die Sonne noch nicht aufgegangen ist, ist es in der Wüste empfindlich kalt.

»Mensch, das ist doch zum Weglaufen. Tagsüber schuften wir wie die Verrückten und im Dunkeln müssen wir auch noch Wache schieben. Was denken sich denn die hohen Herren, wie lange wir das noch aushalten? Wenn das noch lange so weiter geht, können uns die Engländer ganz einfach in der Gegend aufsammeln.«

Unteroffizier Blechschmitt mustert seine Männer und grinst still in sich hinein. So ganz unrecht haben die Kerle ja nicht …

Auf dem Stuka-Flugplatz *Djederda* in Tunis ist allerhand los. Unablässig fliegen die Besatzungen der drei Gruppen des Stuka-Geschwaders 2 ihre Einsätze, um den Vormarsch der Alliierten zu stoppen und dem Feind Verluste zuzufügen.

Seit der US-amerikanischen Landung in Nordafrika hat der Feind erstaunlich schnell Boden gutgemacht. Die pausenlosen Einsätze des fliegenden Personals ziehen natürlich auch einen intensiven Einsatz des Bodenpersonals nach sich.

Auch Blechschmitt wäre es lieber, wenn die angekündigte Wachkompanie endlich eintreffen würde. Sie warten bereits seit einer Woche auf die Kameraden. Die Männer des Bodenpersonals sind alle übermüdet, sie bekommen täglich gerade einmal vier bis fünf Stunden Schlaf. Aber zurzeit geht es nicht anders.

Neben den täglichen Aufgaben des Bodenpersonals müssen sie seit Neuestem auch noch Schanzarbeiten und weitere Ausbauarbeiten am Flugplatz ausführen. Der Tag hat nur 24 Stunden, dabei hätten sie Arbeit für 30 …

Seit Anfang des Jahres liegen sie nun schon in *Djederda*. Sie waren mit einem kleinen Transportschiff aus Italien nach Afrika verfrachtet worden. Seither haben sie den Flugplatz ausgebaut und für das Geschwader vorbereitet. Es folgten umfangreiche Arbeiten für die Stukas: Material herbeischaffen, bestücken der Ju 87, aufmunitionieren der Bordwaffen, Instandsetzungsarbeiten. Nun auch noch zusätzliche Schanzarbeiten und Unterstützung für die eingetroffenen Baupioniere.

Schlaftrunken stolpern die Landser ins Freie und begeben sich auf ihre Posten.

Der Obergefreite Franz Diesterfink schlürft, ohne seine Füße merklich anzuheben, lustlos zum südwestlichen Rand des Flugfeldes. Dort liegt sein Wachbereich und dort wartet der Kamerad schon, der der Ablösung entgegensehnt. Auch er will sich noch ein paar Stunden hinlegen, bevor es wieder brütend heiß wird und kein vernünftiger Schlaf mehr zu finden ist.

»Grüß dich Heinz. Gab es was?«, erkundigt sich der Obergefreite bei seinem Kameraden. Der schüttelt verneinend den Kopf. Gähnend meint er: »Nee, Franz, alles ruhig gewesen.«

»Ich frag mich, warum wir hier eigentlich so dumm herumstehen müssen. Die Tommies sind doch noch ewig weit weg.«

Der Kamerad Heinz Dombrowski sieht ihn schläfrig an.

»Na ja Franz, ganz so weit sind die nicht mehr entfernt. Denk daran, was der Aufklärer heute gemeldet hat! Wenn die Alliierten weiter in dem Tempo vorrücken, stehen sie bald vor *Medjez el Bab* und von dort aus sind es gerade einmal 50 Kilometer bis hierher. Was sind schon 50 Kilometer?«

Der Obergefreite Diesterfink klopft seinem Kameraden freundschaftlich auf die Schulter. »Na, dann wollen wir hoffen, dass sie nicht zu schnell hier sind, sonst können wir alle ausschlafen, und zwar in Gefangenschaft. Hau dich jetzt erstmal hin.«

09. Februar 1943

Früher Morgen, Feldflugplatz Patriotychne

Unteroffizier Ludwig Bauer sitzt in der zugigen Holzbaracke am Rande des improvisierten Feldflugplatzes, ungefähr 30 Kilometer von der Front um Rozhok entfernt.

Obwohl er sich in der Baracke aufhält und dort ein großer Ofen steht, der ununterbrochen mit Holzstücken gefüttert wird, ist ihm schweinekalt. Die Wände der Baracke sind alles andere als winddicht. Es zieht wie Hechtsuppe, wie man so schön sagt.

Vor dem schlanken Unteroffizier liegt ein halb beschriebenes Blatt Papier. Immer wieder muss Bauer beim Schreiben innehalten. Immer wieder sieht er vor seinem geistigen Auge, wie sein Kamerad Bauerfeind abgeschossen wird und dessen Flugzeug am Boden zerschellt.

Bauer versucht, der Frau von Unteroffizier Bauerfeind einige persönliche Zeilen zu schreiben. Das offizielle Beileidsschreiben übernimmt der Staffelkapitän, Leutnant Otto Krüger.

Doch Bauer begreift es als seine Pflicht, der Gattin seines Kameraden auch einige persönliche Worte zukommen zu lassen. Jedes Mal jedoch, wenn er den Stift ansetzt, spielen sich die furchtbaren Szenen vor seinem geistigen Auge ab.

Mit starren Pupillen blickt er auf das gelbliche Papier.

»Hallo Bauer, was machen Sie denn hier?«

Es ist die Stimme von Leutnant Krüger, die an Bauers Ohr dringt. Der Unteroffizier blickt auf und taxiert seinen Staffelführer.

»Bin gerade dabei, einen Brief an Unteroffizier Bauerfeinds Frau zu schreiben.«

Krüger setzt sich neben den Unteroffizier auf einen nicht gerade vertrauenserweckenden Holzstuhl.

»Bauer, um Ihr Gemüt etwas aufzuhellen - Sie und Voigt bekommen das Eiserne Kreuz Zweiter Klasse verliehen - Bauerfeind erhält es posthum.«

Bauer senkt seinen Blick wieder auf das Stück Papier. Kaum hörbar flüstert er: »Bauerfeinds Frau erwartet ihr erstes Kind. Er hat sich mir anvertraut. Sie hatten es wohl lange versucht, aber es hatte nie geklappt. In seinem letzten Heimaturlaub muss es dann geklappt haben. Er hatte es mir überglücklich mitgeteilt.«

Krüger wischt sich mit der rechten Hand über das Gesicht. »Oh man - und nun das.«

»Ja - und nun das«

09. Februar 1943

Nachmittags, Truppenübungsplatz Mielau

Sergente Danielo Tomasi und Caporalmaggiore Luigi Salva schreiten durch das große Tor des Truppenübungsplatzes zum Wachhäuschen und werden dort vom Wachhabenden empfangen.

Die Fahrt mit der Reichsbahn war sehr angenehm. Die beiden Italiener sind froh, dass wenigstens sie zusammen zur neu aufzustellenden Legion gelangen. Ihr Kamerad Caporale Antonio Dio muss noch einige Zeit im Lazarett ausharren, zumindest so lange, bis der Gips entfernt werden kann.

Die beiden Italiener zeigen ihre Marschpapiere und werden entsprechend eingewiesen. Kurz darauf finden sie ihren Bestimmungsort. In der Kommandantur des Truppenübungsplatzes werden sie mit Informationen über den weiteren Ablauf überschüttet. Rasch bringen sie ihr Gepäck auf die ihnen zugewiesene Stube, daraufhin suchen sie die neuen Kameraden.

Die Aufstellung der Freiwilligenlegion *Italia* ist bereits in vollem Gange. Tomasi und Salva beobachten verschiedene Truppenteile, die auf der Schießbahn üben oder über die Sturmbahn gejagt werden. Andere haben sich um ein Sd.Kfz 251 versammelt und erhalten augenscheinlich eine Einweisung in das Fahrzeug.

Die beiden Italiener nähern sich schließlich einer Gruppe von Soldaten, die ein MG 42 umringen. Ein Mann liegt hinter der Waffe und ein anderer hockt daneben und erläutert anscheinend die Funktionsweise.

Sie bleiben einige Meter entfernt stehen und warten. Schon werden sie registriert; ein mittelgroßer Hauptmann mit einer Schirmmütze auf dem Kopf, unter der schwarze Haare herausragen, nähert sich ihnen.

Er baut sich vor Tomasi und Salva auf. Sofort nehmen die zwei Haltung an und führen eine mehr als vorschriftsmäßige Meldung in sehr holprigem Deutsch aus.

Der Offizier beginnt zu grinsen und meint in lupenreinem Italienisch: »Ich freue mich, dass Sie zu uns gestoßen sind, Kameraden. Ich bin Hauptmann Masimo Moretti, Kompaniechef in der Freiwilligenlegion *Italia,* zu der ihr nun auch gehört.

Sie gehen jetzt erst einmal in die Kleiderkammer und nehmen ihre neuen Uniformen in Empfang. Danach sehen wir uns genau hier wieder!«

Die beiden Italiener schauen sich verdutzt an. Bei genauerer Betrachtung fällt ihnen erst jetzt auf, dass sie weit und breit die Einzigen sind, die die Uniform der italienischen Streitkräfte tragen. Alle anderen sind in den Waffenrock der Wehrmacht gehüllt. Beim Hauptmann erkennen sie am linken Oberarm ein Stoffabzeichen. Es ist geformt wie der Schild eines Ritters und mit den Nationalfarben Italiens unterlegt. Am rechten Unterarm prangt ein schwarzer Ärmelstreifen mit der silbernen Aufschrift *Italia.*

Tomasi fängt sich als Erster: »Jawohl, Herr Hauptmann - wir haben sie nur nicht gleich als Italiener erkannt und sind daher ein wenig überrascht.«

Tomasi und Salva begeben sich flugs zur Kleiderkammer, empfangen ihre Uniform, ziehen sich umgehend um und eilen zurück zum Hauptmann und der Ausbildungsgruppe. Statt mit dem MG beschäftigt sich diese nun mit der 2,8 cm Panzerbüchse 41. Der Hauptmann führt die Waffenausbildung höchstselbst durch.

»He Salva, das ist doch die Panzerbüchse, mit der ihr in Rostow die Russenpanzer geknackt habt«, flüstert der nunmehrige deutsche Unteroffizier Danielo Tomasi seinem Kameraden zu, welcher ab sofort den Rang eines Hauptgefreiten bekleidet.

Hauptmann Moretti horcht auf.

»Meine Herren, es freut mich, dass Sie uns wieder Gesellschaft leisten. Aber ich bestehe darauf, dass bei der Waffenschulung nicht gesprochen oder geflüstert wird. Oder haben sie Informationen, die Sie mit uns zu teilen gedenken? Dann nur zu!«

Salva schaut seinen Kameraden Tomasi unsicher an, doch dieser nickt dem Hauptgefreiten bestätigend zu.

»Herr Hauptmann, ich habe tatsächlich einige Informationen über die Panzerbüchse 41. Ein Kamerad und ich haben sie bei den Abwehrkämpfen in Rostow eingesetzt und damit einige Erfolge gegen russische T-60 und auch gegen die schweren Sowjetpanzer vom KW-Typen erzielt - wenn wir auf die Motorabdeckung geschossen haben. Allerdings nur mit der Panzergranatpatrone 42 mit Wolframkern.«

Die umherstehenden Männer schauen die beiden Italiener erstaunt an.

»Ihr wart in Rostow?«, fragt der Hauptmann. »Ich bin noch nicht dazu gekommen, mir Ihre Unterlagen anzuschauen, doch das werde ich sehr bald nachholen.«

Tomasi nickt bestätigend: »Jawohl, Herr Hauptmann. Ursprünglich waren wir in der Division *Ravenna*. Nachdem diese jedoch zerschlagen wurde, hat es uns nach Rostow verschlagen. Dort schlossen wir uns letztendlich einer Einheit von ehemaligen SS-Soldaten an.

Bei den Kämpfen gelang es uns, mehrere leichte und schwere Panzer der Sowjets zu vernichten, auch mit der hier gezeigten Panzerbüchse 41.«

»Und so ist es euch gelungen, die schweren Panzer zu knacken? Indem ihr auf die Motorabdeckung gezielt habt? Wie seid ihr nur da rangekommen?«, will ein junger Soldat wissen, der die Abzeichen eines Gefreiten trägt.

»Wir hatten die Panzerbüchse in den dritten Stock eines Hotels gewuchtet und konnten somit von schräg oben auf die Feindpanzer feuern«, erklärt Salva nicht ohne Stolz.

Es werden noch einige Fragen von den anwesenden Soldaten gestellt und die beiden neuen Legionäre beantworten sie eine nach der anderen. Aus dem Augenwinkel bemerkt Tomasi, wie der Hauptmann ab und an anerkennend nickt.

09. Februar 1943

Nachmittags, Krupp-Gruson-Werk Magdeburg

Generaloberst Heinz Guderian befindet sich in einer riesigen Montagehalle des Panzerwerks. Über ihm transportiert ein Brückenkran einen schweren Panzerturm eines Panzer IV zum anderen Ende der Montagehalle, um ihn in der Endmontage auf eine fertige Wanne der Ausführung G zu setzen. Der Generalinspekteur der Panzertruppe ist immer wieder beeindruckt, wie die verschiedenen Abläufe in einem Panzerwerk ineinandergreifen.

Guderian befindet sich samt einer Abordnung des OKH zur Besichtigung eines Prototyps des Panzerkampfwagens IV vor Ort. Der Werksleiter begleitet die kleine Abordnung hoher Offiziere und erläutert hin und wieder Abläufe und Maschinen. Rüstungsminister Albert Speer und Hans Kehrl vom Reichswirtschaftsministerium sind ebenfalls anwesend.

Sie verlassen nun die lärmende Halle und begeben sich durch eine dicke Stahltür in eine der Nebenhallen. Dort wartet der Prototyp des bewährten Panzerkampfwagens IV auf seine Besichtigung.

Der Panzer steht auf dem altbekannten Laufwerk mit den acht paarweise angeordneten Laufrollen und den vier kleinen, oberen Stützrollen. Der übrige Tank weicht jedoch stark von dem den Gästen bekannten Muster ab. Die Seitenwände sowie die Front und die Heckpartie der Wanne sind in unterschiedlichen Winkeln abgeschrägt. Auch der Turm weist stärker abgewinkelte Seitenwände auf. Das Turmheck sowie die Front mit der Kampfwagenkanone sind hingegen unverändert.

Der Werksleiter ergreift das Wort: »Meine Herren, dies ist der Prototyp des Sd.Kfz. 161. Wie sie sehen, gibt es einige Veränderungen gegenüber der laufenden Ausführung G.

Die Fahrerplatte der Wanne wurde in einem Winkel von 30 Grad eingesetzt; die Seitenpanzerung weist einen Winkel von 40 Grad auf, das Heck hat einen Winkel von ebenfalls 30 Grad.

Auch den Turm haben wir grundlegend überarbeitet, so dass die Seitenwände nun einen Winkel von 25 Grad aufweisen.

Durch die Schrägstellung der Panzerplatten konnten wir trotz einer Verringerung der Panzerstärke in der Front von

80 Millimeter auf 70 Millimeter dennoch das Schutzniveau bedeutend erhöhen.

Die Seitenpanzerung bleibt unverändert und bietet durch die Schrägstellung nun ebenfalls eine bessere Schutzwirkung. Demnach konnten wir bei annähernd gleichbleibendem Gewicht den Schutz insgesamt signifikant erhöhen.

Ein kleiner Wermutstropfen ist die Verkleinerung des Innenraums, wodurch die neue Ausführung weniger Granaten mitführt. Und auch der Tank musste minimal geschrumpft werden. Doch ich denke, die Vorteile machen diese unbedeutenden Nachteile mehr als wett.«

Die Anwesenden zeigen sich von den Details beeindruckt. Guderian ist der Erste, der nun Detailfragen zum Gesamtgewicht, der Produktionszeit, zum Produktionsausfall durch die Umstellung der Abläufe und zu einigen anderen Aspekten stellt. Rüstungsminister Speer interessiert sich für den möglichen Materialmehraufwand und eventuelle zusätzliche Ressourcen, die benötigt werden.

Geduldig beantwortet der Werksleiter alle Fragen. Zwischenzeitlich lässt er einen die Gruppe begleitenden Ingenieur zu Wort kommen. Letztendlich ist es Generaloberst Guderian, der die alles entscheidende Frage stellt: »Wann ist mit einer Aufnahme der Serienproduktion zu rechnen?«

Der Werksleiter und der Ingenieur schauen sich kurz an und tauschen sich danach im Flüsterton aus. Schließlich wendet sich der Werksleiter wieder Guderian zu.

»Herr Generaloberst, wir rechnen mit einer Aufnahme der Serienfertigung für Anfang April. So können wir die Ausfallzahlen durch die Umstellung am geringsten halten.«

Der Generalinspekteur der Panzertruppe zeigt sich zufrieden, ebenso die anderen Anwesenden.

Speer fragt: »Wie werden sich die Änderungen auf die Produktion des geplanten Sturmgeschütz IV, der Artillerieselbstfahrlafette *Hummel* und des Panzerjägers *Hornisse* auswirken?«

»Meine Herren, da das Fahrwerk des ursprünglichen Panzer IV nur sehr geringfügig verändert wird und sich die Änderungen auf die Wanne und den Turm beschränken, dürfen sie mit höchstens geringfügigen Verzögerungen rechnen.«

Jene Verzögerungen und Produktionsausfälle sind zwar ärgerlich, aber nicht zu vermeiden, wenn die Wehrmacht weiterhin konkurrenzfähige, wenn nicht gar überlegene Panzertypen gegen den Feind ins Feld führen will.

Das Oberkommando der Wehrmacht gibt bekannt

Im Bereich der Heeresgruppe Nordland kam es in Karelien zu weiteren Stoßtruppaktivitäten der Bolschewisten. Alle Angriffe konnten unter blutigen Verlusten für den Feind abgewiesen werden.

An der Leningrader Front ereigneten sich keine nennenswerten Vorkommnisse. Im Bereich der Heeresgruppe Mitte halten unsere Fronten allen Aufklärungsangriffen stand.

Im Bereich der Heeresgruppe Süd gehen die Angriffe der Bolschewisten in Richtung Mariupol und Woroschilowgrad weiter. Die Angriffe auf Mariupol wiesen unsere Truppen erfolgreich an der Linie Rozhok-Fodorowka-Grigoryewka ab. Der Verteidigungsbereich um Woroschilowgrad wurde auf die Ortschaft selbst zurückgenommen. Die Verluste des Gegners sind überwältigend.

Über dem Kuban-Brückenkopf kam es erneut zu schwersten Luftkämpfen. Unsere Kampfflieger vernichteten erneut zahlreiche Kampfpanzer und Artilleriegeschütze der Roten Armee. Unsere Jagdfliegerkräfte schossen in schweren Luftkämpfen mehrere rote Jagdflugzeuge ab, teilweise führten sie gar Angriffe auf Flugplätze der Roten Luftwaffe durch, wobei zahlreiche Flugzeuge am Boden zerstört werden konnten. Ebenfalls konnten wichtige Gebäude der Flugplatzinfrastruktur zerstört oder schwer beschädigt werden.

Bei der Heeresgruppe Afrika griffen anglo-amerikanische Streitkräfte unsere Nachhutstellungen hart westlich der libysch-tunesischen Grenze an. Diese Angriffe konnten jedoch durch das konzentrierte Eingreifen eines Stuka-Geschwaders unter Oberstleutnant Walter Sigel frühzeitig zerschlagen werden, so dass sich unsere Nachhuttruppen sicher absetzen konnten.

In der Atlantikschlacht gingen die Angriffe der deutsch-italienischen Unterseebootwaffe auf einen Konvoi weiter. Wieder konnten mehrere Handelsschiffe aus jenem Konvoi versenkt werden, was die Nachschubmangellage für den Gegner erheblich verschärft.

In der Biskaya konnten Fernaufklärer des Kampfgeschwaders 40 einige Handelsschiffe versenken oder schwer beschädigen.

Auch im Nordmeer meldeten deutsche Unterseeboote die Versenkung mehrerer Handelsschiffe, die Kriegsmaterial geladen hatten.

...

10. Februar 1943

Früh am Morgen, Museo del Prado Madrid

Selbst am frühen Morgen ist das Museum und auch der Platz davor schon gut besucht. Weder der Agent der Abwehr im unauffälligen grauen Anzug noch der große, schlanke Mann im schwarzen Sacko fallen den Besuchern des Museo del Prado auf.

»Herr Schellenberg, ich hoffe, Sie hatten gestern eine angenehme Zeit? Ich habe die Ehre, Ihnen die Antwort von Admiral Canaris und dem Kaiser zu überbringen. Ich denke, wir sollten uns in einem Café in Ruhe unterhalten.«

Schellenberg nickt nur und deutet mit einer Handbewegung an, dass Müller vorausgehen soll.

Die beiden Männer begeben sich in das gleiche Café, welches bereits als Kulisse für ihr erstes Aufeinandertreffen diente. Dieses Mal gehen sie in den Innenbereich und ordern Kaffee.

»Ich denke doch, dass der Kaffee auf Rechnung der Abwehr geht?«, meint Schellenberg grienend.

»Ich nahm an, dass sie durch *Bernhard* zahlungskräftig genug wären, Herr Schellenberg?«, lautet die schlagkräftige Antwort des Agenten Müller.

Bevor Schellenberg darauf etwas erwidern kann, bringt die Kellnerin dampfenden Kaffee und dazu stilles Wasser in einer Karaffe. Schellenberg wartet einen Augenblick, ehe er wieder den Faden aufnimmt: »Herr Müller, lassen Sie uns zum Geschäftlichen kommen.« Während er dies sagt, rührt er bedächtig mit einem kleinen Löffel in seiner Kaffeetasse. »Was hat Admiral Canaris geantwortet?«

Der Agent schiebt ein weißes Couvert über den Tisch. Daraufhin nippt er unaufgeregt an seinem Kaffee.

Schellenberg nimmt mit einer langsamen, beinahe beiläufigen Bewegung das weiße Couvert an sich, öffnet es und liest.

Müller glaubt für einen winzigen Augenblick einen zufriedenen Gesichtsausdruck bei Schellenberg zu erkennen.

»Gut, wann kann ich mit der Ankunft meiner Familie rechnen?«

»Sie befindet sich bereits auf dem Weg. Die Abwehr hat Kontakt zu den entsprechenden Stellen beim spanischen Geheimdienst aufgenommen, um einen sichern Grenzübergang zu gewährleisten.«

»So werde ich die mir vorliegenden Unterlagen über etwaige Attentate vernichten - sobald meine Familie bei mir ist.«

Wieder nimmt Schellenberg einen Schluck aus der Tasse.

»Wie angeboten werde ich auch die *Aktion Bernhard* von hier aus koordinieren. Die Spanier haben sich bereit erklärt, uns so weit wie möglich zu unterstützen. Als Gegenleistung erhoffen sie sich einige Lizenzen für Flugzeuge, Panzer und andere Waffen. Unter bestimmten Voraussetzungen würden sie sogar über Waffenhilfe für uns aus der sich daraus ergebenden Produktion nachdenken.«

Agent Müller schaut Schellenberg verwundert an, bringt aber kein Wort heraus.

Dafür meint Schellenberg weiter: »Ja, Herr Müller, die Sympathien der Spanier liegen noch immer zweifelsfrei auf unserer Seite.«

10. Februar 1943

Vormittags, Reichsluftfahrtministerium

Generalfeldmarschall Albert Kesselring sitzt in seinem Arbeitszimmer vor einem Stapel Papieren und versucht sich durch diesen Haufen hindurchzuarbeiten. Es sind die Unterlagen für die *Operation Hannibal.* Er hat die Stärkemeldungen und Standorte der gesamten Luftwaffe vor sich. Egal, wie er es anstellt … wo er eine Gruppe herausnimmt, um sie in den Süden zur Luftflotte 2 zu verschieben - sie fehlt dann unweigerlich an dem Kriegsschauplatz, von dem er sie abgezogen hat. Ganz egal, wie er es dreht und wendet, am Ende ist die Stärke seiner Luftwaffe zu gering. Es ist zum Verrücktwerden. Generalfeldmarschall Sperrle, der Befehlshaber der Luftflotte 2, die für den Luftwaffeneinsatz während der *Operation Hannibal* zuständig ist, hat bereits mehrfach um Verstärkung seiner Luftflotte gebeten, da er ansonsten nicht für einen sicheren Luftschirm garantieren könne. Sperrle kennt die Qualität der anglo-amerikanischen Flieger … und auch deren Quantität.

Die Stärkemeldungen, die er von der Abteilung *Fremde Heere West* übermittelt bekommen hat, sind kaum geeignet, um Optimismus in Bezug auf *Operation Hannibal* zu entwickeln.

Er ist noch vollkommen in Gedanken versunken, da schrillt neben ihm das Telefon. Beim Abnehmen des Hörers denkt sich der Oberbefehlshaber der Luftwaffe noch: *Wenn das wieder Sperrle ist, der nach weiteren Verbänden fragt, dann gehe ich nach Hause*!

Er führt den Hörer ans Ohr.

»Ja, was gibt es denn?«

»Herr Generalfeldmarschall, es ist Herr Tank von Focke-Wulf. Er wünscht Sie dringendst zu sprechen.«

Hugo Sperrle atmet tief durch.

»Na wenigstens nicht Feldmarschall Sperrle. Stellen Sie durch.«

Nach einem kurzen Moment vernimmt er ein leises Atmen in der Leitung.

»Herr Tank, Sie wollen mich sprechen? Was kann ich für Sie tun?«

»Herr Generalfeldmarschall, ich möchte mich bedanken, dass Sie so kurzfristig Zeit für mich erübrigen können. Mein Anliegen ist jedoch kein allzu Positives.«

Kesselring lacht trocken auf: »Das habe ich auch nicht erwartet, Herr Tank. Die wenigsten Menschen rufen hier durch und haben etwas Positives oder gar Nettes zu berichten. Also, um was geht es?«

Tank atmet tief durch, denn er will seinen Ärger nicht an Kesselring auslassen. Vielmehr erhofft er sich eine konkrete Lösung.

»Herr Feldmarschall, ich bedaure, dass ich mich dahingehend nicht von den anderen Anrufern unterscheide. Aber - heute haben wir die Entscheidung vom RLM erhalten, dass wir für unsere geplante FW 190 C nun keinerlei DB 603-Motoren zugeteilt bekommen werden. Wir sollen uns stattdessen allein auf den Jumo 213 konzentrieren. Dabei sind die Tests mit dem DB 603 bereits so weit vorangeschritten, dass die Serienproduktion schon im März anlaufen könnte. Die Ausführung mit dem Jumo 213 steckt noch in den Kinderschuhen, da die aufgetretenen Probleme mit den Motorschwingungen erst vor Kurzem behoben werden konnten. Wir haben noch immer keinen flugbereiten Prototypen mit Junkers-Motor. Die Streichung der DB-Motoren wirft uns um mindestens ein halbes Jahr zurück. Ich schließe eine Serie mit dem Daimler-Benz-Motor ja nicht kategorisch aus, doch ist diese Entscheidung vom RLM nicht nachvollziehbar, da sie wertvolle Zeit verschwendet, die wir meiner Meinung nach in der jetzigen Situation nicht haben.«

Nach einer kurzen Pause erklingt nochmals die Stimme des Chefkonstrukteurs der Focke-Wulf-Werke: »Entschuldigen Sie meine drastischen Worte, doch wir hatten uns bei der letzten Besprechung ja darauf geeinigt, dass wir offen sprechen wollen.«

»Mein lieber Herr Professor Tank, ich danke Ihnen für Ihre offenen Worte und ja, genau darum habe ich Sie gebeten.

Wer hat Ihnen denn diese Entscheidung mitgeteilt? Ich weiß davon nichts und kann sie nach Ihren Worten auch nicht nachvollziehen. Doch da ich, wie ich gerade sagte, von dieser Entscheidung nichts weiß, kenne ich auch nicht alle Einzelheiten. Ich möchte keine voreiligen Schlüsse ziehen, daher bitte ich Sie um etwas Geduld, bis ich alle Einzelheiten kenne. Sobald dies der Fall ist, werde ich Sie persönlich über die endgültige Entscheidung informieren und Sie gegebenenfalls auch über die Hintergründe aufklären.«

Generalfeldmarschall Albert Kesselring hört Professor Kurt Tank am anderen Ende der Leitung schnaufen: »Herr Feldmarschall, ich danke Ihnen für Ihre Mühen und erwarte Ihren Anruf.«

»Mein lieber Tank, ich werde dieses Thema so schnell wie möglich abarbeiten, denn ich muss Ihnen zustimmen … Wir dürfen keine Zeit verlieren. Ich danke Ihnen und rufe Sie wieder an.«

Damit legt der Oberbefehlshaber den Hörer auf die Gabel. Er sitzt nun bewegungslos in seinem Sessel und denkt angestrengt nach.

Wenige Minuten später greift er erneut zum Hörer und sagt zu seinem Adjutanten im Vorzimmer: »Winter, verbinden Sie mich schnellstens mit Feldmarschall Milch!«

10. Februar 1943

Vormittags, Neues Palais

Kaiser Louis Ferdinand I. sitzt in seinem opulenten Arbeitszimmer. Obwohl er genügend Aufgaben zu erledigen hätte und schwerwiegende Entscheidungen anstehen, kann sich der junge Regent nicht wirklich konzentrieren.

Schon vor einigen Tagen hat er von Vizeadmiral Canaris eine Warnung erhalten, dass auf ihn ein Attentat verübt werden solle. Nur der Ort und der Zeitpunkt lägen noch im Dunkeln.

Drahtzieher sollen ehemalige Partei- und SS-Größen sein. Sie bleiben allerdings noch in der Deckung - konkrete Namen hat Canaris jedenfalls nicht.

Louis Ferdinand spürt tatsächlich eine gewisse Angst in seiner Brust, auch wenn er sich das nicht eingestehen möchte. Garde und Abwehr haben zusätzlichen Schutz für seine Familie und ihn bereitgestellt. Nun aber heißt es abwarten - ein makabres Spiel.

Schluss mit dem Versteckspiel!, denkt sich der Kaiser nun und schlägt mit der flachen Hand auf den Schreibtisch. Er greift zum Hörer.

»Reichenbach? Bitte lassen Sie mein Fahrzeug fertigmachen. Ich will zur Reichskanzlei; bereiten Sie alles Nötige vor.«

Er wartet nicht auf das obligatorische *Jawohl* am anderen Ende der Leitung und legt auf. Der Kaiser erhebt sich nun und angelt sich seine schwarze Uniformjacke vom Haken. Danach klemmt er sich die Schirmmütze unter den Arm und greift nach seiner Aktentasche.

Mit festem Schritt verlässt er das Arbeitszimmer und kurz darauf das Neue Palais.

10. Februar 1943

Vormittags, Reichsluftfahrtministerium

Generalfeldmarschall Erhard Milch eilt, so schnell es ihm möglich ist, in das Büro seines Vorgesetzten, Generalfeldmarschall Kesselring. Dieser klang am Telefon nicht sonderlich fröhlich.

Der Adjutant von Kesselring, Major Winter, meldet Milch an; dieser kann unverzüglich eintreten.

»Milch, es freut mich, dass Sie so schnell herkommen konnten. Setzen Sie sich.« Kesselring sagt dies ganz freundlich und deutet mit dem Arm auf den Stuhl vor seinem Schreibtisch.

Der Angesprochene nimmt Platz und schaut seinen Vorgesetzten abwartend an.

»Nun, Sie klangen so, als ob die Angelegenheit keinen Aufschub duldet. Um was geht es denn?«

Generalfeldmarschall Albert Kesselring setzt sich und gönnt sich den Luxus einer Kunstpause.

»Mein Lieber Milch, ich hatte heute ein sehr interessantes und zugleich auch unerfreuliches Telefonat mit Professor Tank von Focke-Wulf. Dieser setzte mir auseinander, er hätte vom RLM erfahren, dass Focke-Wulf keine DB 603-Motoren zugeteilt bekäme, obwohl die Tests mit den Prototypen für die neue FW 190 C bereits kurz vor dem erfolgreichen Abschluss stehen.«

Nun versteht Milch, was los ist. Er räuspert sich und antwortet: »Herr Kesselring, Professor Tank hat vollkommen recht. Focke-Wulf erhielt die Vorgabe, Versuchsmuster mit den Motoren DB 603 und Jumo 213 zu fertigen. Leider mussten wir uns bei der Zuteilung zwischen Focke-Wulf und Messerschmitt entscheiden, da die vorhandenen und auch zu erwartenden Motorenstückzahlen für beide Hersteller nicht ausreichen werden … vor allem, da die Me 410, die seit Januar in Großserie läuft, ebenfalls den DB 603- Motor benötigt.«

Kesselring hat nun seinerseits genau zugehört, ohne die Ausführungen des Generalfeldmarschalls zu unterbrechen.

»Herr Milch, welches Muster von Messerschmitt benötigt ansonsten den DB 603? Außer der Me 410, der Do 217, der geplanten Do 335 und der He 219, die sich ebenfalls noch in der Erprobung befindet, sind mir keine Typen bekannt. Somit hat Messerschmitt nur einen Flugzeugtypen … Wieso sollte Focke-Wulf dann keine Zuteilung erhalten?«

»Nun, Herr Kesselring, Professor Messerschmitt legte uns ein sehr vielversprechendes Datenblatt für eine komplett neu erarbeitete Me 209 vor, welche ebenfalls mit dem DB 603-Motor angetrieben werden soll.«

»Aha, Professor Messerschmitt. – Wie weit ist Messerschmitt mit dem Versuchsmuster dieser neuen Me 209?

»Nun, meines Wissens existiert noch kein Versuchsmuster«, muss Milch zugeben und ahnt bereits, in welche Richtung sich diese Unterredung entwickeln wird.

Kesselring indes ist noch immer die Ruhe in Person.

»Also könnte Messerschmitt sein Versuchsmuster ohne Probleme und Zeitverlust mit dem Jumo 213 planen?«

Generalfeldmarschall Milch überlegt kurz, bevor er antwortet: »Nun, Herr Kesselring, ich in meiner Funktion als Generalluftzeugmeister bin der Meinung, dass eine zu große Aufsplitterung der Motoren auf viele verschiedene Hersteller uns vor zusätzliche logistische Probleme stellt und daher ...«

Kesselring schneidet Milch mit einer unwirschen Handbewegung das Wort ab, steht auf und stützt sich mit beiden Händen auf die Tischplatte. Seine raue Stimme erfüllt den Raum:

»Mein lieber Herr Milch, die Maschinen von Focke-Wulf können, nach Zusicherung von Professor Tank, in nicht einmal mehr einem Monat in Serie gehen! Nun soll er wieder bei null anfangen und ein halbes Jahr Entwicklungsarbeit einfach in den Mülleimer werfen für einen Jäger, von dem nicht einmal ein Versuchsmuster existiert, sondern gerade einmal ein lumpiges Datenblatt?

Sind Sie von allen guten Geistern verlassen?

Solch einen vielleicht kriegsentscheidende Beschluss fällen Sie, ohne auch nur Rücksprache mit mir zu halten?«

Nun ist es Generalfeldmarschall Erhard Milch, dessen Stimme an Intensität gewinnt: »Feldmarschall Kesselring, zu meinen Hauptaufgaben als Generalluftzeugmeister gehört die Entwicklung, Erprobung und Beschaffung des gesamten Materials der deutschen Luftwaffe sowie die Bereitstellung von Betriebsmitteln und Verbrauchsgütern für sämtliche unterstellten Dienststellen. Demnach liegt es per Definition in meinem Aufgabenbereich zu entscheiden, welcher Hersteller welche Motoren zugewiesen bekommt und welche neuen Flugzeugtypen als Versuchsmuster erprobt werden sollen.«

Kesselring holt tief Luft. Man könnte meine, dass er jeden Moment über den hölzernen Arbeitstisch springt.

»Dann – Herr Generalluftzeugmeister – sollte Ihnen sehr wohl bekannt sein, dass der Jäger von Messerschmitt mit hoher Wahrscheinlichkeit überhaupt nicht mehr benötigt wird, wenn die Erprobung der Heinkel 280 erst endgültig abgeschlossen ist und Messerschmitt endlich seine 262 serienreif bekommt!

Die C-Ausführung der FW 190 ist einzig und allein dafür da, diese Lücke zu überbrücken, damit unsere Jagdflieger jederzeit konkurrenzfähig sind gegenüber den alliierten Mustern!«

Die Worte des Oberbefehlshabers der Luftwaffe werden in einem so schneidenden Ton gesprochen, dass Milch es für besser hält zu schweigen.

»Ich werde Messerschmitt persönlich anrufen, um ihn davon in Kenntnis zu setzen, dass er die Entwicklung an sämtlichen anderen Typen einzustellen hat, um sich voll und ganz auf die Me 262 zu konzentrieren. Einzige Ausnahme ist die T-Version der Me 109.

Ebenfalls werde ich Professor Tank darüber informieren, dass er selbstverständlich die angeforderten DB 603-Motoren erhält, um die FW 190 C in Serie zu produzieren.

Das wäre dann alles, Herr Milch.«

10. Februar 1943

Vormittags, Kaserne der ehemaligen SS-Kraftfahr-Ausbildungsabteilung

Major Siegfried Bachmann brütet über den Ausbildungs- und Übungsplänen der verschiedenen Einheiten. Er hat die Abteilung erst vor Kurzem übernommen, als die SS samt aller Unterorganisationen aufgelöst und in Wehrmacht und Garde überführt worden ist. Erfreulicherweise ergaben sich daraus für diesen Standort keine größeren Probleme. Der bisherige Kommandeur ist an die Front versetzt worden, genauso wie einige Ausbilder. Andere Ausbilder sind an Heeres- und sogar Luftwaffen- oder Marineausbildungsstätten kommandiert worden. Dafür sind andere Männer aus dem Heer, der Luftwaffe und der Kriegsmarine als Ausbilder an diesen Standort beordert worden.

Viele Soldaten des Truppenkaders bleiben hier. Die meisten Männer der ehemaligen Waffen-SS sind dankbar, dass sie nicht unter Generalverdacht stehen.

Die vielen neuen Soldaten zu integrieren und zu einer funktionierenden Einheit zu verschmelzen, war die große Herausforderung der ersten Wochen. Teilweise ist sie es noch immer, aber Bachmann ist guter Dinge.

Soeben bearbeitet er einen Dienstplan, da hört er aus Richtung der Wache Schüsse aufpeitschen. Er hebt den Kopf, da raunen bereits Schüsse in der Kommandantur. Es rumpelt im Vorzimmer.

Bachmann springt auf, reißt mit Gewalt die Schreibtischschublade auf und greift nach seiner Sauer 38 H-Pistole. Schon schlägt unvermittelt die Bürotür auf. Im Bruchteil einer Sekunde analysiert Major Siegfried Bachmann die Lage. Er erkennt den Soldaten, der mit einer MP 40 auf ihn zielt und überrascht scheint, dass Bachmann selbst eine Waffe in der Faust hält. Auch sieht er seinen Adjutanten leblos im Vorzimmer liegen.

Doch noch ehe Bachmann abdrücken kann, zieht der fremde Soldat den Bügel seiner Maschinenpistole durch. Aus der kurzen Entfernung ist es für den Schützen nahezu unmöglich, vorbeizuschießen. Von der Garbe getroffen, sackt der Abteilungskommandeur zusammen. Sofort bilden sich dunkelrote Flecken auf seinem weißen Hemd.

Der fremde Soldat ist mit einem Satz neben ihm und tritt dessen Pistole in die Ecke des Büros. Kurz vergewissert er sich, dass die Salve auch tödlich war.

Danach rast er wieder aus dem Raum und weiter durch das Vorzimmer auf den Flur. Dort warten drei weitere Soldaten.

Auch im oberen Geschoss der Kommandantur wird gekämpft, aber nur kurz. Die Kameraden der fremden Soldaten eilen schließlich die Treppe herunter und dann verlassen sie gemeinsam das Gebäude.

Auch bei den Unterständen für die Fahrzeuge ist ein Gefecht im Gange. Doch die meisten Soldaten der Ausbildungsabteilung sind unbewaffnet. Daher schlägt den Angreifern kein allzu großer Widerstand entgegen.

Zwei der fremden Soldaten rennen zu einer betonierten Unterstellbox, in der ein Sd.Kfz 222 steht, da werden sie plötzlich von drei Männern mit langen Maulschlüsseln und einer Brechstange attackiert, die sich hinter dem Fahrzeug versteckten. Einer von ihnen, ein Obergefreiter namens Haupt, führt den Trupp an.

Die schweren Werkzeuge zeigen bereits nach den ersten Schlägen Wirkung. Knochen brechen. Der erste der Angreifer lässt sofort seine Waffe fallen, als er einen gezielten Schlag mit einem langen Maulschlüssel auf den Unterarm erhält. Ein Schwinger gegen den Brustkorb streckt ihn nieder.

Dem zweiten Angreifer rauscht die Brechstange mit Wucht ins Gesicht. Die Spitze dringt zwischen dem Rand des Stahlhelms und dem rechten Auge mehrere Zentimeter tief in den Schädel ein. Blut und eine weißliche Flüssigkeit spritzen dem Obergefreiten gegen die Uniform. Unter gurgelnden Geräuschen sackt der Getroffene langsam in sich zusammen.

Der Obergefreite zieht die Brechstange mit einem Ruck aus dem Schädel des Angreifers und blickt sich um. Auch seine beiden Kameraden haben ihren Gegner erledigt.

»Scherpenhardt! Du bleibst hier und passt auf dieses Dreckschwein auf. Der andere wird dir keine Probleme mehr machen, der blutet höchstens noch aus. Wiesbauer, du kommst mit mir. Schnapp dir den Karabiner, ich nehme die MP.«

Zu zweit pirschen sie sich zwischen den Fahrzeugen, Werkzeugkisten und anderem Material voran.

Aus ihrer Deckung sehen sie, wie ein Sd.Kfz 232 und ein Sd.Kfz 222 in Richtung Wache abfahren. Einige Soldaten des Standorts laufen zu einer Stelle, wo mehrere Kräder abgestellt sind. Dort befinden sich, etwas gedeckt, bereits einige Kameraden und montieren MG 42 auf die Beiwagen.

Der Obergefreite Haupt erkennt einige der Soldaten, die zu den Krädern eilen.

Wollen bestimmt die Verfolgung aufnehmen, denkt sich Haupt.

»Los Wiesbauer, dort sind einige unserer Leute. Wollen bestimmt hinter diesen Verbrechern hinterher. Da mischen wir mit!«

Die beiden Männer eilen über den Platz und der Obergefreite Haupt macht durch Rufen und Winken auf sich aufmerksam. Einige der Soldaten bleiben nun stehen, drehen sich um und warten.

»Mensch Kleinert, hast du ne' Ahnung, was hier vor sich geht?«, ruft der Obergefreite Haupt dem Soldaten zu, den er als einen seiner Kameraden erkannt hat, die er eigentlich ausbilden soll.

Dieser aber reagiert nicht auf die Frage. Dafür reißen er und einige andere bei den Krads Stehende plötzlich die Waffen hoch. Der Obergefreite Haupt und der Soldat Wiesbauer kommen nicht einmal mehr dazu, die Situation zu erfassen. Sie werden noch im Laufen, völlig ahnungslos, von einem wahren Kugelhagel niedergestreckt.

Nun muss es schnell gehen. Die Angreifer erkennen, dass sich mehr und mehr organisierter Widerstand formiert.

Die Gruppe läuft weiter auf die abgestellten und nun mit MG 42 bestückten Krädern zu. Aus einer anderen Ecke braust ein VW-Kübelwagen heran. Als er ein Gebäude passiert, in deren Eingang sich einige Ausbilder und andere Soldaten verschanzt haben, fliegen zwei kleine, längliche Gegenstände in den offenen Kübel. Das Fahrzeug kommt noch einige Meter weit und dann erfolgen im Inneren zwei kurz aufeinanderfolgende Detonationen. Die Türen des Fahrzeugs werden förmlich herausgerissen; auch die Frontscheibe wird nach vorn auf die Motorhaube geschleudert und zersplittert in tausend Einzelteile. Der VW rollt noch einige Meter und beschreibt dabei eine Rechtskurve, dann kommt er zum Stehen. Im Inneren des Kübelwagens liegen vier zerfetzte Körper. Eine der toten Gestalten kippt zur Seite und hängt nun halb aus der zerrissenen Karosserie.

Die vier Kraftradgespanne fahren nun mit Vollgas durch die Wache, deren Schlagbaum zersplittert am Boden liegt. Als Letztes erscheinen zwei Lastkraftwagen vom Typ Opel Blitz 3,6-36.

Der erste LKW kann das Kasernengelände unangefochten verlassen. Der zweite Lastkraftwagen gerät unter Feuer aus zwei MG 34 und verschiedenen Handwaffen. Mit zerschossener Karosserie, zerfetzter Plane und qualmendem Motor bleibt er noch vor der Wache stehen. Einige Soldaten springen nun von der Ladefläche und versuchen zu Fuß zu flüchten. Auch diese werden durch die Maschinengewehre unter Feuer genommen. Drei der Fliehenden stürzen und bleiben liegen. Die Übrigen erkennen wohl die Ausweglosigkeit ihres Unterfangens, werfen die Waffen weg und heben die Hände.

Schnell werden die Feindsoldaten eingesammelt und in die Kommandantur geführt.

Die Gefangenen werden voneinander getrennt. Jene Offiziere des Standorts, die den Angriff überlebt haben, führen die Vernehmungen höchstpersönlich durch. Dabei geben sie kein Pardon.

Es werden Zähne ausgeschlagen, Finger gebrochen und Fingernägel mit Zangen herausgerissen. Den Offizieren ist ob der Verbitterung über diesen Verrat und den Verlust guter Kameraden durch die Hand deutscher Soldaten gleichgültig, ob ihre Verhörmethoden erlaubt oder verboten sind. Die Offiziere wollen Antworten und die Anwendung brachialer Gewalt liefert sie ihnen.

Als klar wird, *was* das Ziel dieses Angriffs ist - und vor allem *wer* - schalten sie blitzschnell. Ohne Befehle von »oben«

abzuwarten, setzen sie in Bewegung, was auf die Schnelle in Bewegung zu setzen ist.

10. Februar 1943

Früher Nachmittag, zwischen Potsdam und Berlin

Die kleine Kolonne des Kaisers befindet sich auf dem Weg nach Berlin. Der Kaiser selbst sitzt in seinem Mercedes-Benz 770 W. Ein Fahrzeug des gleichen Typs rollt vor ihm. Je zwei Motorradfahrer auf Zündapp KS 750 fahren vorweg beziehungsweise am Ende der Kolonne. Sie wühlen sich durch die verschneite Landschaft, die zwischen den Berliner Vororten und Außenbezirken liegt.

Auf jeden Beiwagen der Krafträder ist ein MG 42 montiert.

Louis Ferdinand I. empfindet diese Vorsichtsmaßnahmen als zu übertrieben, aber sowohl Vizeadmiral Wilhelm Canaris als auch Generaloberst Paul Hausser haben darauf bestanden.

Der junge Regent Großdeutschlands freut sich schon darauf, wieder in seinem Arbeitszimmer in der neuen Reichskanzlei zu sein. Große Entscheidungen zur Kriegsführung und speziell zu den *Operationen Frühlingserwachen, Frühlingsgewitter* und *Hannibal* stehen an.

Er ist vollkommen in Gedanken versunken, so dass er zuerst überhaupt nicht registriert, dass die Kolonne ihre Geschwindigkeit verringert und letztendlich stoppt.

»Major Reichenbach, was ist los?«, fragt der Kaiser seinen Adjutanten. Plötzlich hört der junge Monarch Maschinengewehrfeuer und auch das schnelle Hämmern einer 2 cm-Kampfwagenkanone.

»Raus! Raus! Raus!«, schreit Reichenbach in diesem Augenblick. Sofort öffnen sich die vier Türen des Mercedes und Louis Ferdinand, Major Maximilian Reichenbach, der Fahrer Leutnant Stimmer und der vierte Mann im Wagen, Oberfeldwebel Ewald Schramm, hechten hinaus, um Deckung zu finden.

Die übrigen Soldaten des Begleitkommandos haben den Feuerkampf mit den Angreifern aufgenommen. Der junge Monarch des großdeutschen Kaiserreichs liegt hinter dem Mercedes-

Benz 770 W auf der verschneiten Straße. Kurz riskiert er einen Blick an der Karosserie vorbei.

Er sieht einen langen Baumstamm, einen leichten Panzerspähwagen des Typs Sd.Kfz 222 und im Hintergrund ein Sd.Kfz 231 sowie mehrere Soldaten mit Maschinengewehren und Karabinern.

Die Soldaten des Begleitkommandos feuern mit Handwaffen und den beiden MG 42 der hinteren Zündapp 750 zurück. Reichenbach und Leutnant Stimmer eröffnen das Feuer mit ihrer MP 40.

Die beiden vorderen Krafträder liegen, in Einzelteile zerlegt, auf der Straße verteilt. Der Kaiser erkennt auch drei Soldaten der Garde blutend im Schnee, der sich allmählich rot verfärbt.

Plötzlich stellen die Angreifer das Feuer ein. Die Gardesoldaten blicken einander an – sie haben nicht genug Munition für eine längere Auseinandersetzung.

»Kameraden, ergebt euch und liefert uns diesen verräterischen Operettenkaiser aus, damit wir ihn seiner gerechten Strafe für den Verrat an Führer, Volk und Vaterland zuführen können!«

Diese Aussage wird durch einen kurzen Feuerstoß aus der MP 40 von Leutnant Stimmer beantwortet.

Wieder ist droben diese Stimme zu vernehmen: »Seid vernünftig! Wir wollen keinen weiteren Kameraden töten! Wir wollen nur den selbsternannten Kaiser!«

Da peitscht ein einzelner Karabinerabschuss auf. Auf der Gegenseite fällt ein Körper hinter dem Sd.Kfz 222 zu Boden und bleibt erst liegen, bis er anscheinend hinter den Panzerspähwagen gezogen wird.

»Ha, was seid ihr denn für Nachtwächter? Da hat sich euer Schreihals von Häuptling wohl zu weit hervorgewagt? Seid wohl Etappenhengste, wa?«, ruft einer der Gardesoldaten. Sämtliche Männer der Leibwache verfügen über Fronterfahrung.

Nun scheint Verwirrung auf der gegnerischen Seite zu herrschen, aber nur kurzzeitig. Schon beginnen die 2 cm KwK der Spähwagen zu hämmern. Die Granaten stanzen ohne größere Probleme ansehnliche Löcher in die Karosserien der beiden Mercedes. Der vordere Personenwagen fängt sogleich Feuer.

»Weiter zurück! Wenn das Teil explodiert, ist es vorbei mit uns!«, ruft Leutnant Stimmer.

Reichenbach pflichtet seinem Kameraden bei.

Die Männer robben rücklings, den Kaiser zwischen sich. Die Gardesoldaten geben mit den MG 42 Deckungsfeuer.

Der Major hangelt sich trotz des Beschusses zurück in den Mercedes. Kaum ist er im Fond des Wagens, schon peitschen die Granaten quer durch den Innenraum.

Sehr schnell findet er, wonach er gesucht hat. Stimmer liegt im Schnee, unweit des Wagens. Reichenbach wirft ihm eine weiter MP 40 und zwei Stangenmagazine aus dem Wagen zu.

Stimmer angelt danach und nickt Reichenbach zu. Der krabbelt nun rückwärts aus dem Fond des Wagens. Kaum ist er wieder im Freien, da wird er wie durch Zauberhand nach hinten geschleudert. Als er auf dem Rücken zum Liegen kommt, verfärbt sich an seiner linken Hüfte die Uniformhose und auch der darunterliegende Schnee blutrot.

Der Major stöhnt auf. Durch die zusammengebissenen Zähne quetscht er hervor: »Stimmer! Im Kofferraum liegt eine Kiste mit Handgranaten!«

Der Angesprochene sprintet zurück zum Fahrzeug, öffnet im Hocken die Kofferraumklappe und sieht die Holzkiste mit der Aufschrift *Stielhandgranate 24*. Daneben befindet sich eine kleinere Kiste mit der Aufschrift *Nebelgranate 39*.

Stimmer wuchtet beide Kisten aus dem Fahrzeug. Gerade noch rechtzeitig, denn kaum ist er wieder in Deckung, da zerfetzen mehrere Granaten die Kofferraumklappe des Mercedes-Benz.

In der Zwischenzeit robbt der Kaiser zu Major Reichenbach und zerrt den Verwundeten in die ungewisse Deckung einer flachen Mulde im Erdreich.

Oberfeldwebel Ewald Schramm schnappt sich sofort die Kiste mit den Nebelgranaten. Er greift zwei Exemplare und wirft sie im hohen Bogen nach vorn. Augenblicke später zerplatzen sie und eine milchige Wolke breitet sich im Vorfeld aus. Die Lohen aus dem brennenden Autor lassen sie leuchten.

Die schützende Nebelwand nutzt der Kaiser und sein Begleitkommando, um sich schnellstmöglich in den Straßengraben abzusetzen. Noch immer zieht Louis Ferdinand I. Major Reichenbach hinter sich her. Dieser stöhnt ab und an leise auf, feuert aber auch mit seiner MP 40 kurze Feuerstöße durch die sich ausbreitende Nebelwand zum Gegner hinüber.

»Also, egal wer diese Trantüten auch sind, auf jeden Fall haben die keine Fronterfahrung!«

Plötzlich ertönt eine ohrenbetäubende Explosion. Der erste Mercedes ist mit einem lauten Krachen in die Luft geflogen. Kaum haben sich die Soldaten von dieser Explosion erholt, da fliegt auch der zweite Wagen mit einer schallenden Detonation auseinander. Ein wahrer Splitterregen ergießt sich in die Umgebung. Die Männer werfen sich in Deckung. Einer von ihnen schreit kurz auf, den ein Metallsplitter fährt ihm in die rechte Schulter. Weiter hinter sich hören sie einen dumpfen Aufschlag. Der Kaiser und Stimmer schauen sich um und erkennen die Quelle für dieses Geräusch. Eine der schweren, gepanzerten Türen hat einen Gardesoldaten erschlagen. Ein weiterer Gardist robbt zu dem unglückseligen Kameraden. Seine übrigen Kameraden schauen ihn erwartungsvoll an, doch der Landser schüttelt nur den Kopf.

Louis Ferdinand flucht leise in sich hinein.

Da sieht er, dass ein großer Metallsplitter genau vor ihm aus dem Schnee ragt. Das noch immer glühende Metallstück hat seine Uniformjacke durchschnitten und ein großes Loch hinterlassen. Ein paar Zentimeter weiter und er hätte seinen Arm verloren.

Stimmer reicht dem Kaiser nun wortlos die MP 40, welche Reichenbach aus dem Fond des Mercedes geholt hat. Louis Ferdinand schaut den Gardesoldaten verwundert an.

Dieser scheint den Blick richtig zu deuten.

»Eure Majestät, ich meine nur, dass es offenkundig Amateure sind. Allein wenn die Panzerspähwagen mal mit etwas Elan angreifen würden, könnten wir einpacken. Aber die Schützen trauen sich nicht vor. Das dort drüben ist doch ein lahmer Haufen.«

Stimmer nickt affirmativ und legt zwei weitere Nebelgranaten bereit. Wieder schleudert er sie in hohem Bogen zu den Feinden hinüber. Die Männer hören nun das Aufheulen der Motoren beider Panzerspähwagen.

»Offenbar wollen sie nun doch einen Vorstoß wagen. Los, die Handgranaten her. Ich brauche einen Draht oder einen Strick oder sowas Ähnliches.«

Der Leutnant schraubt von einigen Stielhandgranaten die Sprengköpfe ab. Der Kaiser reicht dem Leutnant derweil seinen Gürtel »Das müsste doch auch gehen, oder Leutnant Stimmer?«

Der Offizier sieht den Monarchen verwundert an.

»Ja, mein Kaiser, natürlich.«

Ruckzuck hat Stimmer die Granaten samt Gürtel zu einer geballten Ladung zusammengefügt.

Der Kaiser sieht Stimmer fragend an, während die Nebelwand allmählich an Dichte verliert.

»Ich will wenigstens einen Spähwagen knacken, mein Kaiser«, erklärt Stimmer.

Hinter der dünner werdenden Nebelwand knackt und raschelt es, als die Angreifer offenbar die Straßensperre beiseiteräumen.

»Nun aber schnell, Schramm, schnapp dir noch zwei Mann und jeder eine Stielhandgranate! Dann geht ihr auf der linken Seite durch den Straßengraben nach vorn. Du«, dabei zeigt Stimmer auf einen der Gardesoldaten, der neben dem Kaiser im Graben hockt, »kommst mit mir mit. Der Rest bleibt beim Kaiser und schützt ihn mit dem eigenen Leben, wenn es nötig sein sollte!«

Die beiden kleinen Gruppen eilen geduckt nach vorn. Das Rumoren der Motoren wird lauter und durchdringender, während die Schatten der Spähwagen und auch einiger Soldaten hinter der Nebelwand bereits zu erahnen sind.

Schon tauchen die Gardisten in den künstlichen Nebel ein. Daraufhin hören Louis Ferdinand, Major Reichenbach und der verwundete Gardesoldat nur noch das Rattern von Maschinenpistolen und Karabinern. In der Nebelwand blitzt es. Schon rumoren Handgranatenexplosionen. Augenblicke später erschallt eine sehr viel heftigere Detonation. Durch die erzeugte Druckwelle wird die Nebelwand aufgerissen und die drei Männer erkennen ein in Flammen stehendes Sd.Kfz 232. Oder vielmehr die zerrissene Wanne davon. Der kleine Turm mit der 2 cm KwK 38 und dem MG 34 liegt einige Meter daneben im Dreck.

Augenblicklich herrscht Ruhe, nur durchbrochen vom Knistern der lodernden Flammen.

»Zurück!«, erschallt eine harte, befehlsgewohnte Stimme.

Minuten später sind die beiden Gruppen wieder beim Kaiser. Schweiß und Schrecken kennzeichnen die Gesichter der Männer.

Dennoch war der Vorstoß wohl von durchdringendem Erfolg gekrönt, denn die Angreifer scheinen kein weiteres Vorgehen zu wagen, obwohl sie in der Überzahl sind und noch immer ein Sd.Kfz 222 zu ihrer Verfügung haben samt 2 cm-Kanone und MG 34.

Der Kaiser spürt, dass ihnen nur die Möglichkeit bleibt, die Angreifer hier und jetzt endgültig aufzureiben.

Stimmer und seine Männer hocken neben Reichenbach, der sich trotz der stark blutenden Wunde erstaunlich gut hält. Einer der

Soldaten hat mit seinem Koppel den Oberschenkel abgebunden, um zu verhindern, dass der Major zu viel Blut verliert. Dennoch muss Reichenbach bald zu einem Arzt.

Er ist auch bereits ganz fahl im Gesicht; seine Lippen verfärben sich blau. Die Kälte des Schnees, in den er gebettet ist, frisst sich langsam durch die dünne Uniform. Der Kaiser spürt einen Stich in seinem Herzen beim Anblick Reichenbachs.

»Leutnant Stimmer, wie stehen unsere Chancen, wenn wir mit einem konzentrischen Stoß gegen die Angreifer vorgehen?«

»Schlecht, Eure Majestät. Auch wenn wir es bei den Angreifern ganz sicher nicht mit geübten und erfahrenen Frontsoldaten zu tun haben, wird uns die schiere Überzahl zum Verhängnis werden. Ich schlage vor, uns unter hinhaltenden Feuerstößen und Sprengfallen zurückzuziehen, in der Hoffnung, auf eigene Truppen zu stoßen. Diesen Rabatz hier muss ja irgendjemand in Berlin oder Potsdam mitbekommen haben.«

Die Nebelwand hat sich endgültig verflüchtigt. Die Gardisten flüchten sich zum Monarchen in den Straßengraben, während der dunkle Rauch aus den Brandherden über die Straße wabert. Gerade will der Kaiser die Absetzbewegung befehlen, da sieht er aus Richtung Berlin einen Panzer, zwei LKW und weitere Kräder heranbrausen.

Aus, denkt sich der Kaiser nun. *Wenn die auch zu den Verrätern gehören, hat es sich erledigt.*

Auch die Gardesoldaten haben es gesehen.

»Wenn diese Kerle ebenfalls zu den Verrätern gehören, dann werde ich mich in deren Hände begeben, ganz gleich, was mit mir geschehen mag. Gegen diese Truppen haben wir nichts mehr zu bestellen,« verkündet der Kaiser.

Gerade als die Gardesoldaten, Stimmer und sogar Reichenbach protestieren wollen, leuchtet an der Kanone des Panzers ein greller Mündungsblitz auf.

10. Februar 1943

Nachmittags, Kuban-Brückenkopf

Unteroffizier Helmut Dengl jagt mit seiner Messerschmitt hinter einer LaGG 3 her. Immer wieder schaut er prüfend auf den Höhenmesser - *1.500 Meter,* denkt sich der aus der Steiermark stammende Flugzeugführer, *also kann der Iwan wohl kaum noch durch einen Sturzflug wegtauchen.*

Mit über 500 Kilometer pro Stunde jagen sie über die verschneite Landschaft unter sich. Immer wieder versucht der Sowjetpilot, vor dem deutschen Jagdflieger durch Kurven, wegtauchen oder via Kehrtwenden und anderen Flugmanövern zu entkommen.

Innerlich muss Dengl dem gegnerischen Flugzeugführer Respekt zollen - ein harter Gegner, ein Könner seines Fachs - ohne Zweifel.

Der Unteroffizier hat bisher 30 feindliche Flugzeuge abgeschossen, darunter allein 21 Jagdmaschinen verschiedener Typen, aber keiner der besiegten Gegner hat es ihm bisher so schwer gemacht.

Wieder zwingt der Sowjet vor ihm seine Lawotschkin-Gudkow-Gorbunow 3 in eine extrem enge Rechtskurve. Dengl bleibt dran, muss aber gleichzeitig aufpassen, dass es durch die enge Kurve nicht zu einem Strömungsabriss durch Überziehen kommt.

Als der Gegner seine Maschine letztlich wieder in den Geradeausflug legt und langsam steigen lässt, bekommt Dengl ihn endlich in den richtigen Vorhaltewinkel. Er umgreift den Steuerknüppel und legt Daumen und Zeigefinger auf die Auslöseknöpfe für die beiden MG 131 und das einzelne MG 151/20, das durch die Propellernabe feuert.

Er sieht voller Befriedigung, wie der rote Jäger voll durch die Garbe fliegt. Auch kann er genau erkennen, wie die Geschosse in die LaGG 3 einschlagen und kleine Einzelteile vom Feindjäger wegbrechen. Dennoch fliegt der sowjetische Jäger unbeirrt weiter.

Meine Herren, das ist aber ein zäher Hund, geht es dem Unteroffizier durch den Kopf. Wieder einmal zeigen sich die erstaunlichen Nehmerqualitäten dieses sowjetischen Flugzeuges in Ganzholzbauweise.

Der unverwüstliche *Klimov M-105 P*-Motor zerrt das rote Jagdflugzeug weiterhin in die Höhe. Unteroffizier Helmut Dengl bleibt jedoch mit seiner Me 109 G dran.

Wieder wandert die Silhouette der LaGG 3 durch das Fadenkreuz des Reflexvisiers und wieder krümmen sich Daumen und Zeigefinger des Unteroffiziers. Er spürt die Vibrationen der Bordwaffen durch den Rumpf der Maschine bis in seine Arme wandern.

Die Leuchtspurfäden jagen auf den roten Jäger zu und fressen sich erneut in den weißen Rumpf. Diesmal scheinen die Geschosse die gewünschte Wirkung zu erzeugen. Die Feindmaschine wechselt schnell vom Steigflug in eine rasante Abwärtsspirale. Hinter dem sowjetischen Jäger zeigt sich eine schwarze, ölige Rauchwolke.

Dengl beobachtet den unvermeidlichen Absturz der Feindmaschine sehr genau. Die LaGG 3 setzt in einer kontrollierten Bauchlandung auf den verschneiten Boden auf und zieht eine ansehnliche Furche durch die harte, gefrorene Erde.

»Adler Vier an Adler Drei – habe Abschuss beobachtet und bestätige«, kommt es knarzend und irgendwie blechern aus den Hörmuscheln der FT-Haube.

Dengl blickt nach hinten und erkennt die Messerschmitt des Obergefreiten Hajo Steiner. Anerkennend zeigt er Steiner den aufrechten Daumen, als sich dieser rechts neben den Unteroffizier schiebt.

Danach drückt er seine Messerschmitt an und fliegt auf die Absturzstelle der gegnerischen Maschine zu.

Er sieht, wie der sowjetische Flugzeugführer sich vom Wrack entfernt. Als dieser die deutsche Maschine erkennt, wirft er sich in den hohen Schnee. Doch Dengl hat keineswegs die Absicht, den Mann anzugreifen.

Er fliegt in geringer Höhe über den Gegner und wackelt dabei mit den Tragflächen.

Dies wiederholt Dengl dreimal und letztendlich winkt der Sowjet zurück.

»Zeit für den Rückflug«, gibt Dengl an seinen Flügelmann durch und wendet seine Messerschmitt in Richtung Heimat.

10. Februar 1943

Nachmittags, zwischen Potsdam und Berlin

Ohrenbetäubend schlägt die Panzergranate krachend in den leichten Panzerspähwagen ein. Durch die Wucht der Explosion wird das Sd.Kfz 222 herumgeschleudert. Sofort steigt schwarzer Rauch aus ihm auf.

Jene Verräter, welche in der Nähe des Panzerspähwagens stehen, werfen sich unverzüglich auf den verschneiten Boden. Auch Louis Ferdinand und die Gardesoldaten haben sich nach dem Einschlag der Granate in Deckung gebracht.

Wieder blitzt Mündungsfeuer am Panzerkampfwagen auf und Augenblicke später schlägt eine Sprenggranate krachend in der Nähe des brennenden Spähpanzers ein. Eine grelle Detonation ist zu sehen und glühende Splitter spritzen umher.

Der Panzerkampfwagen fährt nun wieder mit hoher Geschwindigkeit auf die Feindgruppe zu. Beim Fahren kleckert ab und an das koaxiale Maschinengewehr und das Bug-MG in die Verräter hinein. Hinter dem Panzer spritzen nun mehrere Kradgespanne hervor und rasen vorwärts.

Plötzlich wird das brennende Sd.Kfz 222 von einer gewaltigen Detonation zerrissen. Große und kleinere Stahlstücke werden umhergeschleudert und so mancher der feindlichen Soldaten getroffen. Schreiend und blutend liegen sie im Schnee.

Einige Überlebende der Verräter steigen auf die abgestellten BMW R 75-Gespanne und versuchen in Richtung Potsdam zu flüchten. Die Gardesoldaten nehmen sie sogleich unter Feuer und können noch drei der Kräder stoppen. Die Fahrer fallen getroffen auf die verschneite Fahrbahn.

Zwei Krädern aber gelingt die Flucht.

Die restlichen Attentäter erkennen nun die Ausweglosigkeit ihrer Situation, werfen die Waffen weg und heben die Arme.

Sofort werden sie von den ankommenden Soldaten umzingelt, durchsucht und auf einen herbeikommenden Opel Blitz-LKW getrieben. So mancher von ihnen bekommt einen Gewehrkolben im Rücken oder am Kopf zu spüren. Die loyalen Soldaten gehen alles andere als zimperlich mit den Verrätern um.

Zahlreiche Gardesoldaten umringen schützend den Kaiser. Major Reichenbach wird von zwei Kameraden gestützt und sofort von einem Soldaten zu einem bereitstehenden Lastkraftwagen geleitet, wo bereits ein Sanitäter wartet.

Ein Oberleutnant mit umgehängter MP schiebt sich durch das Gedränge zum Kaiser. Er grüßt zackig. Die Gardesoldaten und auch der Kaiser erwidern den Gruß.

»Eure Majestät, was bin ich froh, Sie einigermaßen wohlbehalten zu sehen.«

Der junge Regent des Großdeutschen Kaiserreichs will gerade etwas erwidern, als aus Richtung Potsdam eine Kolonne in Sichtweite kommt.

»Vorsicht, alle Mann sofort in Stellung!«, ruft der Oberleutnant.

Ohne Unterlass begeben sich die Soldaten so gut es geht in Deckung und nehmen ihre Waffen in Anschlag. Die Gardesoldaten führen den Kaiser derweil zurück zu einem Kübelwagen.

Die fremden Männer aus Richtung Potsdam winken, rufen und hupen in Richtung der Kampfgruppe. Es scheinen also Loyale zu sein. Trotzdem sind die Gardesoldaten und die anderen Landser vorsichtig und bleiben in Deckung.

Schließlich eilt der Oberleutnant auf die Kolonne zu, zusammen mit zwei Mann. Die MP 40 hat er sich über die Schulter gehängt, die beiden Landser tragen ihren Karabiner lässig am langen Arm, um kein falsches Signal an die Ankömmlinge zu senden.

Die Kolonne hält auch unverzüglich an. Ein drahtiger Offizier steigt aus dem Führungsfahrzeug und ist mit drei Sätzen beim Oberleutnant. Zunächst sprechen sie kurz. Dann geben sie der Kolonne ein Zeichen und diese rollt wieder an.

Die Vierergruppe läuft hinter den drei Lastkraftwagen, den beiden VW-Kübelwagen, den vier Zündapp KS 750 und den beiden Sd.Kfz 232 hinterher.

Der Kaiser tritt nun wieder aus der Gruppe Gardesoldaten heraus und verschafft sich etwas Platz. Er begrüßt jeden der ankommenden Soldaten mit einem kräftigen Handschlag.

Mittlerweile sind auch die beiden Offiziere und die zwei begleitenden Soldaten eingetroffen. Der Führer der Kolonne aus Potsdam begibt sich sogleich zum Kaiser, bleibt stehen und salutiert.

»Eure Majestät, es erfreut mich, dass Sie wohlauf sind.

Mein Name ist Dörfler und wir wurden aus Potsdam in Marsch gesetzt, als wir erfuhren, was bei der Kraftfahrausbildungsabteilung für eine Schweinerei passiert ist.«

Der Regent erwidert den Gruß und reicht dem Major, der sich als Dörfler vorgestellt hat, die Hand.

»Ich danke Ihnen für ihr Erscheinen, Major Dörfler.«

»Auf dem Weg hierher kamen uns zwei Kräder in einem irren Tempo entgegen. Die Fahrer verstrickten sich uns gegenüber in Widersprüche, daher haben wir sie sicherheitshalber festgesetzt. Sie sitzen im mittleren Lastwagen.«

Das Gesicht des Monarchen verfinstert sich.

Das Oberkommando der Wehrmacht gibt bekannt

In den gestrigen Mittagsstunden verübte eine Gruppe gewissenloser Verräter Überfälle auf Einrichtungen der Wehrmacht. Nach hartem Ringen bemächtigten sich die Verräter mehrerer Fahrzeuge, mit denen sie einen erfolglosen Attentatsversuch auf Eure Majestät, den Kaiser Louis Ferdinand I., verübten.

Durch den heldenhaften Einsatz der Gardesoldaten seiner Majestät und auch unter höchstpersönlichem Einsatz des Kaisers selbst gelang es, die Verräter aufzureiben und Überlebende gefangen zu nehmen.

An den Fronten der Heeresgruppen Nordland, Nord und Mitte ereigneten sich keine nennenswerten Gefechtstätigkeiten. Die Hauptlast der Kämpfe an der Ostfront trägt die Heeresgruppe Süd. Unvermindert gehen die fruchtlosen Angriffe auf Woroschilowgrad weiter, die unsere Truppen Schlag auf Schlag abwehren.

Ebenfalls konnten die Angriffe gegen die Verteidigungslinie Rozhok-Fodorowka-Grigoryewka größtenteils abgewiesen werden. Es kam nur zu örtlichen Einbrüchen, die durch Gegenangriffe bereinigt wurden.

Im Kuban-Brückenkopf kam es ebenfalls zu aussichtslosen Angriffen gegen unsere Verteidigungslinien.

Aus dem Luftraum über dem Kuban wurden erneut schwere Luftkämpfe gemeldet. Der Feind wirft immer neue Jagdverbände in den Kampf.

Im Nordmeer konnten Verbände der Luftwaffe und der Kriegsmarine mehrere Handelsschiffe des Feindes versenken. Wir betrauern den Verlust eines Unterseebootes bei diesem Einsatz.

In der Biskaya gelang es Luftwaffenverbänden eines Kampfgeschwaders erneut, den Feind zu schwächen. Sie versenkten unter anderem ein feindliches Unterseeboot und ein Handelsschiff mit einer Tonnage von 4.000 Bruttoregistertonnen.

In der Schlacht um den Atlantik ging der Kampf am feindlichen Konvoi weiter; erneut wurden Erfolge gemeldet.

Im Kampfraum Afrika kam es zu feindlichen Angriffen gegen unsere Nachhutstellungen bei der deutsch-italienischen Panzerarmee. Die Angriffe konnten bereits in der Bereitstellung durch gezieltes Artilleriefeuer und unsere Stuka-Verbände zerschlagen werden.

Über dem Reichsgebiet und aus den besetzten Gebieten wurden erneut keine einfliegenden Feindflugzeuge gemeldet.

11. Februar 1943

Früher Morgen, Woroschilowgrad

Der Obergefreite Lothar Müller hockt hinter dem Fenster eines einstöckigen Hauses. Sie haben sämtliche Öffnungen mit allem verbarrikadiert, was sie an Hausrat finden konnten. Die Bevölkerung wurde von der Division ins Hinterland evakuiert, soweit dies bei über 200.000 Einwohnern möglich ist.

Es war nicht einfach, den Einwohnern einzubläuen, dass die Zeit dränge und die Sowjets bereits unmittelbar vor der Stadt stünden. Soweit möglich, packten die Männer der Kampfverbände mit an, damit die unglücksseligen Einwohner Woroschilowgrads wenigstens das Nötigste an Proviant und Hausrat mitnahmen.

Nun wirkt die Stadt, abgesehen von den Truppen der Wehrmacht, wie ausgestorben. Wenigstens müssen sich die Soldaten bei den bevorstehenden Abwehrkämpfen keine Gedanken mehr um die Zivilbevölkerung machen.

Angestrengt beobachtet Müller das dunkle Vorfeld. An den Flanken steigen ununterbrochen Leuchtgranaten in den Himmel. Auch blitzt allerorts Mündungsfeuer in der Nacht.

Anscheinend greifen die Russen die Kameraden an den Flanken an, überlegt Müller. *Ob sie dann auch bald bei uns wieder angreifen?*

Der Hauptgefreite Stüwe hastet ins Zimmer: »Augen auf! Die Iwans rennen gegen die Stellungen der Division an beiden Flanken an. Laut Leutnant Busch rechnet das Bataillon damit, dass der Russe bald bei uns angreifen wird.«

Wie aufs Stichwort steigert sich der Gefechtslärm an den Flanken. Auch Motorenlärm können die Landser am Stadtrand von Woroschilowgrad nun vernehmen.

Plötzlich verfärbt sich der Himmel entlang der sowjetischen Linien blutrot. Ein Donnern und Fauchen erklingt. Schmetternd schlagen die Granaten und Raketengeschosse in die Frontstellungen und auch im Hinterland der Deutschen ein. Ununterbrochen blitz es bei den roten Artilleriestellungen auf. Auch innerhalb von Woroschilowgrad schlagen Granaten der Kaliber 122 Millimeter und 152 Millimeter ein. Sie bringen Häuser zum Einsturz und reißen Straßen und Plätze auf.

Die vordersten deutschen Linien werden durch die einschlagenden Raketengeschosse der sowjetischen Katjuschas umgegraben.

Kaum funkeln die ersten Sonnenstrahlen über den Horizont, da sehen die Landser ganze Schwärme von sowjetischen Kampf- und Jagdflugzeugen heranbrausen.

Die Schlachtflugzeuge vom Typ Il-2 stürzen sich sofort auf die erkannten Panzerabwehrstellungen und die stärksten Widerstandsnester der Deutschen. Sowjetische SB-2 und Pe-2 fliegen weiter ins Hinterland und greifen deutsche Artilleriestellungen an.

Eine Gruppe von ihnen dreht jedoch bei und wirft ihre Ladung direkt auf Woroschilowgrad ab. Wieder werden Häuser und Infrastruktur schwer in Mitleidenschaft gezogen. Offenkundig wissen die sowjetischen Verbände sehr genau, wo die Munitions- und Nahrungsmittelvorräte gelagert werden. Auch das Lokomotivwerk wird gezielt angegriffen und schwer getroffen.

Leutnant Busch, der Hauptgefreite Stüwe und der Obergefreite Müller hocken zusammen mit der Hälfte der Kampfgruppe Busch von der 8. Luftwaffen-Felddivision in besagtem einstöckigem Haus und beobachten weiterhin das Vorfeld und auch das rückwärtige Stadtgebiet, welches sich unter starkem Artilleriefeuer und Bombenabwürfen schüttelt.

Kurz vor ihrer Stellung schlagen nun mehrere Salven aus Katjuscha-Raketenwerfern ein. Glücklicherweise wird ihr Haus nicht direkt getroffen. Nur einige Metallsplitter bohren sich in die Hausfassade und die Fensterbarrikaden.

Nach circa einer Stunde registrieren die Männer, dass sich der Gefechtslärm weiter ins Hinterland verlagert.

11. Februar 1943

Frühmorgens, Kampfraum Rozhok

Die Unteroffiziere Bauer und Voigt fliegen mit ihren Kameraden wieder über dem Kampfraum Rozhok. Unter ihnen tobt wieder einmal ein schwerer Angriff der sowjetischen Truppen. Seit Tagen lässt der Gegner seine Einheiten gegen die deutschen Linien anrennen. Bisher gelang es den deutschen Truppen stets, die Angriffe der Roten Armee zurückzuweisen.

Doch wie lange die abgekämpften Verbände der Wehrmacht diesen Angriffen noch standhalten können, wissen die Schlachtflieger nicht. Es ist wohl nur noch eine Frage der Zeit.

»Adler Eins an alle Adler - zweiter Angriff - freie Zielwahl!«, krächzt es aus der FT-Haube.

Bauer und Voigt beschreiben eine weite Kurve.

»Adler Drei an Adler Vier - rechts vor uns sind einige T-34, die schnappen wir uns - Frage Viktor?«

»Viktor«, kommt es kurz und knapp zurück.

Durch die Rechtskurve können die beiden die feindlichen Panzer von hinten angreifen.

Bauer schiebt den Geschwindigkeitsregler weiter nach vorn. Die *Gnome & Rhone*-Motoren heulen auf. Die Bugschnauze der beiden Henschel senken sich hinab. Die Silhouetten der grün-weißen Panzerkampfwagen wandern in die Fadenkreuze der Reflexvisiere. Wie Pfeile zischen die beiden Schlachtflugzeuge auf die Feindpanzer zu. Schon umfassen die Hände der Flugzeugführer die Auslöseknöpfe für die MK 103. Noch wenige Augenblicke, bevor wieder das gewohnte Vibrieren aufgrund der feuernden Bordkanone zu spüren ist.

Dann ist es so weit. Die 500 Gramm schweren Geschosse zischen mit einer Geschwindigkeit von bis zu 960 Meter pro Sekunde auf die Sowjetpanzer zu. Krachend hämmern die 30 Millimeter-Granaten in die Motorabdeckungen und die Rückseite der Gefechtstürme ein und durchschlagen die Panzerung.

Der von Unteroffizier Bauer angegriffene Kampfpanzer beginnt zu brennen; der von Unteroffizier beschossene T-34 lodert ebenfalls. Noch bevor die beiden Hs 129 abdrehen müssen, wird der Panzerkampfwagen von einer Explosion zerrissen. Als der Qualm sich verzogen hat, ist dort unten nur noch ein glimmendes Wrack aus verbogenen Metallteilen zu erkennen.

Wieder beschreiben die beiden Schlachtflugzeuge eine Kurve, um einen weiteren Angriff zu fliegen. Genug Munition haben sie noch.

»Achtung - Adler Eins an alle Adler - Feindjäger aus Ostnordost! Frage - Viktor?«

»Viktor«, kommt es vielstimmig zu Leutnant Krüger zurück.

Sofort fliegt der Kopf von Unteroffizier Bauer in die angegebene Richtung. Er erkennt die dunklen Punkte am Firmament. Noch befindet sich der Gegner sehr weit entfernt. Bauer kann noch nicht erkennen, um welches Flugzeugmuster es sich handelt.

»Adler Drei an Adler Vier - wir machen uns los, Kurs Heimat! Frage - Viktor?«

»Adler Vier an Adler Drei - wir haben doch noch Zeit? Die Iwans sind noch weit weg; den dritten Angriff können wir noch durchziehen.«

»Negativ, Kurs Heimat!«, kommt es kurz angebunden von Bauer zurück.

Schon wendet der Unteroffizier seine Maschine entsprechend und fliegt in Richtung des Feldflugplatzes ab.

Die übrigen Kameraden versuchen noch einen weiteren Angriff.

11. Februar 1943

Mittags, Neues Palais

Kaiser Louis Ferdinand I. und Vizeadmirals Wilhelm Canaris spazieren durch den weitläufigen Garten von Sanssouci. Beide tragen lange Mäntel, denn es ist empfindlich kalt und in der letzten Nacht hat es wieder geschneit. Bei jedem Schritt knarzt der Schnee unter den schweren Stiefeln.

»Was haben Sie bisher herausgefunden, Herr Canaris?«

»Nicht viel, mein Kaiser. Die Gefangenen waren zwar sehr redselig, doch kann dies unmöglich die ganze Wahrheit sein. So viel Dilettantismus auf einem Haufen gibt es eigentlich gar nicht.«

»Was haben diese Leute preisgegeben?«

Admiral Canaris überlegt kurz und meint dann ein wenig leiser als zuvor: »Bisher haben wir die Gefangenen identifiziert. Es handelt sich um Kreisleiter der NSDAP, ehemalige Funktionäre der Schutzstaffel oder deren engere Verwandtschaft.

Es ist ihnen gelungen, die Söhne einiger Kreisleiter in die Kraftfahrausbildungsabteilung einzuschleusen und dadurch kam es dann zu diesem Angriff aus dem Inneren. Die eingeschleusten Kader überfielen die Wache und dadurch konnten die anderen in die Kaserne eindringen. Doch offenkundig haben sie nicht mit so hartnäckigem Widerstand durch die Ausbildungsabteilung gerechnet, so dass es ihnen nur gelang, einen kleinen Teil der benötigten Fahrzeuge zu entwenden.

Bisher haben wir die Funktionäre Hinrich Abel, Karl Richard Adam, Karl Buck, Kurt Fehr und Claus Hans als führende Köpfe identifizieren können.«

Louis Ferdinand bleibt stehen.

»Das bedeutet dann wohl, dass wir die Partei endgültig auflösen sollten?«

Der Abwehrchef nickt: »Ich denke ja. Wir sollten dann den Wehrkreiskommandos die Leitung über die Zivilverwaltung übertragen.«

Der Kaiser sieht seinen Abwehrchef prüfend an und überlegt eindringlich.

»Davor werde ich mich mit Goerdeler beraten - ein solcher Schritt darf, wenn überhaupt, nur für die Kriegszeit vollzogen werden.«

11. Februar 1943

Nachmittags, Fliegerhorst Gilze Rijen

Unterfeldwebel Helmut Schwarz schlendert mit seinem Navigator, dem Hauptgefreiten Eberhard Leder, über das Gelände des Fliegerhorsts. Seit Tagen haben die Nachtjäger keinen Einsatz mehr gehabt. Die britischen Bomber halten sich fern.

Die Besatzungen haben bereits damit begonnen, Pläne für die nähere Zukunft zu hegen. Als noch ein Einsatz dem anderen folgte, da lebten auch die Männer von einem Tag zum nächsten.

»Las uns mal ins Casino gehen«, sagt Schwarz.

»Sollten wir nicht Liebemann auch fragen, ob er mitkommen mag?«

Schwarz verzieht das Gesicht. Seine Abneigung gegen den Gefreiten Udo Liebmann hat sich noch immer nicht verflüchtigt.

»Der ist doch bestimmt damit beschäftigt, bei den Kameraden mit unseren Erfolgen anzugeben.«

Leder winkt ab: »Ach komm Helmut, lass gut sein. Der Liebmann ist ein guter Junge. Du kennst ja meine Meinung zu dem Thema, aber lass uns da jetzt nicht weiter darüber sprechen.«

Die beiden Kameraden begeben sich ins Kasino. Dort halten sich bereits Männer der anderen Besatzungen auf und genehmigen sich das ein- oder andere Bier.

Schwarz hält Ausschau nach einem freien Tisch und wird auch fündig. Kaum haben sie sich gesetzt, da versucht der Unterfeldwebel die Ordonanz herbeizuholen.

»Sofort, Herr Unterfeldwebel, sobald ich die anderen bedient habe«, erhält er lapidar als Antwort.

Nach einigen Minuten steht die junge Ordonanz dann vor dem Tisch von Schwarz und Leder.

Die beiden Kameraden bestellen sich je ein Bier, das erstaunlich schnell vor ihnen auf dem Tisch steht.

»Zum Wohl«, sagt Schwarz und erhebt sein Glas.

Klirrend stoßen die Gläser aneinander. Die beiden Luftwaffensoldaten genehmigen sich einen großen Schluck des kühlen Bieres.

Leder lässt daraufhin sein Glas sinken.

»So, was gibt es zuhause Neues?«

»Ach Eberhard, du weißt doch, was es bei mir so gibt. Bei Frau und Kindern ist alles beim Alten.

Gitta und die Zwillinge ziehen zu ihren Eltern aufs Land. Zwar sind die Luftangriffe weniger geworden, aber sicher ist sicher. Sie packen einige Sachen zusammen und nächste Woche soll es so weit sein. Gittas Vater hat es sogar irgendwie geschafft, dass Max und Marta auf die Dorfschule gehen können. So müssen sie wenigsten auch zur Schulzeit nicht mehr in die Stadt. Bleibt nur noch die Hitlerjugend, oder wie die jetzt heißt. Ich verstehe nicht, ob die jetzt noch Pflicht ist oder nicht. Marta wäre wohl nicht sehr traurig darüber, wenn sie da nicht mehr hinmüsste. Aber Max geht da wirklich sehr gern hin. Sein Ziel war es schließlich, Fähnleinführer zu werden.«

Wieder gönnen sich die beiden einen großen Schluck.

»Na, das hört sich doch sehr gut an, Helmut. Mensch, ich beneide dich wirklich um dein Familienleben. Ich habe nichts davon. Finde einfach nicht den passenden Deckel zu mir als Topf.«

Der Unterfeldwebel setzt ein schelmisches Grinsen auf. »Hattest du nicht etwas mit der kleinen Blonden aus dem Blumenladen am Ortseingang von Rijen?«

Eberhard Leder winkt ab.

»Ach, das ist doch schon lange vorbei. Ich habe einfach kein Glück mit den Frauen. Ich finde nicht die Richtige. Weder im Reich noch in den Niederlanden.«

Schwarz muss kurz auflachen. »Dann solltest du vielleicht den Antrag stellen, dass wir verlegt werden. Vielleicht nach Italien oder in den Osten?«

Nun muss auch Leder lachen. »Du Dummbatz. Quatschst auch nun dummes Zeug. Italien ist mir zu warm, im Osten wäre es mir wohl zu kalt. Hier in den Niederlanden ist es schon genau richtig. Mal schauen, vielleicht wird es ja noch.«

Die beiden Kameraden reden noch einige Zeit, dann verabschiedet sich Unterfeldwebel Schwarz.

»So, Eberhard, ich mach mich dann mal wieder zurück. Werde noch einen Brief an Gitta schreiben.«

Er erhebt sich und mit einem Schmunzeln sagt er zum Abschied: »Ich überlasse dir die Ehre der Bezahlung.«

11. Februar 1943

Nachmittags, Truppenübungsplatz Maria ter Heide

Der Stabsgefreite Franz Breitfelder hockt auf seinem Sitz im Turm des mächtigen 57 Tonnen schweren Panzerkampfwagen VI Ausführung E. Sein Blick wandert durch das Turmzielfernrohr TZF 9b mit 2,5-facher Vergrößerung. Klar und deutlich kann er das Ziel erkennen.

Der tachymetrische Entfernungsmesser erlaubt ein recht sicheres Trefferbild bei einem erfahrenen Schützen und da Breitfelder bereits über einige Erfahrung als Richtschütze verfügt, kommt er auch mit der 8,8 cm KwK 36 L/56 sehr gut zurecht.

Er drückt auf die elektronische Abfeuerung und schon jagt die 10,2 Kilogramm schwere Panzergranate 39 mit 773 Meter pro Sekunde auf das Ziel zu. Sie schlägt ein und zerreißt das anvisierte Ziel.

»Guter Treffer«, kommt es prompt aus den Kopfhörern.

»Hans, 150 vorrücken - Franz - neues Panzerziel - ein Uhr - 1.000.«

Der schwere Panzerkampfwagen ruckt an. Hans Klein fährt ihn sehr versiert. In der Zwischenzeit richtet Breitfelder den Turm mit dem hydraulischen Turmschwenkwerk grob aus.

Als der Kampfpanzer mit einer butterweichen Bremsung stoppt, justiert der Stabsgefreite mit Hilfe des kleinen 190 Millimeter großen Höhenrichtrades und dem 260 Millimeter großen Seitenrichtwerkes fein nach. Wieder wandert das Ziel ins Visier und mit einem einfachen Druck wird die Granate abgefeuert.

Die Hülse wird in den Fangkorb geschleudert und der Gefreite Otto Stolze wuchtet eine neue Granate in den Verschluss.

»200 vor - hinter dem kleinen Hügel - Franz - neues Panzerziel elf Uhr - 1.200.«

Erneut bewegt sich der tonnenschwere Turm. Daraufhin scheppert die Kampfwagenkanone; die Lüftung im Inneren des Turms arbeitet auf Hochtouren und saugt den schwefligen Rauch aus dem Kampfraum.

Wieder wird das Ziel zuverlässig getroffen.

»Befehl vom Zugführer - Übung beenden - zurück zum Anfang der Schießbahn«, gibt der Funkobergefreite Peter Schneider zum Kommandanten Oberfeldwebel Willi Hermanns durch.

»Na, dann wollen wir mal. Hans, setz unseren Bock ein wenig zurück, dann eine elegante Drehung linksum und zurück - gute Arbeit, alle Mann. Ich denke, Oberleutnant Johannsohn wird nichts zu beanstanden haben.«

11. Februar 1943

Nachmittags, Feldflugplatz Taman

Unteroffizier Helmut Dengl und sein Rottenflieger, der Obergefreite Hajo Steiner, sind wieder einmal über dem Kuban Brückenkopf unterwegs auf freier Jagd. Mit ihnen befinden sich der Staffelführer, Leutnant Richard Hottinger, und dessen Rottenflieger, Unteroffizier Wolfgang Lang, über dem Kuban-Gebiet im Einsatz. Sie fliegen in einer Höhe von 2.500 Meter.

Bisher verlief der Feindflug sehr ruhig. Auch am Boden können die vier Flieger keine größeren Kampfhandlungen erkennen. Sie fliegen den ihnen zugewiesenen Sektor ab und halten die Augen offen. Die Sicht könnte besser sein, denn es ist diesig.

Über der Straße von Kertsch schreitet die Rückführung der deutschen Truppen voran.

Dengl und Co. wollen schon den Rückflug nach Taman antreten und landen, da sehen sie, wie in der Straße von Kertsch von einigen Booten aus Fla-Geschosse in den Himmel jagen.

Sofort liegt die ganze Aufmerksamkeit der vier Flieger auf diesem Spektakel. Im nächsten Augenblick wird ihnen klar, wer die Boote und Prahme dort unten attackiert.

»Achtung - Feindjäger greifen die Marineeinheiten im Hafen von Taman an!«, erklingt es auch schon aus den FT-Hauben der Flugzeugführer.

»Ihr habt es gehört - Angriff!«, kommt es von Leutnant Hottinger.

Schon lässt er seine Messerschmitt in einen eleganten Abschwung nach unten gleiten und Kurs auf den Hafen von Taman nehmen. Unteroffizier Dengl tut es ihm gleich und hängt sich hinter die beiden Kameraden. Mit einem Blick über die Schulter versichert er sich, dass sein Kaczmarek Schritt hält.

Wie immer ist auf den Obergefreiten Verlass.

Die Geschwindigkeit der vier deutschen Jäger erhöht sich durch den flachen Sturzwinkel moderat, aber stetig. Die Flugzeugführer sehen, wie die Schiffseinheiten verzweifelt auf den Gegner feuern. Noch können Hottinger und seine drei Kameraden den Feind nur durch die Leuchtspurgarben erkennen, die aus den Tragflächen herausspritzen. Auch steigen auf einmal mehrere Explosionspilze auf dem Land und auch im Wasser auf.

Augenblicke später hängen die deutschen Jäger hinter den Feindmaschinen. Dengl und Hottinger gelingt es, sich schon im Sturz hinter je einen der Feinde zu klemmen. Sie eröffnen das Feuer. Die Bordwaffen der Messerschmitt fressen sich in die gegnerischen Maschinen und diese schmieren brennend ab. Durch die niedrige Flughöhe, die nun bei gerade einmal 500 Meter liegt, haben die feindlichen Flugzeugführer keine Chance, aus den Maschinen hinauszukommen.

Sie sterben in den beiden entstehenden Aufschlagbränden. Die übriggebliebenen vier Sowjetmaschinen spritzen nun in alle Richtungen auseinander.

Dengl und Hottinger nutzen den Geschwindigkeitsüberschuss aus, um wieder an Höhe zu gewinnen. Dabei halten sie Ausschau, wohin die Feindjäger verschwunden sind. Schon bald hat jede Rotte wieder einen Sowjet aufgefasst.

P-39, denkt sich Dengl, *zäher Vogel und vor allem gut bewaffnet.*

Der sowjetische Jäger vor dem Steiermärker versucht mit Kurven und Schwingbewegungen zu entkommen. Plötzlich steigt er steil nach oben, vollführt eine halbe Rolle und stürzt wieder nach unten weg. Doch Dengl bleibt dicht hinter ihm und schickt ihm einige Feuerstöße hinterher.

Treffer aber bleiben aus.

Beim Blick nach hinten erkennt Dengl, dass sich eine der übrigen Feindmaschinen hinter Steiner geklemmt hat.

»Hajo, Vorsicht - Feindjäger hinter dir!«, ruft er ins Stimmengewirr im Funk.

Schon taucht der Obergefreite nach unten weg. Der Feindjäger folgt ihm. Dengl vollführt eine halbe Rolle erdwärts und versucht nun seinerseits, hinter die feindliche Airacobra zu kommen. Der Feindjäger feuert ohne Unterlass auf den Obergefreiten, dem es durch geschickte Steuerbewegungen immer wieder gelingt, dem Wirkbereich des Sowjets zu entfliehen.

»Hajo, wenn ich es sage, dann tauch nach unten weg -Viktor?«

»Viktor«, kommt es keuchend als Antwort.

Dengl bringt sich noch etwas näher an den Feindjäger heran. Er rechnet damit, dass der Gegner Steiner folgen wird. Dann will er ihm eine Feuergarbe in die Maschine jagen.

»Jetzt!«, schreit Dengl förmlich ins Kehlkopfmikrofon.

Gleichzeitig drückt er auch seine Maschine leicht an. Es geschieht nun genau das, was er antizipiert hat: Der Sowjet versucht der Messerschmitt vor sich zu folgen.

Dengl drückt die Auslöseknöpfe für die Bordwaffen. Der sowjetische Jäger fliegt genau durch die Salven der Bordwaffen. Die Granaten schlagen in die Unterseite des Jägers ein und treffen wohl den Allison V-1710-35-Motor und einen der Tanks.

Die P-39 wird förmlich auseinandergerissen - brennende Einzelteile regnen vom Himmel.

Steiner geht wieder in den Horizontalflug über; Dengl setzt sich neben ihn und winkt freundlich zu seinem Kameraden hinüber. Doch schon Sekunden später halten beide Ausschau nach den übrigen Jägern.

In einiger Entfernung sehen sie, wie eine unbekannte Maschine mit einem langen Feuerschweif dem Boden entgegenrauscht. Dengl und Steiner können nicht erkennen, wen es erwischt hat.

In weiterer Entfernung sehen sie zwei schwarze Schemen, die sich schnell entfernen.

Zwei der Iwans suchen wohl das Weite, denkt sich Dengl.

Die beiden deutschen Jäger fliegen nun den beiden Maschinen entgegen, welche noch in ihrer Nähe den Himmel bevölkern.

Je näher sie kommen, desto detaillierter werden die Umrisse der Maschinen, und sie erkennen, dass es sich um die Messerschmitts des Staffelführers und seines Rottenflieger handelt.

Wieder nehmen die vier Me 109 G ihre Positionen ein und setzen ihre Patrouille fort. Doch nach kurzer Zeit blinken die roten Leuchten der Tankanzeigen auf und signalisieren den Flugzeugführern, dass es Zeit wird, zum Feldflugplatz zurückzukehren.

Das Oberkommando der Wehrmacht gibt bekannt

Im gesamten Raum der Ostfront kam es bis auf den Südraum zu keinen nennenswerten Gefechtstätigkeiten. Aus dem Bereich der Heeresgruppe Süd werden weiterhin schwerste Gefechte gemeldet.

Der feindliche Vorstoß auf Mariupol wurde an der Linie Rozhok-Fodorowka-Grigoryewka abgeschlagen und örtliche Einbrüche durch den beherzten Gegenangriff rumänischer Divisionen bereinigt.

Der Angriff der Bolschewisten auf Woroschilowgrad setzt sich fort. Dem Feind gelang es dabei unter immensen Verlusten, beiderseits Woroschilowgrad unsere Linien zu durchbrechen und in das Hinterland vorzustoßen – Gegenangriffe zur Abriegelung der Einbrüche sind beiderseits im Gange.

Vorbereitungen zur Räumung von Woroschilowgrad laufen an.

Im Kuban-Brückenkopf kam es am gestrigen Tag zu keinen nennenswerten Angriffen durch bolschewistische Bodentruppen. Der Feind versuchte hingegen, durch Luftangriffe die Rückführung unserer Truppen über die Straße von Kertsch zu stören. Dabei gingen ihm zahlreiche Jagdflieger verlustig.

In der Schlacht um den Atlantik …

12. Februar 1943

Morgens, Flughafen Paris-Orly

Eine einzelne Focke-Wulf FW 200 landet auf dem großen Flugfeld bei Paris. Auch mehrere Me 109 und FW 190 setzen nacheinander zur Landung an oder sind bereits gelandet - ein ansehnliches Aufgebot von Jagdschutz.

Am Flugfeld wartet eine Kolonne, bestehend aus mehreren Panzerspähwagen, Krafträdern und Schützenpanzerwagen. Auch drei Mercedes-Benz 770 W stehen bereit.

Der Kaiser steigt aus der FW 200. Er wird von seinem Vater, Wilhelm von Preußen, Generaloberst Paul Hausser und einigen weiteren Gardesoldaten begleitet. Die Gruppe begibt sich zum Rand des Flugfeldes.

Louis Ferdinand I. und sein Vater wechseln einige Worte. Die Gardesoldaten umringen die kleine Gruppe; der gesamte Platz strotz vor waffenstarrenden Posten.

Nach einigen Minuten erklingt erneut ein lautes Brummen am Himmel. Eine weitere FW 200 kündigt sich an. Auch diese wird durch mehrere Me 109, aber auch durch einige Macchi MC. 202 Folgore begleitet.

Die Flugzeuge setzen nach und nach auf dem Flugfeld auf und rollen aus.

Der FW 200 entsteigen nun der italienische König Viktor Emanuel III. und dahinter der *Duce* Italiens, Benito Mussolini. Ihnen folgt der italienische Außenminister, Graf Galeazzo Ciano.

Die beiden schreiten zu der wartenden Gruppe um Louis Ferdinand I.

Bereits hier kommt es zu einer ersten Geste, die die weitere politische Zusammenarbeit zwischen den beiden Ländern vorzeichnet: Der *Duce* wird vom deutschen Kaiser und dessen Vater vorerst ignoriert. Bei der Begrüßung des bereits betagten italienischen Königs benehmen sich die Deutschen betont herzlich und zuvorkommend. Auch die Begrüßung des italienischen Außenministers fällt sehr freundschaftlich aus. Nun endlich - erst an dritter Stelle - wird Benito Mussolini begrüßt. Im Gegensatz zum herzlichen Händeschütteln fällt der Empfang des sichtlich verunsicherten *Duce* kalt und distanziert aus. Ein Nicken, ein knappes Grußwort, mehr nicht. Immerhin wurde er bei den Empfängen durch den »Führer«, Adolf Hitler, stets hofiert.

Die beabsichtigte Zurücksetzung durch die deutsche Delegation entging natürlich auch nicht der deutschen und ausländischen Presse, welche absichtlich so zahlreich wie möglich zum Flughafen Paris-Orly eingeladen worden ist.

Nach der Begrüßung geleiten Kaiser Louis Ferdinand I. und Wilhelm von Preußen die italienischen Gäste zu einem der wartenden Mercedes-Benz. Die beiden Adligen und Generaloberst von Hausser steigen in den zweiten Wagen ein.

Die übrigen Gardesoldaten begeben sich in den dritten MB 770 W, den Schützenpanzerwagen sowie den Opel Blitz-Lastkraftwagen. Vor und hinter der Kolonne verteilen sich die Panzerspähwagen und die Zündapp-Gespanne.

12. Februar 1943

Vormittags, Schloss Versailles

Außenminister Konstantin von Neurath wartet im Marmorhof des französischen Prachtschlosses auf die hochrangigen Gäste.

Endlich erblickt der Reichsaußenminister die rumänische Gesandtschaft um König Michael I. und Marschall Ion Antonescu.

Der in einen eleganten schwarzen Anzug gekleidete deutsche Außenminister mit dem ordentlich nach hinten gekämmtem, grau meliertem Haar schreitet den Staatsgästen einige Schritte entgegen. Hinter von Neurath haben sich mehrere Gardesoldaten postiert.

Auch hier wird zuerst König Michael begrüßt - ebenso freundlich und herzlich, wie es der Kaiser mit dem italienischen König getan hat. Erst danach nimmt von Neurath den Marschall Rumäniens in Empfang. Die Gäste werden in den prachtvollen Spiegelsaal des Schlosses geführt.

Nach und nach treffen weitere geladene Staatsgäste ein, so zum Beispiel Kroatiens Tomislav II. und Ante Pvelic sowie der japanische Außenminister. Alle werden betont auffällig und unter ausdrücklicher Anwesenheit der Presse empfangen. Den Deutschen ist eine möglichste große Außenwirkung sehr wichtig. Es soll davon ein Signal ausgehen - sowohl an die Verbündeten als auch an die Feinde.

12. Februar 1943

Nachmittags, Hauptquartier des Oberbefehlshabers Süd, Schloss Ambras

Generalfeldmarschall Erwin Rommel sitzt in seinem Arbeitszimmer im opulenten Schloss bei Innsbruck. Vor ihm auf dem reichlich verzierten Arbeitstisch aus hochwertigem Holz liegen Karten und Dokumente des gesamten Südraums ausgebreitet, welcher sich über Italien, Afrika, den Balkan und Griechenland erstreckt. Auch Ungarn, Rumänien und Bulgarien gehören zu seinem Befehlsbereich.

Doch was dem Generalfeldmarschall Kopfzerbrechen bereitet, ist die Planung für die *Operation Hannibal.*

Die enorme feindliche Überzahl bei den Flieger- und Marienkräften erscheint ihm eine kaum lösbare Aufgabe. Immerhin: Generalfeldmarschall Kesselring hat mit Generalfeldmarschall Sperrle einen erfahrenen Mann für die Luftsicherung abgestellt. Die Zusammenarbeit mit Sperrle und seinem Stab läuft entsprechend hervorragend.

Auch Konteradmiral Eberhard Weichold als Befehlshaber des *Deutschen Marinekommandos Italien* ist ein erfahrener Mann und er kennt das Mittelmeer und den Gegner sehr genau.

Rommel ist noch immer tief in seine Planungsarbeiten versunken, da meldet sich via Telefon sein Adjutant, Major Sebastian von Dittfurt.

»Herr Generalfeldmarschall Ammiraglio di Divisione Giullio Conti ist hier«, erschallt die angenehm melodische Stimme des Adjutanten aus der Hörmuschel.

»Soll reinkommen«, lautet die knappe Antwort Rommels.

Die Tür geht auf und herein tritt die stattliche und elegante Gestalt des italienischen Admirals. Generalfeldmarschall Erwin Rommel erhebt sich und streckt dem Admiral die Hand entgegen.

Danach bietet er dem Italiener mit einer freundlichen Handbewegung den bequemen Sessel vor dem Arbeitstisch an.

»Herr Generalfeldmarschall, ich danke Ihnen für den kurzfristigen Termin. Ich denke, ich habe einen sehr guten und nützlichen Vorschlag für die geplante *Operation Hannibal*«, eröffnet der italienische Konteradmiral seinem Gegenüber in sehr gutem Deutsch und mit nur leichtem italienischem Akzent.

Rommel zeigt sich sehr interessiert.

»Mein lieber Admiral Conti, ich bin überrascht über Ihre exzellenten Deutschkenntnisse.«

Über das Gesicht des Ammiraglio di Divisione huscht ein Lächeln. »Ich hatte das Vergnügen, zwei Jahre an der Universität Heidelberg zu studieren.«

»Das freut mich zu hören. Aber was haben Sie für einen Vorschlag für mich?«

Der Admiral räuspert sich.

»Nun, Herr Generalfeldmarschall, wie Sie sicher wissen, haben wir im Dezember '41 mit unseren Kleinkampfverbänden der Marine einen sehr guten Erfolg errungen. Es gelang unseren Verbänden, die britischen Schlachtschiffe *Queen Elizabeth* und *Valiant* im Hafen von Alexandria zu versenken.«

Generalfeldmarschall Rommel nickt wissend: »Ja, das ist mir bekannt. Leider konnten beide Kähne wieder instandgesetzt werden, da sie im flachen Hafenbecken auf Grund gesetzt wurden.«

Nun ist es der italienische Admiral, der zustimmend nickt. »Da haben Sie Recht, Herr Generalfeldmarschall. Dennoch waren die Einheiten für einige Monate außer Gefecht gesetzt.«

Generalfeldmarschall Erwin Rommel beginnt zu überlegen.

»Sie schlagen also vor, diesen Erfolg von Ihren Männern wiederholen zu lassen?«

Konteradmiral Guillo Conti überlegt kurz, bevor er entschlossen antwortet: »Ja, Herr Generalfeldmarschall, ich bin davon überzeugt, dass unsere Kleinkampfverbände diesen Erfolg wiederholen können - unter bestimmten Voraussetzungen!«

Rommel wiegt seinen Kopf hin und her. »Und welche Voraussetzungen wären das?«

Der italienische Admiral holt tief Luft, ehe er ansetzt: »Nun, die *Maiale* müssten nachts angreifen. Es müsste eine gewisse Ablenkung erfolgen, vielleicht durch einen nächtlichen Luftangriff auf die alliierten Flottenverbände. Wir haben drei Unterseeboote, die je drei der SLC transportieren könnten. Mein Vorschlag lautet, je ein Unterseeboot zu einem der Flottenverbände zu schicken. So ist es möglich, drei der bemannten Torpedos einzusetzen. Im Idealfall gelingt es uns, drei große Schiffe aus jedem Flottenverband zu versenken.«

Generalfeldmarschall Erwin Rommel sieht den Italiener skeptisch an und wiegt den Vorschlag in Gedanken ab.

Schnell kramt er eine Karte des nordafrikanischen Kriegsschauplatzes hervor.

»Der Flottenverband vor Marokko sollte uns doch vorerst nicht weiter stören und darüber hinaus müssen Ihre Einheiten nicht das Risiko eingehen, durch die Straße von Gibraltar zu stoßen.«

Nun ist es Konteradmiral Conti, der angestrengt nachdenkt.

»Dann wird es aber für die Amerikaner ein Leichtes sein, die Einheiten ins Mittelmeer zu verlegen. Dadurch ist der Erfolg von *Hannibal* noch mehr gefährdet als ohnehin schon.«

Rommel nickt zustimmend, setzt aber dagegen, dass Großadmiral Raeder ihm zugesichert habe, eine Blockadekette aus Unterseebooten unweit von Gibraltar einzurichten.

»Es wäre natürlich wünschenswert, wenn die italienischen Unterseeboote aus Bordeaux sich daran beteiligen könnten.«

»Das sollte kein Problem darstellen, Herr Generalfeldmarschall - obwohl die *Operation Hannibal* beim Comando Supremo keineswegs sehr beliebt ist. Doch das wird Ihnen wohl bereits bekannt sein.«

Es klopft an der Tür, ehe diese sich langsam öffnet. Ein Ordonanzoffizier bringt ein silbernes Tablett mit zwei Porzellantassen und einer Kaffeekanne. Wortlos gießt er den beiden Herrschaften Kaffee ein und entfernt sich dann wieder.

»Nun, Herr Admiral, was genau planen Sie?«

12. Februar 1943

Nachmittags, südlich von Prag

»Wäre zwar schön, wenn wir ein paar Tage im Reich bekommen hätten, aber gut - Hauptsache endlich raus aus diesem verfluchten Russland«, sagt Feldwebel Marcus Klaudius zu seinem Kameraden Steinbach. Dieser lacht auf. »Jetzt sei mal nicht zu undankbar, Marcus.«

Mehrere Flaschen klirren und die Männer, die mit Klaudius und den anderen Übriggebliebenen im Transportwaggon hocken, prosten sich zu.

»Immerhin geht es für uns entweder nach Frankreich oder nach Holland. Diese Regionen sind ja nun auch nicht zu verachten.«

Kaum ausgesprochen, fährt ein kräftiger Ruck durch den Waggon. Bremsen quietschen, Metall rutscht über Metall.

Einige der Männer verlieren das Gleichgewicht und fallen übereinander. Zum Glück sind die Waggons reichlich mit Stroh ausgelegt.

Der Zug kommt langsam zum Stillstand.

»Was hat das zu bedeuten, Herr Feldwebel?«, ist die vielgehörte Frage, die sich an Klaudius richtet, da er in ihrem Waggon der ranghöchste Soldat ist. Auch Steinbach sieht ihn fragend an.

»Wir können unmöglich schon da sein.«

Klaudius weiß auch nicht, weshalb der Zug so plötzlich und unangekündigt hält. Seines Wissens wäre der nächste Stopp in Dresden gewesen. Doch dort können sie unmöglich bereits sein.

Die hölzerne Waggontür wird knarzend aufgeschoben. Das gleißende Licht des sonnigen Wintertages blendet für kurze Zeit die Augen des Feldwebels.

Doch dann kann er eine verschneite Landschaft erkennen. Eine blickt auf eine Stadt in einem Tal hernieder, umgeben von fünf Bergen beziehungsweise großen Hügeln - ein erhabener Anblick.

Auch eine monumentale Burg, einige Türme und Brücken macht er aus.

Doch schon hört Feldwebel Marcus Klaudius die gellenden Kommandos der Kompanieführer: »Alles raus! Antreten! Zack, zack!«

Die Männer stellen sich zugweise auf. Auch Klaudius lässt die wenigen ihm verbliebenen Soldaten antreten.

Der Kompanieführer, Oberleutnant Wolf Haye, baut sich vor ihnen auf. Vor der Kulisse des verschneiten Tals gibt er ein prima Postkartenmotiv ab. Er steht breitbeinig vor der Kompanie, die Arme hinter dem breiten Rücken verschränkt.

»Achtung!«, schallt es über das verschneite Gelände.

Ein beinahe hörbarer Ruck geht durch die Reihen der Männer.

»Männer!«, hallt die kräftige Stimme des Oberleutnants über die Köpfe hinweg. »Ich weiß, ihr fragt euch, was wir hier wollen. Einige von euch werden die Stadt im Hintergrund bereits erkannt haben - Prag - die historische Hauptstadt Böhmens, Residenzstadt im Heiligen Römischen Reich, besonders unter den Luxemburgern und Habsburgern.

Aber, was wollen wir hier im Protektorat Böhmen und Mähren? Ganz einfach. Die Führung hat es so beschlossen.«

Bei diesen Worten haben die Männer Mühe, sich ein Schmunzeln zu verkneifen.

Der Kompaniechef legt eine kurze Pause ein, bevor er fortfährt: »Und eben diese Führung hat befohlen, dass wir uns in die ehemalige SS-Unterführerschule zu begeben haben. Abmarsch ist in fünf Minuten!«

12. Februar 1943

Nachmittags, Schloss Versailles

Der Kaiser des Großdeutschen Kaiserreichs, Louis Ferdinand I., außerdem Wilhelm von Preußen und Reichsaußenminister Konstantin von Neurath stehen vor den nun vollzählig eingetroffenen Staatsgästen.

»Meine sehr geehrten Herren, leider ist uns durch unsern militärischen Geheimdienst zugetragen worden, dass die Alliierten einen gezielten und massiven Luftangriff mit ihrer zahlenmäßig unerhört starken Bomberflotte auf Versailles und Paris selbst durchführen werden.

Trotz aller erdenklichen Maßnahmen wie Jagdschutz durch Tag- und Nachtjäger und einem massiven Flakgürtel möchte ich dringend dazu anraten, dass wir Versailles verlassen und unser Treffen nach Prag verlegen. Ich habe mir erlaubt, die Flugzeugbesatzungen und den Begleitschutz bereits zu alarmieren - sie erwarten uns.«

Die geladenen hohen Gäste sind sichtlich irritiert und es entwickeln sich nun heftige Diskussionen. Der Kaiser versucht die Gemüter zu beruhigen: »Meine Herren, mir ist durchaus bewusst, dass ich Sie mit dieser Maßnahme überrumple, doch glauben Sie mir bitte, wenn ich Ihnen sage, dass wir Ihre persönliche Unversehrtheit an diesem Ort nicht länger gewährleisten können.«

Sein Vater nickt energisch.

Es ist schließlich der greise König Viktor Emanuel III., der das Wort ergreift. Außenminister Graf Ciano übersetzt den Einwand seines Königs: »Eure Majestät, mein König ist sich sicher, dass die Anglo-Amerikaner es nicht wagen werden, einen so symbolträchtigen Ort wie Versailles anzugreifen.«

»Eure Majestät, Viktor Emanuel«, sagt von Neurath und deutet dabei eine Verbeugung an, »ich gebe zu bedenken, dass das britische Bomber Command Paris bereits angegriffen hat. Zwar zielten diese Angriffe auf die Rüstungsindustrie ab, doch haben sie Schäden in und um Paris billigend in Kauf genommen.«

Der italienische Graf übersetzt die Worte des Reichsaußenministers für den König und Mussolini. Überall murmeln die Dolmetscher der Gäste. Der italienische König verzieht das Gesicht - überzeugt scheint er nicht.

Nun begibt Wilhelm von Preußen den hohen Würdenträgern zu bedenken, dass die Anglo-Amerikaner nicht vor Angriffen auf Verbündete und auch auf neutrale Staaten zurückschrecken würden und verweist dafür auf die britischen Angriffe auf die französische Marine im Jahr 1940 und auch auf die Angriffe auf die Vichy-französischen Truppen in Afrika, als Vichy-Frankreich seine neutrale Position im Krieg betonte.

Schließlich hebt der Kaiser die Hände. In einer weiteren Ansprache macht er deutlich, dass er auf die Verlegung nach Prag bestehen müsse. Widerwillig stimmen die Gäste, Staats- und

Regierungschefs schließlich zu. Kurz vor Einbruch der Abenddämmerung verlassen sie in langen Kolonnen das Schloss.

Zur gleichen Zeit sitzt Generaloberst Paul Hausser in einem kleinen Nebenraum im Nordflügel des eindrucksvollen Schlosses und hält einen Hörer in der Hand.

»Herr Canaris, ich freue mich, Sie so schnell in die Leitung zu bekommen. Sind Sie sicher, dass diese Leitung nicht abgehört wird? Denn damit wäre die ganze *Operation Frühlingserwachen* gefährdet.«

»Keine Sorge, General Hausser, meine besten Männer tragen Sorge dafür, dass die Leitung zu 100 Prozent sicher ist. Ich habe vollstes Vertrauen in die Fähigkeiten meiner Experten.«

»Nun gut, dann will ich Ihnen mal glauben, Admiral. Die Staatsgäste machen sich gerade auf dem Weg nach Orly. Wir haben alles Erdenkliche getan, um die Verlegung von neugierigen Blicken abzuschirmen. Das Gelände ist von meiner Garde zuvor weiträumig abgesucht und dann abgeriegelt worden. – Die Presse ließen wir schönen Bilder machen. Damit steht die Hoffnung, dass die Briten den Köder geschluckt haben.«

»Die abgefangenen Funksprüche der Briten legen dies so weit nahe. Auch die Funktätigkeit des Bomber Command lässt darauf schließen, dass sie sich mitten in den Vorbereitungen für den Angriff befinden.«

Nun herrscht einige Sekunden lang Stille in der Leitung.

»Gut, mein lieber Hausser, ich denke, wir haben alles in unserer Macht stehende unternommen, um die *Operation Frühlingserwachen* zum Erfolg zu führen. Meine Männer werden weiterhin Funksprüche abgeben, die darauf hindeuten, dass sich die hohen Herrschaften noch immer vor Ort befinden.«

»Sehr gut, Admiral Canaris. Meine Männer werden weiträumig Streife laufen und sämtliche Zufahrtsstraßen sperren. Die verstärkte Flak ist ohnehin weiter im Einsatz und wird in den Abwehrkampf eingreifen. Genauso wie die Nachtjäger. Wie sieht es dort aus?«

Canaris atmet hörbar aus. »Generalleutnant von Döring, der Kommandeur der 1. Jagd-Division, ist im Bilde. Er wird seine Verbände erst bedeutend zu spät alarmieren und sie werden darüber hinaus auch noch falsch geleitet. Dementsprechend werden die Nachtjagd-Geschwader 1 und 2 die feindlichen Bomber erst nach dem Angriff zu fassen bekommen, aber dann können sie die Verbände bis zu den feindlichen Fliegerhorsten verfolgen. Darüber hinaus werden die erbeuteten Feindmaschinen, die wir bis heute wieder flugfähig bekommen konnten, durch die aufgestellte Kampfgruppe z.b.V. unter Major Baumbach ebenfalls eingesetzt mit dem Ziel, je nach Sicht entweder den Eifelturm, den Élysée-Palast oder den Arc de Triomphe zu bombardieren.«

Die beiden Männer sind sich natürlich vollkommen im Klaren darüber, dass die gesamte Unternehmung ein Hasardspiel ist, daher hängt Canaris noch hinterher: »Vielleicht werden nachfolgende Generationen uns dafür verfluchen und verdammen, wenn unsere Taten jemals ans Licht der Öffentlichkeit gelangen sollten, doch müssen wir in außergewöhnlichen Zeiten wohl tun, was von uns verlangt wird.«

Nun ist es Generaloberst Paul Hausser, der hörbar ausatmet.

»Ihr Wort in Gottes Ohr, Herr Admiral.«

12. Februar 1943

Abends, Fliegerhorst Gilze Rijen

Unvermittelt beginnen die Alarmsirenen auf dem gesamten Fliegerhorst zu heulen. Die Besatzungen schauen einander verwundert an. Einige der Männer halten sich in ihren Unterkünften auf und spielen Skat, Knack oder andere Kartenspiele. Wieder andere messen sich bei einer Runde Tischtennis.

Helmut Schwarz wiederum sitzt in seiner Unterkunft und schreibt den Brief an seine Frau. Gerade, als er sich erkundigen will, ob der Umzug zu ihren Eltern gut geklappt habe, hört auch er die schrillenden Sirenen. Schnell lässt er den Füllfederhalter fallen und stürmt los.

Auf dem Flur des Unterkunftsgebäudes begegnet bereits den ersten Kameraden.

»Hast du es schon gehört, Helmut? Alarmstart! Die Tommies sind schon beinahe über uns.«

Als Schwarz ins Freie stürzt, hört er bereits das infernalische Brummen der zahllosen schweren Bombermotoren. Automatisch blickt er zum Himmel auf, doch kann er nichts erkennen. In

Richtung der Küste aber kann er das nervöse Flackern von Suchscheinwerfern und Flugabwehrgeschützen ausmachen.

Tausend Gedanken und Verwünschungen gegen die Fliegerleitoffiziere und Kameraden an den Funkmessgeräten gehen ihm durch den Kopf. Schon springen die Besatzungen in die bereitstehenden Fahrzeuge und brausen die Lastkraftwagen ab in Richtung Flugfeld.

Nach wenigen Minuten befinden sich die Besatzungen bei ihren Maschinen. So schnell es die Fliegerkombinationen und Fallschirme zulassen, spurten sie zu ihren Maschinen. Dort warten bereits die Warte und erledigen letzte Handgriffe an den Junkers Ju 88.

Als Unterfeldwebel Helmut Schwarz seine Maschine erreicht, stehen seine beiden Kameraden bereits neben der Junkers.

»Grüß dich Helmut, tolle Schweinerei, oder?«, begrüßt ihn Leder.

Der Gefreite Liebemann ist da schon etwas reservierter. Er grüßt seine Vorgesetzten vorschriftsmäßig. Die beiden Männer konnten sich seit ihrem letzten Streit noch nicht aussprechen.

Die Männer steigen in die Maschine; die beiden Jumo 211 J-Motoren laufen bereits warm.

Wenige Minuten später sind die Nachtjäger in der Luft. Die Besatzungen wissen Bescheid, wo der Feind zu finden ist, welchen Kurs er nimmt und wo sie ihn möglichst abfangen sollen.

Die Besatzung von Unterfeldwebel Schwarz hält die Augen offen. Alle starren in den dunklen Himmel, der sie umgibt.

Der Hauptgefreite Leder blickt auf seine Röhre, doch noch tut sich dort nichts. Zu weit entfernt sind die feindlichen Bomber. Die Männer überlegen krampfhaft, was wohl dazu geführt hat, dass sie erst alarmiert wurden, als es eigentlich schon zu spät war.

»Achtung - dicke Autos ändern Kurs in Richtung Südwest - Hanni 5.000«, kommt es aus den Hörmuscheln der FT-Hauben.

Schwarz blickt auf den Höhenmesser, der mit fluoreszierender Farbe angestrichen ist, damit er ihn auch im Dunkeln ablesen kann. Der schwach leuchtende Anzeiger zeigt dem Unterfeldwebel eine Höhe von 2.500 Meter an. Also muss die schwere Junkers noch ein ganzes Stück klettern.

»Wo krebsen die denn rum? Wenn die Tommies jetzt einen südwestlichen Kurs einschlagen, dann fliegen sie doch Belgien an?«, fragt Leder über die Bordsprechanlage.

Eisiges Schweigen ist die einzige Antwort, die er erhält. Niemand von ihnen kann sich einen Reim auf das Flugverhalten der Briten machen.

»Achtung - weiterer Einflug - viele dicke Autos aus Richtung 3-3-4 Grad - Kurs Südsüdost - passiert bereits Gegend St. Quentin - Hanni 5.000«, quakt die Bodenleitstelle in den Hörmuscheln der Besatzungen.

Ein zweiter Einflug und wieder wurden wir viel zu spät informiert … Pennen die heute alle?, schießt es dem Unterfeldwebel durch den Kopf, während der den schweren Nachtjäger weiter an Höhe gewinnen lässt.

»Heute ist es aber auch wie verhext, Helmut«, erklingt die vertraute Stimme des Hauptgefreiten Leder. »Pass bloß auf. Nicht, dass die Tommies irgendeine Schweinerei ausgeheckt haben, um unsere Ortung lahmzulegen. So pennen können die Kameraden am Boden doch gar nicht, dass die heute anscheinend überhaupt nichts mitbekommen.«

In der Stimme des Kameraden schwingt tatsächlich so etwas wie Verunsicherung und Besorgnis mit.

»Ach was. Die Kameraden an den Funkmessgeräten hatten bestimmt in den vergangenen Nächten zu wenig zu tun und wurden deshalb heute in den Urlaub geschickt«, versucht Schwarz die angespannte Atmosphäre mit etwas Humor aufzulockern. Doch scheint es ihm nicht sonderlich zu gelingen. Kein Lachen ertönt im Sprechfunk. Stattdessen hören sie nun regelmäßig die Angaben der Bodenleitung, um in die Nähe der feindlichen Bomber geführt zu werden.

Nach einigen Minuten haben sie eine Höhe von 5.500 Meter erreicht.

»Hast du schon was auf deiner Röhre?«, erkundigt sich Schwarz bei Leder. Dieser verneint und starrt weiter auf die Anzeige seines FuG 212 Lichtenstein C-1.

Stur fliegt die Ju 88 den vorgegebenen Kurs entlang.

»Ich habe was!«, kommt es unvermittelt vom Hauptgefreiten Leder, »1.000 Meter - voraus - gleiche Höhe. Wenn wir so weiterfliegen, müssen wir genau auf ihn stoßen.«

Unterfeldwebel Helmut Schwarz starrt angespannt in die dunkle Nacht.

Langsam schält sich ein Schatten aus der Dunkelheit.

Das muss der erste feindliche Bomber sein, denkt sich Schwarz.

»Ein weiterer Zacken!«, ruft Leder aufgeregt. »Ganz in der Nähe des ersten Kontakts!«

Der Schatten des ersten Bombers wird größer und deutlicher. Nun zeichnet sich aber auch bereits der zweite Schatten schemenhaft in der Dunkelheit ab.

»Ich setze mich unter die beiden Bomber und greife dann von schräg unten an«, informiert Schwarz seine Kameraden und schiebt das Steuerhorn leicht nach vorn. Die Geschwindigkeit nimmt zu, die Höhe nimmt ab. Er bewegt die Geschwindigkeitsregler leicht zurück, um nicht zu schnell auf die Gegner zuzuschießen.

Weiter und weiter schiebt sich die Junkers an den ersten Bomber heran - noch 500 Meter.

Wieder umkrampfen die Hände von Unterfeldwebel Helmut Schwarz die Hände des Steuerhorns und suchen die Auslöseknöpfe der Bordwaffen - noch 300 Meter.

Sein Blick konzentriert sich vollkommen auf das schräg über ihnen fliegende Ziel.

Noch 200 Meter - nur ein paar Augenblicke und Schwarz wird schräg nach oben auf sein Ziel zufliegen und ihm ein paar Garben in die Unterseite jagen.

Plötzlich beginnt Liebmann wie wild aus seinen Waffen zu feuern.

»Achtung! Feindjäger!«, ruft er in der Bordverständigung.

Schwarz schiebt das Steuerhorn augenblicklich nach links vorn. Der schwere Junkers-Nachtjäger stößt sofort nach unten weg. Schwarz sieht noch, wie die Garben des feindlichen Nachtjägers dicht über ihnen hinweg in die Finsternis jagen.

Trotz des Ausweichmanövers feuert Liebmann noch immer auf den Feindjäger, den sie anscheinend nicht abschütteln konnten.

»Der Jäger stößt uns nach!«, ruft er aufgeregt von hinten.

Schwarz zwingt seine Maschine daraufhin in eine möglichst enge Rechtskurve. Doch bei diesem Flugmanöver tut sich wieder die Bomberabstammung der Ju 88 hervor. Die Kurve gelingt schwerfälliger, als es nötig wäre.

»Ich denke, es ist eine Beaufighter«, meint Liebmann und steckt ein Trommelmagazin in die Heckwaffe. Kaum ist nachgeladen, schon schickt er dem feindlichen Nachtjäger wieder ein paar Garben entgegen.

Im gleichen Moment zwingt Schwarz seine Maschine wieder in den Horizontalflug und wenige Augenblicke später in eine Linkskurve.

»Ich seh' ihn nicht mehr!«, gibt Liebmann durch. »Leder, siehst du irgendwas?«

Doch auch dieser verneint.

Der Unterfeldwebel beschreibt nochmal eine Rechtskurve und lässt die Junkers weiter steigen, denn durch die Abwehrmaßnahmen hat die Maschine extrem an Höhe verloren. Die Nadel des Höhenmessers zeigt nur noch 2.000 Meter an.

»Halte bloß die Augen offen, Liebmann«, gibt Schwarz an den jungen Gefreiten weiter.

Aus einiger Entfernung sehen sie, wie ein Flugzeug mit langem Feuerschweif abstürzt. Sie können jedoch nicht erkennen, ob es sich um eine britische oder deutsche Maschine handelt.

»Hast du einen Kontakt auf deiner Röhre?«, fragt der Unterfeldwebel seinen Navigator.

»Nein - warte, doch da ist was - in 30 Grad - 3.000 höher.«

Entsprechend ändert Schwarz sofort den Kurs und die Höhe. Wieder erscheint ein *leuchtender Komet* am Himmel und stürzt zur Erde, gleich darauf noch einer.

Hoffentlich sind das nicht alles unsere Maschinen, denkt sich Schwarz.

Kaum hat er den Gedanken beendet, da blitzen am Boden mehrere Punkte auf und kurz darauf scheint es, als ob am Nachthimmel Sterne erscheinen. Doch diese Sterne, das ist Schwarz und seiner Besatzung vollkommen klar, sind tödlich. Aus den Sternen schießen unzählige Metallsplitter, die jedes Flugzeug in 15 Meter Entfernung durchsieben können.

»Die Bodenleitung gibt durch, dass der feindliche Bomberstrom wohl durch viele Begleitjäger gesichert ist.«

»Ach ja? Na, einen von denen haben wir ja schon kennengelernt.«

»Was machen wir mit dem Flakgürtel?«, lautet die sehr berechtigte Frage des Hauptgefreiten Eberhard Leder.

Schwarz überlegt kurz, welche Optionen ihnen bleiben, dann sagt er: »Wir werden versuchen, den Flakgürtel zu überfliegen.«

Ärger steigt in ihm auf.

»Hoffentlich wird derjenige, der für dieses Chaos verantwortlich ist, richtig zur Sau gemacht.«

Die beiden Kameraden stimmen zu.

Schwarz lässt den Nachtjäger weiter und weiter steigen, um über den Bomberverband und damit über das Flaksperrfeuer zu kommen. Da beginnen die Heckwaffen in der Kanzel wieder zu tackern.

»Achtung, hinter uns - Feindjäger!«

Schwarz zieht das Steuerhorn ruckartig zu sich heran. Die Junkers steigt nun steiler in den Nachthimmel. Schwarz hofft, dass der feindliche Nachtjäger dadurch an ihnen vorbeifliegt. Doch leider geht der Plan nicht auf. Schon jagen die ersten Geschossgarben unter der Junkers entlang.

»Ich seh' ihn nicht mehr. Er ist unter uns«, gibt Liebmann durch.

Schwarz drückt das Steuerhorn nach vorn und sofort senkt sich der Bug des deutschen Nachtjägers. Dadurch wird ihr Verfolger gezwungen auszuweichen oder einen Zusammenstoß zu riskieren.

Der feindliche Flugzeugführer drückt seine Maschine, bei der es sich erneut um eine Bristol Beaufighter handelt, ebenfalls nach unten und zwingt sie in eine enge Rechtskurve. Durch dieses Flugmanöver verhindert der Brite zwar, dass er in den Schussbereich der Heckwaffen des deutschen Nachtjägers gelangt, doch verliert er so die Junkers auch aus den Augen. Unterfeldwebel Helmut Schwarz zieht die Ju 88 aus dem Sturz wieder in den Steigflug und weiter in eine leichte Linkskurve. Durch die Ausnutzung des gewonnenen Fahrtüberschusses gewinnt der Nachtjäger wieder relativ schnell an Höhe. Als die Sperre durch die schweren Flugabwehrgeschütze wieder in den Blick der Besatzung gerät, erkennen die Deutschen, dass offenkundig mehrere britische Bomber durch Flakgranaten getroffen und abgeschossen wurden. Überall leuchten Flammenherde in der düsteren Landschaft.

12. Februar 1943

Abends, ehemalige SS-Unterführerschule Prag

Die Männer von Oberleutnant Wolf Haye haben die ehemalige SS-Unterführerschule erreicht. Zur Freude der Soldaten, die quasi frisch aus dem Dreck der Ostfront kommen, werden sie neu eingekleidet. In der Kleiderkammer herrscht ausgelassene Stimmung. Auch die Unterkunft ist makellos sauber; genügend Waschräume für die Soldaten sind vorhanden.

Allerdings kann dieser Ort nicht verhehlen, wessen Geist eins durch die Stuben wehte. Fahnen, Standarten, SS-Runen, Hakenkreuze und Büsten schmücken nahezu jeden Raum und jeden Flur.

Oberleutnant Haye, Feldwebel Klaudius, dem Obergefreiten Steinbach und vielen anderen sind diese Insignien nicht fremd. Sie fühlen sie an alte, angeblich unkompliziertere Zeiten erinnert. Eine gewisse Romantisierung der Vergangenheit hilft den Männern jedenfalls dabei, die Ungewissheit der Gegenwart ein Stück weit zu verdrängen.

Auf einige jüngere Kameraden, die nie mit der Schutzstaffel in Berührung gekommen haben, wirkt dieser Ort jedoch beängstigend. Dieses Übermaß an »Lametta« sind sie nicht gewohnt.

Was sich jedoch deutlich sichtbar verändert hat, sind die schwarz-weiß-rote und die schwarze Fahne samt Wehrmachtsadler, der die deutsche Kaiserkrone in seinen Fängen hält. Beide Fahnen wehen im Innenhof an überdimensionierten Masten.

Klaudius betrachtet sich in seiner neuen Uniform im Spiegel. Dem Stoff ist anzusehen, dass am Kragen bis vor Kurzem SS-Insignien angebracht waren. Manche finden sogar noch vergessene Relikte aus der alten Zeit an ihren Uniformen.

Einige der ehemaligen SS-Männer sind darüber mehr als erfreut, können sie sich doch so noch ein paar der begehrten Stücke sichern, die ihnen vor nicht allzu langer Zeit sogar abgenommen werden sollten. Doch als sie bemerken, dass auch einige der Kameraden, die nie bei der SS dienten, sich nun die Abzeichen ans Revers heften, macht sich bei den alten Kämpfern Unmut breit.

Auch Klaudius ist darüber alles andere als erfreut, aber er lässt es sich nicht anmerken. Dass auch Oberleutnant Haye darüber unglücklich ist, lässt sich aus seinen bebenden Gesichtszügen ablesen.

»Mensch, ich hätte nicht gedacht, dass es so einfach ist, in die SS zu kommen«, plärrt plötzlich einer der Neuen lauthals in der Bekleidungskammer. Da eskaliert die Situation.

Ein altgedienter SS-Mann steht mit einem Satz vor dem Schreihals und packt ihn am Schlafittchen. Dieser ist vollkommen überrascht von der Situation. Der alte SS-Mann reißt dem jungen Soldaten die Kragenspiegel herunter. Danach verpasst er dem bedauernswerten Tropf einen gut sitzenden rechten Haken. Der junge Kerl geht blutend zu Boden.

Klaudius und Steinbach eilen herbei und stellen sich zwischen die Streithähne. Die beiden Kameraden haben Mühe, den alten SS-Mann im Zaum zu halten.

»Was soll der Schwachsinn! Auseinander, ihr Idioten!« Eiskalt und scheinbar emotionslos schallt die Stimme Hayes durch den Raum.

»Klaudius, Steinbach! Bringt ihn in den Nebenraum. Kupferschmidt, helfen Sie dem jungen Kameraden und lassen Sie ihn versorgen.«

Dann erfolgt eine lange, nichts Gutes erahnende Pause.

»Alle werden unverzüglich die Kragenspiegel von den Uniformen abtrennen und sie mir persönlich aushändigen!«

12. Februar 1943

Nachts, nordöstlich von Paris

Unterfeldwebel Schwarz steuert die Junkers stur geradeaus. Sie hatten nun schon mehrfach versucht, an die Bomber heranzukommen. Doch jedes Mal wurden sie von feindlichen Nachtjägern abgedrängt.

Zum verrückt werden, denkt sich Schwarz. Der letzte Nachtjäger, dem sie zum Glück ebenfalls entronnen sind, konnte zuvor einige gefährliche Treffer landen. Schwarz blickt besorgt auf den Anzeiger der Öldruckanzeige. Doch noch ist bewegt sich dieser im normalen Bereich.

Der Flakgürtel von Antwerpen-Brüssel liegt schon lange hinter ihnen.

Über den Sprechfunk haben sie erfahren, dass es bei den anderen Nachtjägern ähnlich gelaufen ist. Auch diese sind bisher noch nicht an die Feindbomber herangekommen. Im Gegenteil, aus den Wortfetzten im Funkverkehr haben sie erfahren, dass es einige Kameraden erwischt haben muss.

Plötzlich steht da ein heller Schein am Firmament.

Unterfeldwebel Schwarz reißt eine Hand vor die Augen, um nicht geblendet zu werden. Selbst Leder und Liebmann erkennen den ungewöhnlichen Feuerschein.

»Liegt dort nicht Paris?«, lautet die Frage vom Gefreiten Udo Liebmann, die wie aus der Pistole geschossen kommt.

Auch Schwarz ist sich sicher, dass dort die französische Hauptstadt liegen muss.

»Ach, die Tommies werden es sich nicht wagen, Paris zu bombardieren. Dann könnten sie der Grande Nation auch gleich den Krieg erklären!«

Der Obergefreite Leder sagt nach einigen Sekunden: »Doch, das ist Paris - Versailles, um genauer zu sein!«

Schwarz kann es nicht fassen. Ein direkter Angriff auf Paris. Das hatten sich selbst die Deutschen nicht erlaubt während des Feldzuges von 1940.

In den nächsten Minuten werden sie das Flammenmeer dort unten überfliegen. Der Feuerschein macht die Nacht zum Tage.

In die lodernden Flammen hinein wirft nun der nächste Bomberstrom seine tödliche und zerstörerische Fracht.

Unterfeldwebel Helmut Schwarz umfliegt die Stadt und das Gebiet weiträumig und traut seinen Augen nicht. Halb Paris steht in Flammen!

Das Oberkommando der Wehrmacht gibt bekannt

Die britische Luftwaffe hat in einem nie gekannten Akt des Terrorismus das französische Schloss Versailles und die Innenstadt von Paris mit mindesten 500 Bomberflugzeugen angegriffen. Trotz des massiven Einsatzes unserer Nachtjagdgeschwader und der Flakwaffe konnte die feindliche Terrorarmada nicht in Gänze von ihrem perfiden Vorhaben abgebracht werden. Die feindlichen Bombenflugzeuge griffen in zwei Wellen koordiniert an. Es besteht daher kein Zweifel daran, dass sie tatsächlich zum Ziel hatten, die französische Hauptstadt dem Erdboden gleichzumachen. Auch wurden bisher unbekannte elektronische Abwehrmaßnahmen eingesetzt, um unsere Nachtjagdleitung zu stören. Unsere Nachtjäger wurden durch den massiven Einsatz der feindlichen Nachtjagdabwehr abgedrängt.

Dennoch konnten mindestens 20 feindliche Bomber abgeschossen oder beschädigt werden. Unsere Luftwaffe hat nach Kräften gekämpft, um die französische Hauptstadt zu schützen!

Die Schäden an Menschen und Kulturgütern sind noch nicht zu beziffern.

Die Heeresgruppen Nordland, Nord und Mitte meldeten keine nennenswerten Gefechtstätigkeiten.

Im Bereich der Heeresgruppe Süd dauern die Kämpfe in und um Woroschilowgrad und in Richtung Stalino an.

Rumänische Divisionen konnten die Verteidigungslinie Rozhok-Fodorowka-Grigoryewka mit Hilfe von slowakischen und deutschen Divisionen halten und dem Gegner enorme Verluste beibringen.

Im Kuban-Brückenkopf schreitet die geordnete Räumung voran. Die feindlichen Angriffe werden an der gesamten Kuban-Front zurückgewiesen.

Im Kampfraum der Heeresgruppe Afrika wird der Raum um Tunis weiter verstärkt und ausgebaut, um alle erwarteten Feindangriffe abwehren zu können. Ansonsten kam es in diesem Kampfraum nur zu örtlichen Kampfhandlungen.

13. Februar 1943

Früher Morgen, Prag

Die Kompanie von Oberleutnant Haye wurde mit mehreren Lastkraftwagen von der ehemaligen SS-Unterführerschule zum Wenzelsplatz befördert. Dort nimmt sie Aufstellung. Oberleutnant Haye begibt sich vor seine Einheit.

Er hält eine kurze Ansprache und teilt danach seine Züge ein. Die Kompanie hat den Befehl erhalten, denn Wenzelsplatz als zentralen Punkt in Prag zu sichern.

Verschiedene andere Einheiten der Division, oder besser gesagt, deren Reste, haben ebenfalls neuralgische Punkte Prags zur Sicherung zugewiesen bekommen. So zum Beispiel die Karlsbrücke, die Karlsuniversität und das Prager Rathaus. Bald darauf kommen Halbkettenfahrzeuge mit angehängten Geschützen herangepoltert. Die schweren Fahrzeuge stellen 8,8 Zentimeter-Flak und auch zwei 7,5 Zentimeter Pak 40 ab. Die Flugabwehrgeschütze werden direkt auf dem Platz abgeprotzt; die Panzerabwehrgeschütze sichern die Zugänge zum Wenzelsplatz.

An den Zugängen zur Karlsbrücke wird je ein Flakvierling positioniert. Kaum sind die verschiedenen Geschütze abgestellt, da kommen mehrere Lastkraftwagen des Typen Opel Blitz angebraust. Auf den offenen Ladeflächen liegen unzählige Sandsäcke.

Die Landser helfen beim Abladen; andere schleppen die Sandsäcke zu den Geschützen oder nutzen sie, um Stellungen für die Infanterie zu verstärken.

Feldwebel Klaudius hat seine Männer eingeteilt und koordiniert die Abläufe.

Er ist froh, dass ihm die Überwachung obliegt und er daher die kiloschweren Sandsäcke nicht herumschleppen muss. Sein bester Kamerad Steinbach hingegen schwitzt trotz der Kälte an diesem Februarmorgen.

13. Februar 1943

Frühmorgens, Prager Burg

»Wie ist die *Operation Frühlingserwachen* planmäßig verlaufen, Admiral Canaris?«, ist die erste Frage, die aus dem Kaiser herausschießt, als er den Abwehrchef empfängt.

Aus dem Klang der Worte kann Canaris eine gewisse Anspannung heraushören. Auch er klebte in der zurückliegenden Nacht förmlich am Telefon.

Die Gemäldegalerie der Burg ist zur Stunde bis auf Canaris und den Kaiser menschenleer. Die geladenen Staatsgäste haben sich bereits alle in den *Vladislavsaal* im Alten Königspalast begeben. Daher können sie hier ungestört reden.

»Die Briten haben ganze Arbeit geleistet. Versailles ist eigentlich nur noch ein einziger Schutthaufen. Sie griffen in zwei Wellen an. Die zweite Welle, aus Richtung Nordost einfliegend, warf ihre Bombenlast in das bereits brennende Schloss.

Die Maschinen von Major Baumbach konnten sich unbemerkt in die feindlichen Bomberströme einreihen und die Pariser Innenstadt sowie das Umfeld des Elysee-Palasts bombardieren. Auch dort kam es zu einige Schäden. Baumbach und zwei weitere Besatzungen ließen ihre Maschinen dann im Umfeld von Paris abstürzen; sie selbst sprangen mit dem Fallschirm ab. Es ist alles gut gegangen.

Wie abgesprochen, wurden alle verfügbaren Truppen des OB West nach Paris und Versailles verlegt, um bei den Aufräumarbeiten zu unterstützen.

Auch die französische Freiwilligenlegion wird heute im Raum Paris eintreffen. Wir erhoffen uns davon einen hohen propagandistischen Effekt.«

Der Kaiser atmet tief durch. Sein Blick schweift gedankenschwer über die vielen Gemälde.

»Dann bin ich ja beruhigt. Also können wir davon ausgehen, dass die Operation erfolgreich war?«

»Ja, Eure Hoheit, davon können wir wohl ausgehen. Wie ich höre, kam es in Paris und Umgebung bereits zu spontanen Protestkundgebungen der Franzosen. Wir haben unsere Truppen und Dienststellen angewiesen, nichts gegen die Proteste zu unternehmen.«

Der Regent strafft sich. »Nun gut, dann werde ich mich nun zu unseren Gästen begeben.«

13. Februar 1943

Frühmorgens, Hafen von Tunis

Unteroffizier Christian Blechschmitt ist zusammen mit den beiden Obergefreiten Diesterfink und Dombrowski im Hafengelände von Tunis unterwegs. Sie sollen schnellstmöglich Munition für die Bordwaffen der Sturzkampfbomber von der Hafenkommandantur holen. Darüber hinaus sollen sie zusehen, dass sie Schützenminen und Handgranaten für den weiteren Ausbau der Verteidigung des Feldflugplatzes beschaffen können.

Kaum sind sie durch die zahlreichen Kontrollen, da sehen sie lange Reihen von Landsern marschierend das Hafengelände verlassen. Verwundert sehen sich die drei Kameraden an.

»Was sind das denn für Burschen?«, fragt Dombrowski den Unteroffizier.

Der lenkt den schweren Opel Blitz in eine Haltebucht und eine lange Schlange von Soldaten marschiert an ihnen vorbei.

Den drei Kameraden fällt beinahe gleichzeitig auf, dass keiner der Soldaten irgendwelche Rangabzeichen an der Uniform trägt, auch bewaffnet ist niemand von ihnen außer den Offizieren. Immer wieder erschallen lautstarke Befehle.

»Strafeinheit«, flüstert Blechschmitt so leise, als ob die Männer außerhalb des Lastkraftwagens ihn ansonsten hören könnten.

Nach beinahe einer halben Stunde ist die schier endlos lange Marschkolonne an dem wartenden LKW vorübergeschritten und die drei Männer können weiterfahren.

Schnell steuern sie ihren LKW zur Hafenkommandantur. Blechschmitt und Dombrowski steigen aus und verschwinden im Gebäude. Diesterfink bleibt beim Wagen.

Nach wenigen Minuten kehrt Blechschmitt zurück und steigt ein. Gekonnt steuert er nun den Opel Blitz zu einer Lagerhalle. Der Obergefreite Dombrowski wartet dort bereits mit mehreren Männern und zahlreichen Kisten. Steifbeinig springen Blechschmitt und Diesterfink aus dem Lastwagen.

»Schaut euch mal die vielen Pötte im Hafenbecken an«, meint Dombrowski und zeigt auf die zahlreichen Schiffe.

Kaum ausgesprochen, da nähert sich eine große Anzahl von Ju 52 und auch einige Me 323 Gigant – bei diesen wortwörtlichen Giganten mit sechs Motoren und einer Spannweite von 55 Meter handelt es sich um das größte Transportflugzeug der Welt. Sie fliegen in extremen Tiefflug und haben eine Menge Jagdschutz in Gestalt von Messerschmitt- und Focke-Wulf-Fliegern an ihrer Seite. Sie streben alle auf den Flugplatz Djerderda zu.

Die Flugzeuge beschreiben eine weite Kurve und setzen dann, eines nach dem anderen, zur Landung an. Über dem Flugfeld hängt eine schmutzig-gelbe Staubwolke.

Die drei Landser und einige Soldaten der Hafenkommandantur beeilen sich, die Kisten auf dem Opel Blitz zu verstauen. Trotzdem dauert es eine gefühlte Ewigkeit, bis sie endlich fertig sind.

Nach einer knappen Verabschiedung steigen die drei Landser wieder in den Lastkraftwagen und brausen davon.

Auf dem Weg zum Flugplatz fahren sie erneut an der Marschkolonne der Strafeinheit vorbei, die wieder kein Ende nehmen will. Obwohl die drei Luftwaffensoldaten wissen, um was für eine Art von Soldaten es sich bei ihnen handelt, und obwohl sie ahnen, dass diese Männer nicht ohne eigenes Zutun in dieser Einheit gelandet sind, steigt so etwas wie Mitgefühl in ihnen auf.

Wenige Minuten danach erreichen sie den Flugplatz. Die Flugzeuge, deren Landeanflug sie vom Hafen aus beobachteten, bevölkern nun dicht an dicht die Landebahnen und Abstellplätze.

Am Rand des Flugfeldes hat sich eine größere Menge Soldaten versammelt, die nun auseinanderstieben und verschiedene Punkte ansteuern. Kleine Teileinheiten graben bereits Deckungslöcher, Bunker oder Laufgräben entlang der Start- und Landebahnen.

Blechschmitt steuert den Lastwagen zur Unterkunft der Gruppe. Als er auf die Bremse steigt und der schwere Opel Blitz zum Stehen kommt, wabert eine dichte Staubwolke über den LKW.

»Da seid ihr ja endlich!«, werden sie von ihrem Vorgesetzten empfangen.

»Macht, dass ihr die Kisten abladet. Ich schicke noch Steimel, Flieder und Klausberger zu euch, damit es schneller geht.«

Die drei Landser erwidern nichts; jedes Wort wäre hier auch überflüssig. Dombrowski muss ob des Staubes husten.

»Als Erstes werden die Kisten mit der Munition abgeladen. Die sind am wichtigsten. Dann können die anderen gleich die Maschinen neu bestücken, damit sie einsatzfähig sind und zum nächsten Feindflug starten können. Die Kisten mit den Minen und den Handgranaten für die Sprengfallen könnt ihr dann hier stehen lassen. Die holen sich die Leute von der 999., die gerade angekommen sind.« Bei den letzten Worten zeigt er mit dem ausgestreckten Arm in Richtung der Neuankömmlinge, die mit Schanzarbeiten beschäftigt sind.

»Den armen Hunden lassen sie hier keine Minute zum Verschnaufen und Ankommen.«

13. Februar 1943

Mittags, Prager Burg

Das Kaiserpaar Großdeutschlands schreitet einem langen Gang in Richtung des *Alten Königspalastes* entlang.

Obwohl die Kaiserin Kira ihr drittes Kind erwartet, war sie nicht davon abzubringen, diesen wohl historischen Augenblick an der Seite ihres Gatten zu bestreiten. Auch ist sie seit den Vorkommnissen am 10. Februar noch mehr als sonst um ihren Mann besorgt. Wann immer es geht, sucht sie seine Nähe.

Die drei Kinder Friedrich Wilhelm, Michael und Marie-Cécile Kira Viktoria Luise befinden sich im *Palais Lobkowitz* unter den wachsamen Augen der Kindermädchen und Gardesoldaten. Dennoch lässt die Kaiserin ihre Sprösslinge ungern allein.

An der Seite des Monarchen und seiner Gattin schreitet Major Maximilian Reichenbach, der sich bereits erstaunlich gut von den erlittenen Verletzungen erholt hat. Würde er nicht humpeln, man würde ihm seine Verletzungen überhaupt nicht anmerken. Auch der Fahrer des Kaisers, Leutnant Gustav Stimmer, begleitet seinen Regenten. Stimmer allerdings fühlt sich sichtlich unwohl angesichts der vielen hohen Würdenträger. Er kann sich nicht erklären, weshalb der Kaiser ihn an diesem Tag unbedingt an seiner Seite haben wollte.

Etwas im Hintergrund schreitet auch der Vater des Kaisers, Wilhelm von Preußen, den Gang entlang.

Sie schreiten durch die einladende Vorhalle und betreten den monumentalen Festsaal mit seinem beeindruckenden stützenlosen Kreuzrippengewölbe. Die geladenen Gäste sitzen rechts und links an langen Tafeln und erheben sich beim Eintreten des Monarchen.

Das Kaiserpaar wird von Reichsaußenminister von Neurath und dem politischen Berater Carl Friedrich Goerdeler in Empfang genommen. Wilhelm von Preußen schließt nun auf und es werden einige Worte gewechselt.

Gemeinsam schreiten sie daraufhin langsam und betont ruhig durch den Saal. Zielstrebig halten sie auf den Podest am anderen Ende zu.

Die Gespräche unter den hohen Gästen verstummen nach und nach. Ihre Blicke richten sich auf die Führer des Großdeutschen

Kaiserreichs – auf den Kaiser höchstselbst, welcher gehüllt ist in seine schwarze, mit Weiß abgesetzte Gardeuniform samt Kragenspiegeln und Schulterklappen, die eine stilisierte Krone zeigen, ferner auf die Kaiserin, die ein elegantes schwarz-weißes Kleid trägt, und auch auf den Kaiservater, Wilhelm von Preußen, ebenfalls in der schwarzen Gardeuniform, ausgestattet mit den Rangabzeichen des *Reichsmarschalls* und somit der ranghöchste Militär im Reich. Nur noch der Kaiser selbst ist ihm befehlsbefugt.

Wilhelm von Preußen hätte eigentlich Anspruch auf den Thron gehabt. Doch sowohl die politischen Drahtzieher der Verschwörung als auch die militärischen Köpfe hatten Bedenken, dass dem Kronprinzen eine zu weitreichende Nähe Wilhelms zu den Nationalsozialisten nachgesagt werden könne. Darüber hinaus bestach Louis Ferdinand allein schon durch sein staatsmännisches Auftreten und auch sein Charisma. Gemeinsam gelang es, Wilhelm von Preußen davon zu überzeugen, zugunsten seines Sohns auf seine Ansprüche zu verzichten.

In zweiter Reihe, direkt nach dem Monarchen mit seiner Gattin und seinem Vater, folgt nun Reichsaußenminister Konstantin von Neurath. Auch er trägt eine schwarze Gardeuniform, doch glänzen die Abzeichen des diplomatischen Korps an seinen Kragenspiegeln – der Reichsadler mit Kaiserkrone und im Hintergrund ein angedeuteter Globus. Als Amtsabzeichen trägt er die *Sonderstufe des Deutschen Adlerordens* – doch auch hier erfolgte bereits die Anpassung an die neuen Machtverhältnisse und das Hakenkreuz musste der Kaiserkrone weichen.

Carl Friedrich Goerdeler, der keinen Hang zu Uniformen hat, trägt als politischer Berater des Kaisers einen schlichten, aber ansehnlichen grauen Anzug ohne irgendwelche Auszeichnungen oder Abzeichen.

Danach folgen Major Maximilian Reichenbach und Leutnant Stimmer, welche sich, beim Podest angelangt, etwas abseits zu weiteren Gardesoldaten gesellen. So ist es ihnen vorab gesagt worden und so mussten sie es zuvor ganze viermal üben.

Als Erstes stellt sich der Reichsmarschall Wilhelm von Preußen hinter das Mikrofon und begrüßt die vielen geladenen Staatsgäste. Danach übergibt er das Rednerpult an den Kaiser Großdeutschlands.

»Meine sehr geehrten Gäste; ich möchte dem *Reichsmarschall* zustimmen und bin ebenfalls sehr erfreut, sie alle hier wohlbehalten zu sehen. Der beispiellose und barbarische Akt der Zerstörung, der durch die angelsächsische Regierung zu verantworten ist, hat mich ebenso erschüttert wie Sie.«

Eine kurze Pause und eine bedrückende Stille erfüllen den Raum, der durch die hohen Renaissancefenster an beiden Seiten mit Sonnenlicht durchflutet wird.

»Durch die vorbildliche Aufklärungsarbeit unserer militärischen Abwehrabteilung war es uns möglich, die Angriffsabsicht rechtzeitig zu erkennen und Sie in Sicherheit zu bringen. Dafür gebührt Vizeadmiral Wilhelm Canaris und seinen Männern mein besonderer Dank.«

Der Kaiser beginnt mit einem leichten Applaus und viele der geladenen Gäste stimmen mit ein.

Nachdem wieder Ruhe in den Saal eingekehrt ist, setzt der Regent fort: »Dieser Akt der widersinnigen Zerstörung von unersetzbarem Kulturgut zeigt nur zu gut, dass es den Alliierten keineswegs um die Verteidigung europäischer Werte geht, sondern einzig darum, ihre Vormachtstellung zu festigen, ohne Rücksicht auf europäische Kulturschätze!«

Nun kommt es unter den Staatsgästen zu lauteren Zustimmungsbekundungen.

Der Monarch hebt beschwichtigend die rechte Hand.

»Wie dem auch sei. Dieser Gewaltakt wird von uns nicht unbeantwortet bleiben. Wir sehen diesen zerstörerischen Akt nicht nur als einen Angriff auf das Großdeutsche Kaiserreich, sondern auf alle unsere verbündeten und befreundeten Staaten. Der Gegner hat mit dem Schloss Versailles einen unschätzbaren Kulturschatz zerstört - und er hätte beinahe uns alle feige umgebracht!«

Wieder erschallt Applaus aus den Reihen der Staatsgäste auf. Einige springen von ihren Plätzen auf.

»Doch auch andere Ereignisse der jüngsten Vergangenheit haben bewiesen, dass es ratsam ist - erstens - stets wachsam zu sein und - zweitens - sich immer mit Menschen zu umgeben, die einem treu und loyal ergeben sind.«

Wieder legt der Kaiser eine kurze Pause ein.

»Mein erster Dank gilt - wie immer - meiner Gattin und Mutter meiner Kinder.« Dabei richtet er Blick und Arm auf die Kaiserin.

»Zudem ein besonderer Dank gilt meinem treuen Adjutanten Major Maximilian Reichenbach. Und meinem Fahrer Leutnant Gustav Stimmer. Beide möchte ich zu mir ans Pult bitten.«

Die beiden Angesprochenen sehen sich erstaunt an und schreiten dann mit weichem Schritt zum Pult. Der Kaiser nimmt sie mit ausgestreckter Hand in Empfang.

Von der anderen Seite nähern sich nun Kaiserin Kira Kirillowna und Wilhelm von Preußen. Beide halten je eine reichlich verzierte Mappe in Händen.

»Meine Freunde, für die Treue und Opferbereitschaft, die Sie mir und dem Hause Hohenzollern bewiesen haben, verleihe ich Ihnen den wiederbelebten königlichen Hausorden des Hauses Hohenzollern in der Großkomtur-Klasse, welche allerdings als erste Erneuerung als Halsorden ausgeführt ist und mit der erblichen Erhebung in den Adelsstand verbunden ist. Des Weiteren erhalten Sie beide eine Beförderung. – Ich gratuliere aus tiefstem Herzen, Oberstleutnant Maximilian von Reichenbach und Oberleutnant Gustav von Stimmer.«

Die beiden Soldaten stehen mit tief bewegter Miene vor ihrem Kaiser, seiner Gattin und dem Reichsmarschall. Mit zittrigen Händen nehmen sie die Glückwünsche und die Mappe mit der Urkunde entgegen.

Die Kaiserin lässt es sich nicht nehmen, den beiden nacheinander die Orden anzulegen. Ein wahres Blitzlichtgewitter überschwemmt diesen Augenblick.

Danach werden sie von der Kaiserin persönlich an einen Platz an der großen Tafel geleitet.

Der Kaiser derweil bereitet sich innerlich bereits auf den Haupttagesordnungspunkt der Konferenz vor. Während der Trubel allmählich abflaut, werden mehrere große Karten herbeigebracht und dem Kaiser wird ein langer Zeigestock gereicht.

»Meine Herren, ein fundamentaler Teil unserer Konferenz bezieht sich auf die neue Nachkriegsordnung Europas.«

Bei diesen Worten umkreist er die Landkarte.

»Wie sie sehen können, ist eine Neuordnung unumgänglich, um künftige Konflikte zu vermeiden. Wir stellen uns vor, dass es in den strittigen Regionen Volksabstimmungen unter internationaler Kontrolle geben muss! Nach einem Friedensschluss, welcher auf internationaler Ebene und auf Augenhöhe mit den Konfliktparteien geschlossen wird, werden die Wehrmacht und die verbündeten Streitkräfte alle besetzen Gebiete im Norden, Westen, Süden und Osten geordnet räumen. Die Staaten Tschechei und Polen werden wiederhergestellt; über strittige Gebiete werden ebenfalls Abstimmungen stattfinden oder gesondert Verhandlungen geführt.

Was ich im Falle Polens hier und heute zusichern kann und werde: Es wird eine internationale Zone geschaffen samt Autobahn, Landstraße und mehrgleisiger Bahnlinie, um uneingeschränkten Zugang zum Meer beziehungsweise nach Danzig und Gotenhafen zu gewährleisten. Die Häfen von Danzig und Gotenhafen selbst werden ebenfalls polnische Zonen aufweisen, um einen ungestörten Warenumschlag abzusichern.«

Der Regent hält einen Moment inne, um die Reaktionen auf die bisherigen Ausführungen abzuwarten. Ein Raunen geht erwartungsgemäß durch den Saal. Als es allmählich verstummt, fährt er fort: »In Bezug auf Frankreich, speziell das Elsass und Lothringen, aber auch Eupen und Malmedy, werden ebenfalls Volksabstimmungen durchgeführt. Wir streben zudem eine Entmilitarisierung dieser Regionen an. Doch bedenken Sie alle - dies sind zunächst Vorschläge unsererseits, wie eine Nachkriegsordnung oder ein Weg dorthin aussehen könnte. Wir wollen und werden Sie alle in die weiteren Planungen mit einbeziehen.«

Es folgen Ausführungen des Reichsaußenministers und auch von Herrn Goerdeler. Nachdem diese ihre Reden beendet haben, eröffnet der Kaiser die Tafel. Zwischen den zahlreichen, aufkeimenden Gesprächen hört man das Klappern von Porzellangeschirr, Kristallgläsern und Silberbesteck.

13. Februar 1943

Mittags, Feldflugplatz Taman

»Helmut, wir sollen schleunigst zum Alten!«

Der schallende Ruf stammt vom Obergefreiten Hajo Steiner. Sein Rottenflieger steht in der Tür der Unterkunft für die Flugzeugführer.

Dengl schaut seinen Kameraden etwas missmutig an; er spielt gerade eine Runde Skat mit drei weiteren Kameraden und ist sehr zufrieden mit dem Blatt auf seiner Hand. Anscheinend durchschauen ihn nun auch seine Mitspieler.

»Na Helmut, wird heute wohl nichts mit dem Sieg«, lautet der bissige Kommentar von Unteroffizier Stefan Fromm. »Wer aufgeben muss, hat verloren. Den Kasten Bier kannst' dann nachher gleich mitbringen.«

Dengl wirft dem Kameraden einen gespielt bösartigen Blick zu.

»Nichts da, wir sollen alle zum Leutnant! Also kannst du dir deinen Kasten selber hinstellen«, sagt Steiner.

»Tja, war wohl nichts, Stoffel«, sagt Dengl und grient.

Nun ist es Unteroffizier Stefan Fromm, von allen nur »Stoffel« gerufen, der seinem Kameraden einen gekünstelt bösen Blick zuwirft.

Die vier Männer werfen ihre Karten zeitgleich auf den grob gezimmerten Holztisch und stehen auf. Noch während sie zur Tür schreiten, ziehen sie sich ihre Fliegerjacken über. Außerhalb des Gebäudes weht ein eisiger, feuchter Wind.

Als sie in das Gebäude eintreten, in dem ihr Staffelkapitän sein Büro hat, sitzen dort schon einige Flieger.

»Da sind Sie ja, meine Herren. Dann können wir ja beginnen. Kurz gesagt: Packen Sie Ihre Sachen zusammen; wir werden diese ungastliche Gegend verlassen.«

Ein Raunen geht durch den Raum. Natürlich wollen die Jagdflieger wissen, wohin es nun für sie geht.

Mit kurzen und knappen Worten teilt der Staffelkapitän ihnen mit, dass es nicht nur für sie, sondern für die gesamte Gruppe nach Italien gehe, genauer gesagt nach Sizilien.

Nun erklingt bei den deutschen Jagdfliegern ein großes »Hallo«. Von der Kälte und dem feuchten Wind der Taman-Halbinsel ins warme Italien! Das erntet Zuspruch bei den Flugzeugführern, denn noch wissen sie nicht, was auf sie zukommen wird …

Der Staffelkapitän, Leutnant Richard Hottinger, teilt ihnen mit, dass in nächster Zeit einige Ju 52-Transportflugzeuge landen würden, um das Bodenpersonal aufzunehmen. Die Messerschmitt-Jäger werden bereits betankt, denn es soll in Kürze losgehen.

Kurs und Zwischenlandungen werden bekanntgegeben und schon machen sich die Luftwaffensoldaten daran, ihre persönlichen Habseligkeiten in ihren Me 109 zu verstauen. Alles andere soll dann von den Mechanikern und Warten in die Junkers-Transporter verladen werden.

Italien, denkt sich *Dengl Mal schauen, wie das wohl wird.*

13. Februar 1943

Nachmittags, Prager Burg

Nach dem mehr oder weniger entspannten Mittagsmahl kommt es zwischen den zahlreichen Staatsmännern zu lebhaften Debatten. Natürlich wollten einzelne Staatschefs genaueres über die deutschen Pläne hören. Die handverlesenen Vertreter der in- und ausländischen Presse suchen das Gespräch mit dem Kaiser oder anderen politischen Entscheidungsträgern.

So gut es geht, steht ihnen der Regent Rede und Antwort. Auch die engsten Verbündeten des Großdeutschen Kaiserreichs versuchen den Kaiser zu fassen zu bekommen.

Nun steht der nächste Teil der Konferenz an. Der Kaiser will den Staatsgästen die weiterführenden Pläne für das Russland der Nachkriegszeit präsentieren und dort ist eine Person von entscheidender Bedeutung, die sich nun im Hintergrund bereitmacht, ihren Teil zum Kampf gegen den Bolschewismus beizutragen.

Die Karten werden nun durch eine Karte der Sowjetunion und eine weitere Karte, deren Bestimmung für die Gäste noch nicht ganz klar ist, ersetzt.

»Meine Damen und Herren, ich bitte um Ihre Aufmerksamkeit. Ich habe Ihnen hier zwei Karten zu präsentieren. Die erste sollte Ihnen allen bekannt sein. Es handelt sich um die Karte der Sowjetunion den Grenzen vom 20. Juni 1941.«

Dabei zeigt der Monarch nun mit dem Zeigestock auf die entsprechende Karte und umkreist grob die Grenzen.

»Die zweite Karte präsentiert eine Darstellung der verschiedenen Regionen und Ethnien der Sowjetunion. Unser Hauptaugenmerk im Osten liegt auf dem Kampf gegen den Bolschewismus und die Befreiung der unterdrückten Völker.«

Wieder wartet er ab, welche Reaktionen seine Worte wohl hervorrufen. Er meint, vor allem Zustimmung wahrzunehmen.

Daher führt er weiter aus: »Wir sehen in der Zerschlagung des Bolschewismus eine gesamteuropäische Aufgabe, denn ist der Bolschewismus auch eine Bedrohung für uns alle in Europa, die wir Frieden und Freiheit lieben. Schon die nationalsozialistische Führung des Reiches hat seinerzeit von einem Präventivschlag gegen Moskau gesprochen. Sowohl ich als auch viele meiner politischen Weggefährten sahen darin lange eine Rechtfertigung für einen Eroberungskrieg.

Doch nach der Sichtung zahlreicher Unterlagen, nach Unterredungen mit meinen führenden Militärs und Gesprächen mit sowjetischen Militärs, welche nun auf unserer Seite stehen, muss ich eingestehen, mich geirrt zu haben. In der Tat hat Moskau unter Stalin die Eroberung ganz Europas ins Auge gefasst, um den tückischen Bolschewismus zu uns zu tragen.

Sollte es der Sowjetunion gelingen, das Großdeutsche Kaiserreich und seine Verbündeten zu besiegen, so wird Europa bis zur Atlantikküste unter sowjetischer Gewaltherrschaft stehen. Doch ich kann Ihnen versichern, dass wir und unsere Verbündeten alles Menschenmögliche ins Werk setzen werden, um dies zu verhindern!«

Nach diesen Worten vernimmt der Kaiser Zustimmungsbekundungen von einigen der Staatsführer.

»Und um Ihnen aufzuzeigen, dass meine Worte nicht nur leere Phrasen sind, wird nun ein Mann das Wort an sie richten, der hoher Militär in der Roten Armee war, dann in Gefangenschaft geriet und nun als Oberbefehlshaber der russischen Volksarmee ein wichtiger Verbündeter für uns ist.«

Der Kaiser macht Platz und an das Mikrofon tritt ein großer und kräftiger Mann mit Brille und fliehender Stirn. Er trägt eine Uniform, die einer deutschen Generalsuniform sehr ähnlich ist, aber die Rangabzeichen eines Generals des zaristischen Russlands ausweist.

Nun ist es eben dieser General, der sich als Andrei Wlassow vorstellt, die Worte an die Staatsführer vieler Nationen richtet und der seine Zukunftsvision eines freien, unabhängigen Russlands in einer gleichberechtigten Partnerschaft mit den anderen Nationen offenbart.

Gespannt hören vor allem die Vertreter der östlichen Staaten zu.

13. Februar 1943

Nachmittags, Mittelmeer

Primo Maresciallo Luigi de Marco ist zusammen mit seinem Kameraden Secondo Capo Aiutante Antonio Cassala Teil der Besatzung des Unterseebootes *Ametista*. Sie befinden sich auf dem Weg zum Ankerplatz der alliierten Flotteneinheiten vor der algerischen Küste.

Die Luft im Inneren ist stickig und feucht. Es herrscht eine hohe Luftfeuchtigkeit. Bei dem U-Boot handelt es sich um eines von mehreren Umbauten für die italienischen Torpedoreiter. Die *Ametista* ist in der Lage, drei der bemannten Torpedos zu transportieren.

Ungeduldig warten die sechs Torpedoreiter darauf, dass das U-Boot sie nahe genug an ihr Ziel heranbringt. Dann können sie sich endlich ans Werk machen und drei schwere Überwassereinheiten der Alliierten angreifen. Im Idealfall gelingt es ihnen, alle drei Ziele zumindest für das kommende Gefecht außer Gefecht zu setzen. Das gesamte Unternehmen ist hochgradig brisant; Vieles gilt es zu beachten.

Obwohl de Marco die beengten Verhältnisse eines Unterseeboote gewohnt ist, behagt ihm das Bevorstehende keineswegs. Er ist kein Vollblut-U-Bootfahrer.

Auf seinem liebevoll *Maiale* genannten Torpedo hingegen fühlt er sich wohl. Dort ist er zwar unmittelbar der Gefahr durch den Feind ausgesetzt, aber er spürt auch unmittelbar die Naturgewalten des Mittelmeeres. Dort trennt ihn nur der dünne Taucheranzug vom Element Wasser.

Es wird noch einige Zeit dauern, bis sie ihren Zielort erreicht haben und die Männer ihre Torpedos besteigen. Zudem müssen sie den Einbruch der Nacht abwarten.

Auch wurde den Italienern zugesichert, dass die Deutschen einen Luftangriff auf die feindlichen Schiffe unternehmen würden, um die Aufmerksamkeit der Wachmannschaften zu binden, so dass diese nicht mehr auf die Wasserfläche achten.

Primo Maresciallo Luigi de Marco schaut erneut auf seine Uhr. Ihm stehen noch viele Stunden des Wartens bevor.

13. Februar 1943

Abends, Prager Burg

Kaiser Louis Ferdinand I., seine Gattin, Wilhelm von Preußen, Carl Friedrich Goerdeler, Reichsaußenminister Konstantin von Neurath und Vizeadmiral Wilhelm Canaris sitzen im theresianischen Flügel des alten Königspalasts der Prager Burg zusammen.

Zwischen den Erwachsenen wuseln der vierjährige Friedrich Wilhelm und der dreijährige Michael herum. Die einjährige Marie-Cécile Kira Viktoria Luise brabbelt munter vor sich hin. Die kleine Prinzessin ist von den vielen bunten Mosaiksteinen und den kunstvoll gemauerten Wänden fasziniert.

»Was sagen Sie zum Verlauf der Konferenz, von Neurath?«, richtet der Kaiser das Wort an seinen Außenminister. Dieser nimmt einen Schluck aus dem kristallenen Weinglas. Der darin befindliche Rotwein schmeckt süßlich-traubig.

»Nun, ich denke, dass wir einen sehr positiven Eindruck hinterlassen haben. Unsere Vorstellungen eines Nachkriegseuropas waren klar gefasst, aber keineswegs endgültig. Vor allem die faktische Ausrufung eines europäischen Kreuzzuges gegen den bolschewistischen Feind wird wohl sehr positiv aufgenommen werden – nicht zuletzt bei den Antibolschewisten und Antikommunisten.

Besonderes Gewicht hatten wohl die Worte General Wlassows. Wir werden sie mit seiner Zustimmung vervielfältigen und sowohl in den Kriegsgefangenenlagern als auch über der Front als Flugblätter verteilen.«

Auch Carl Friedrich Goerdeler ist der Ansicht, dass man die *Prager Proklamation* des russischen Generals unbedingt propagandistisch nutzen solle.

Admiral Canaris blickt hingegen etwas skeptisch in sein Glas. Das fällt auch dem Kaiser auf.

»Admiral Canaris, was stimmt Sie so nachdenklich?«

Der Abwehrchef nimmt ebenfalls einen Schluck des aromatischen Rotweins und meint: »Nun, je erfolgreicher Wlassow bei seiner Anwerbung ist, desto größer wird die Gefahr, dass es Elemente geben wird, die gegen seine Richtlinien agieren werden.

Mit den Herren Bandera und Melnyk gab es ja bereits zwei solcher Fälle.«

Mit einem Lächeln, das er der Kaiserin schenkt, fügt er hinzu: »Doch nach der Konversation mit der Kaiserin hat sich Wlassow ja recht schnell dieser beiden Elemente entledigt. Die beiden sind Geschichte, wenn wir den vagen Andeutungen Wlassows Glauben schenken wollen.«

Die Männer nicken zu den Worten Canaris'.

»Es wird Zeit, dass ich die kleinen Prinzen und meine Prinzessin ins Bett bringe«, meint die Kaiserin nun. Die Kinder protestieren nur kurz und lassen sich dann von ihrer Mutter aus dem Raum führen.

»Auch die weitgehende Zerstückelung der europäischen Staaten wurde überraschend positiv aufgenommen«, sagt Wilhelm von Preußen.

Der Kaiser sieht seinen Vater fragend an.

»Nun, mein Sohn, wir müssen sehen, dass Belgien und die Niederlande wohl aufhören werden zu existieren, da sich Flandern und Wallonien abspalten und die Niederlande wohl zwischen Flandern und Deutschland aufgeteilt werden wird. Gleiches gilt für Nordschleswig und Luxemburg, oder auch für Welsch- und Südtirol. Russland wird wohl auf längerer Zeit noch mit sich selbst beschäftigt sein. Je mehr Wlassow-Truppen dort kämpfen, desto mehr unserer Divisionen sollten wir dort herausziehen, um unsere Ressourcen zu schonen und für den Kampf gegen die Westalliierten freizubekommen. Die Franzosen und auch die Italiener werden ebenfalls auf absehbare Zeit innen- als auch außenpolitisch keine große Rolle spielen.

Wie dem auch sein. Am Ende steht unser Großdeutsches Kaiserreich als alleinige europäische Hegemonialmacht, umgeben von Kleinstaaten!«

»Das *Imperium Germanicum!*«

13. Februar 1943

Nachts, Prager Burg

Es ist bereits kurz vor null Uhr, als es an der Tür des Schlafgemachs des Kaisers und seiner Gattin klopf. Schlaftrunken wankt der Kaiser im Pyjama zur Tür und öffnet sie vorsichtig.

Er blickt sodann in das Gesicht des frischgebackenen Adeligen Oberstleutnant von Reichenbach. Auch er sieht etwas mitgenommen und schlaftrunken aus.

»Eure Hoheit, verzeihen Sie die späte Störung, aber Admiral Canaris hat besorgniserregende Neuigkeiten!«

Schnell zieht sich der Kaiser den Morgenmantel über und will gerade aus dem Schlafgemach schleichen.

»Was ist denn los, mein Schatz?«, erklingt nun die verschlafene Stimme Kiras aus der Dunkelheit.

»Nichts, nur eine neue Nachricht von Admiral Canaris. Schlaf ruhig weiter«, beruhigt der Kaiser seine Gattin.

Schnell begeben sich die beiden Männer zu Canaris.

»Admiral, was gibt es denn zu dieser späten Stunde?«, lautet die Begrüßung für den Admiral.

»Eure Majestät, wir konnten Funksprüche abfangen, aus denen eindeutig hervorgeht, dass sowohl Einheiten der Royal Navy als auch der US-Navy ins Mittelmeer verlegt werden oder in den nächsten Tagen verlegt werden sollen. Es soll sich um mehrere Schlachtschiffe und Flugzeugträger handeln. Wenn diese Einheiten erst das Mittelmeer erreichen, ist *Operation Hannibal* massiv gefährdet.«

Der Kaiser ist schlagartig hellwach. Wenn das Unternehmen fehlschlägt, verlieren die Wehrmacht und die verbündeten Italiener mindestens 250.000 kampferfahrene Soldaten plus Gerät.

»Was sagen von Witzleben, Raeder und vor allem Rommel dazu?«

»Sie sagen übereinstimmend, dass wir die *Operation Hannibal* unbedingt vorziehen müssen. Ich befinde mich nun in der ›glücklichen‹ Lage, Ihnen persönlich davon zu berichten, da ich nun mal vor Ort bin. Großadmiral Raeder hat nochmals bestätigt, dass er keine weiteren Marineeinheiten freimachen kann. Feldmarschall von Witzleben hat wiederholt darauf hingewiesen, dass wir die Männer nicht verlieren dürfen, und

Feldmarschall Rommel teilte mir mit, dass die Masse der eingeplanten Marinekräfte bereit sei und auslaufen könne. Auch die Luftwaffe meldet Gefechtsbereitschaft.«

»Gut, gut, ich danke Ihnen, Admiral Canaris. Wie sieht es mit den Truppen in Afrika aus?«

»Feldmarschall Rommel wartet nur darauf, Generaloberst von Arnim und Feldmarschall Messe den Befehl zum Rückzug auf Tunis zu geben, um mit dem Einschiffen beginnen zu können.«

Der Kaiser wischt sich mit der rechten Hand über das Gesicht, als ob er die anstehende Entscheidung einfach wegwischen könnte. Vizeadmiral Wilhelm Canaris sieht ihn erwartungsvoll an.

»Gut, geben Sie Rommel grünes Licht! Sowohl alle Marine- als auch Luftwaffeneinheiten sollen unverzüglich mit der Evakuierung beginnen.«

Der Admiral salutiert zackig und verlässt sogleich den Raum, um die nötigen Meldungen weiterzugeben.

Der Kaiser bleibt zurück und lässt sich erschöpft in einen gepolsterten Sessel fallen.

Hannibal überquert das Mittelmeer, denkt er sich nicht frei von Ironie.

13. Februar 1943

Kurz vor Mitternacht, Hafen von La Valletta

Das Unterseeboot taucht bis auf eine Tiefe von 20 Meter, um den Torpedoreitern den Ausstieg zu ermöglichen, da deren Sauerstoffgeräte nur bis zu einer maximalen Tiefe von 40 Meter ausgelegt sind. Andererseits muss das Transportunterseeboot darauf achten, nicht selbst durch patrouillierende Schiffe oder Flugzeuge entdeckt zu werden. Schnell machen sich die sechs Marinesoldaten fertig – es sind hundertfach geübte Handgriffe. Alle Einzelheiten des Einsatzes sind den Männern bestens bekannt.

Die Tatsache, dass schwere britische Flotteneinheiten im großen Hafen von Malta vor Anker liegen, deutet eigentlich schon darauf hin, dass die Alliierten etwas von der *Operation Hannibal* wissen oder zumindest ahnen.

Daher hat das italienische Marinekommando Primo Maresciallo Luigi de Marco, seinen Kameraden Secondo Capo Aiutante Antonio Cassala und die vier anderen italienischen Elitesoldaten nach Malta geschickt. Ein weiteres Unterseeboot ist mit dem Ziel Alexandria ausgelaufen und ein drittes wurde nach Gibraltar gesandt.

Schnell sind die Männer aus der Schleuse hinaus und sitzen auf ihrem bemannten Torpedo. Rund um sie herum ist es dunkel - es ist Nacht. Anders wären solche Angriffe nicht möglich, da die maximale Geschwindigkeit der SLC 2,5 Knoten beträgt.

Sie tauchen auf, so dass die Köpfe aus dem Wasser ragen.

So fahren sie auf ihre Ziele zu. Erst kurz vor dem Ziel tauchen sie dann endgültig ab.

De Marco schaut sich um. Im Hafen scheint alles ruhig zu sein. Abgesehen von einigen Positionsleuchten und den matten Lichtern einiger Häuser ist nichts zu sehen. Langsam und vorsichtig pirschen sich die drei *Maiale* an ihr Ziel heran.

Jetzt wird es aber Zeit für die Ablenkung durch die deutsche Luftwaffe, denkt sich der italienische Oberstabsbootsmann.

Sie nähern sich dem Hafen. Schon bald müssten sie die Netzsperren der Hafeneinfahrt erreichen.

Plötzlich blitzen über der Insel helle Leuchtfinger auf, die in einem nahezu gleichmäßigen Takt hin- und herschwenken. Nach und nach werden es immer mehr.

Die Minuten vergehen und die Italiener dringen immer tiefer in den Hafenbereich ein, ohne auf Hindernisse zu stoßen. Dies macht de Marco zwar skeptisch und verunsichert ihn auch, doch in seiner langen Karriere bei der italienischen Marine hat er gelernt, wenn etwas Unerwartetes passiert und es erfreulich ist, dann soll man es einfach so nehmen und das Beste daraus machen.

Also stoßen die drei Torpedoreiter weiter vor. Immer wieder kreisen die Köpfe der Männer, um mögliche Gefahren frühzeitig zu erkennen und gegebenenfalls abzutauchen oder schlimmstenfalls den Einsatz abzubrechen.

Doch de Marco kann nichts Auffälliges entdecken. Auch sein Kamerad Cassala scheint nichts Verdächtiges ausgemacht zu haben, ansonsten hätte er sich bereits gemeldet. Die Minuten verstreichen und auf der Insel wird es langsam lebendig.

An der äußersten Ecke blitzen rot-gelbe Feuerblitze auf, die die Positionen von Flugabwehrgeschützen anzeigen. Augenblicke später können die Italiener gelbliche Sterne am Nachthimmel aufgehen sehen, die dann aber gleich wieder erlöschen.

Je mehr Zeit vergeht, desto mehr Blitze zeigen sich auf der Insel und desto mehr Sterne erscheinen am Nachthimmel. Auch das Hafengebiet wird nun lebendig, auch dort scheinen Flugabwehrgeschütze aufgestellt worden sein. Zusätzlich dazu leuchten blitzende Geschossketten auf und zeichnen ein gelblich-rotes Netz an den beinahe wolkenlosen Nachthimmel.

Je näher die italienischen Marineeinheiten ihrem Ziel kommen, je weiter sie in das Hafenbecken vordringen, desto mehr zeichnen sich riesige Umrisse am mondhellen Horizont ab.

De Marco erkennt das Ziel. Mit einem Handzeichen macht er seinen Kameraden Cassala darauf aufmerksam.

Es ist der 22.890 Bruttoregistertonnen schwere Flugzeugträger *HMS Furious.* Das beinahe 240 Meter lange Schiff wirkt auch schon aus dieser Entfernung beeindruckend.

Die beiden anderen SLC haben die *HMS Formidable* und die *HMS Nelson* als Ziel zugewiesen bekommen.

Es sind dies drei schwere Ziele, doch wenn es gelingt, diese außer Gefecht zu setzen, hätte sich das Kräfteverhältnis im Mittelmeer auf einen Schlag immens verändert.

Immer tiefer dringen sie in das Hafenbecken ein. Anscheinend klappt die Ablenkung durch den Angriff der Luftwaffe hervorragend.

Nun kann de Marco auch kleinere Schemen im Hafen erkennen.

Das müssen die leichten Kreuzer sein, geht es ihm durch den Kopf.

Plötzlich steigen weißlich-gelbe Rauchschwaden im gesamten Hafenbereich auf.

Na, da schau einer an. Die Briten haben doch tatsächlich Nebelanlagen im Hafengebiet aufgestellt. Könnte ein Vorteil für uns sein, überlegt er sich.

Näher und näher kommen sie den schweren Schiffseinheiten. De Marco signalisiert seinem Kameraden hinter sich, dass sie nun langsam abtauchen werden, denn sie befinden sich nur noch ungefähr 50 Meter vom Ziel entfernt.

Der Oberstabsbootsmann lässt den bemannten Torpedo langsam nach unten sinken und schon nach wenigen Sekunden schließt sich die Wasserdecke über den Köpfen der beiden

Italiener. Dies wird nun wohl auch bei den beiden anderen Mannschaften der Fall sein.

Luigi de Marco behält den Tiefenmesser im Blick. Zu tief dürfen sie nicht tauchen, da es sonst zu Schwierigkeiten mit den Atemgeräten kommen könnte.

Er lässt das SLC bei 40 Meter einpendeln und sie bewegen sich weiter auf den Träger zu.

Nun sehen sie nur noch die ab und zu aufflackernden Lichtreflexe durch die Flugabwehrgeschütze oder die Suchscheinwerfer. Ansonsten ist es sehr dunkel um sie herum.

Doch nach und nach erkennt der Italiener die deutlicher werdenden Umrisse des Rumpfes im dunklen Wasser.

Nach einer gefühlten Ewigkeit befinden sie sich unter dem Rumpf des Trägers. Luigi de Marco lässt den *Maiale* langsam aufsteigen, um ihn dann am Rumpf mittels Magneten zu befestigen.

Nun steigt Secondo Capo Aiutante Antonio Cassala ab und nimmt das lange Stahlseil, welches an der Spitze des SLC befestigt ist und am anderen Ende einen sehr starken Magneten trägt. Er muss aufpassen, dass er ihn auch richtig platziert, da es sonst schwierig wird, anschließend die Sprengladung an die richtige Stelle am Rumpf anzubringen.

Der Hauptbootsmann muss für die Anbringung des Stahlseils einmal komplett unter dem Rumpf des Flugzeugträgers entlangtauchen. De Marco blickt in der Zwischenzeit angespannt nach oben, ob sich dort etwas bewegt, ob es Anzeichen dafür gibt, dass sie entdeckt wurden. Doch nichts ... niemand scheint sie entdeckt zu haben.

Nach mehreren Minuten ist Cassala wieder am SLC angelangt und montiert die Spitze, in der die 300 Kilogramm schwere Sprengladung schlummert, ab. Da diese mit dem gespannten Stahlseil verbunden ist, kann er sie relativ problemlos dorthin bewegen, wo er sie haben will - genau unter dem Rumpfkiel des Flugzeugträgers.

Nun stellt er noch die Zeitzündung ein. Er entscheidet sich für 60 Minuten.

Nun aber zurück, denkt sich Cassala und schwimmt zu de Marco, der mit Hilfe des Ausgleichstanks den Torpedo ausgependelt hat.

Cassala tippt seinem Kameraden auf die Schulter und signalisiert ihm, dass er die Ladung angebracht und auf 60 Minuten eingestellt hat. Schnell setzt er sich auf das SLC und sie trennen sich vom Schiffsrumpf.

Danach bewegen sie sich, wieder mit 2,5 Knoten Geschwindigkeit, vom Flugzeugträger weg. Langsam lässt der Primo Maresciallo das SLC wieder sinken. Auch jetzt dürfen Sie keine höhere Geschwindigkeit verwenden, da sie auch jetzt noch aufpassen müssen, nicht entdeckt zu werden.

Weiter und weiter fahren machen Sie Meter zum Flugzeugträger gut. Tiefer und tiefer steuert de Marco den bemannten Torpedo.

Der Luftangriff scheint derweil beendet zu sein, denn die beiden Italiener können keinerlei Lichtreflexe mehr an der Wasseroberfläche ausmachen. Sie müssen noch einige Minuten unter Wasser zurücklegen, bevor sie es riskieren können, aufzutauchen.

Besorgt blickt de Marco auf den Volt- und Amperemeter. Die Anzeige sinkt langsam, aber stetig. Doch sie haben noch eine ganze Strecke vor sich, bevor sie zum Treffpunkt mit dem Unterseeboot gelangen.

Ein Blick auf den Tiefenmesser zeigt an, dass sie die zulässige Tiefe von 50 Meter erreicht haben. Endlich signalisiert de Marco seinem Kameraden Cassala, dass sie allmählich auftauchen werden.

Wieder blickt der Oberstabsbootsmann auf den Tiefenmesser und er stellt fest, dass sie aufsteigen. Der Zeiger wandert langsam, aber stetig nach oben.

Nach einigen Minuten und kostbaren zurückgelegten Metern, die sie zwischen sich und das Zielschiff gebracht haben, durchstoßen sie mit den Köpfen die Wasseroberfläche.

Gischt spritzt über die Schutzhülle, die als Wellenbrecher dient. Schnell blicken sich sowohl Cassala als auch de Marco um, aber wieder können sie keine Gefahren erkennen.

Als sie sich etwas mehr als zwei Seemeilen vom Hafen entfernt haben und Zündzeit von 60 Minuten beinahe abgelaufen ist, hören sie hinter sich Feuer aus leichten Geschützen und Maschinengewehren über die Wasserfläche des Hafens schallen. Beinahe zeitgleich drehen sich die beiden Italiener um und sehen die Geschützgarben über die See flitzen. Auch auf dem Wasser sehen sie nun plötzlich einen Leuchtkegel tanzen. Er gehört zu einem kleinen Schutzboot, das offenbar etwas sucht. Denn auch dort spritzen immer wieder Geschossgarben ins Wasser.

Plötzlich wird der Hafen von einer gewaltigen Unterwasserdetonation erhellt. Durch den Schein der aufkommenden Explosion sehen die beiden italienischen Marinesoldaten eine gewaltige Wasserfontäne aufsteigen, begleitet von Trümmerteilen. Augenblicke später dröhnt schon der Detonationsknall wie Donner eines Unwetters über das Meer.

Dort, wo der Flugzeugträger ankerte, sehen die beiden ein mächtiges Flammenmeer.

Doch kaum ist dieser Donner verklungen, da spritzt ein weiterer unheimlicher Wasserpilz in die Höhe, ebenso wie beim ersten begleitet von Flammen, Schlick aus dem Hafenbecken und Wrackteilen, die herumgeschleudert werden. Diese Detonation ereignet sich allerdings nicht an einem der Ankerplätze der *HMS Formidable* oder der *HMS Nelson*. Dort, wo nun Flammen in den Nachthimmel steigen, ankerten eigentlich zwei leichte Kreuzer. Mindestens einer von ihnen wurde nun von einer 300-Kilogramm-Sprengladung unter dem Kiel förmlich auseinandergerissen.

Die beiden italienischen Torpedoreiter müssen jedoch zusehen, dass sie sich nun schleunigst davon machen. Denn im Hafen wird es nun lebendig. Überall suchen helle Leuchtfinger die Wasseroberfläche ab. Immer wieder peitschen MG-Garben und die Granaten von leichten Flugabwehrgeschützen in die See.

Dies ist auch der Grund, weshalb Primo Maresciallo Luigi de Marco und Secondo Capo Aiutante Antonio Cassala ihren Erfolg nicht sehen können, denn die Sprengladung hat eine vernichtende Wirkung. Nicht nur, dass zahlreiche Brände an Bord ausbrechen, auch ist ein Loch von ungefähr 20 Meter mal 10 Meter in den Rumpfboden gerissen worden. Die Abteilungen werden trotz sofortiger Gegenmaßnahmen geflutet und der Flugzeugträger bekommt mehr und mehr Schlagseite. Nur das relativ flache Hafenbecken und das sofortige Gegenfluten verhindern, dass die *HMS Furious* kentert.

De Marco und Cassala gelingt es, mit den letzten Metern Reichweite noch in die Nähe des Treffpunktes mit dem Unterseeboot *Ametista* zu gelangen. Ihr *Maiale* müssen die beiden jedoch zurücklassen. Langsam sinkt sie auf den Grund des Mittelmeeres. Die beiden italienischen Marinesoldaten werden wieder in das U-Boot aufgenommen, wo sie von der Besatzung frenetisch bejubelt werden. Das Unterseeboot wartet noch bis zum Sonnenaufgang, ob die beiden anderen Besatzungen sich am Treffpunkt einfinden, doch von ihnen fehlt jede Spur. Immer wieder lässt der Kapitän der *Ametista* auf Seerohrtiefe gehen und beobachtet das Umfeld. Doch alles, was er erkennen kann, ist der Feuerschein der beiden angesprengten Schiffe. Von den Kameraden ist nichts zu sehen.

Als der Morgen graut, muss der Kapitän den Rückmarsch befehlen, ob er will oder nicht.

Das Oberkommando der Wehrmacht gibt bekannt

In den Bereichen der Heeresgruppen Nordland, Nord und Mitte ereignen sich bis auf gelegentliche Spähtrupptätigkeiten keine nennenswerten Gefechte.

Im Bereich der Heeresgruppe Süd begannen unsere Truppen die von langer Hand vorbereitete Gegenoffensive aus der Verteidigungslinie Rozhok-Fodorowka-Grigoryewka heraus. Rumänische Divisionen, unterstützt durch deutsche Truppen und eine slowakische schnelle Division melden bereits am ersten Kampftag erhebliche Geländegewinne. Der bolschewistische Feind verlor dabei schweres Gerät in hoher Stückzahl, zudem konnten mehrere hundert Gefangene eingebracht werden.

Den Bolschewisten gelang es, in den Südost- und Nordostteil von Woroschilowgrad einzudringen. Die letzten Verbindungen nach Westen können durch die Zusammenfassung aller verfügbaren Kräfte offengehalten werden. Der Feind stößt weiter unter enormen Verlusten auf Horliwka vor.

Im Kuban-Brückenkopf gingen unsere Verbände weiter planmäßig zurück, um den Verteidigungsbereich zu verkleinern.

Im Bereich der Heeresgruppe Afrika ist die Operation Hannibal erfolgreich angelaufen. Deutsch-italienische Truppen ziehen sich planmäßig auf den Verteidigungsbereich Tunis zurück. Kriegsmarine, Luftwaffe und die italienischen Verbündeten fügen den alliierten Streitkräften hohe Verluste zu.

17. Februar 1943

Früher Morgen, Flugplatz Djerderda Tunis

»Mensch Heinz, hast du gehört? Das sind Engländer!«

Statt einer Antwort hebt Heinz Dombrowski seinen Karabiner und verschießt die fünf Patronen im Schloss kurz hintereinander.

»Lauf schnell zur Flugleitung rüber! Ich schau beim Flakregiment nach!«

Der Obergefreite tut, wie ihm geheißen. Dombrowski blickt dem Kameraden noch einige Sekunden nach. Dann setzt auch er sich in Bewegung und läuft, den Sperrzaun überkletternd, quer über das buschdurchzogene Gelände in Richtung Straße. Dort liegen in dem Felsgewirr vor dem Flugplatz die Männer des Flakregiments 102 der 19. Flakdivision. Auch eine Panzerabwehrabteilung hat hier Stellung bezogen.

Noch ehe er die ihm nächstliegende Stellung erreicht, sieht er, dass seine Alarmschüsse nicht ungehört verhallt sind.

Im ab und zu aufblitzenden Licht einer Taschenlampe eilen die Männer zu ihren Geschützen. Noch ehe sie diese erreichen, sehen sie schon die niedrigen Schatten der vordersten britischen Panzer und Spähwagen über die Straße heranrumpeln.

Augenblicke später beginnt das erste Geschütz zu feuern. Donnernd bricht sich der Hall des Abschusses in den Felsen rechts des Tales. Beinahe gleichzeitig fallen alle anderen Geschütze der Batterien in dieses Abwehrfeuer ein, das sich sekündlich steigert.

Die Geräuschkulisse, die noch vor wenigen Minuten so still war, wird mit einem Mal lebendig. Leuchtspurbahnen von 2-cm-Flak zischen in die Laufwerke und Räder der gegnerischen Fahrzeuge.

Der dumpfe Knall der 8,8-cm-Geschütze dröhnt dazwischen. Droben lärmt nun das helle Geknatter der Schnellfeuerwaffen der Panzerspähwagen und das peitschende Knallen der Panzerkanonen.

Dombrowski hat die Flakstellung erreicht. Die Kanoniere leisten Schwerstarbeit.

Klirrend fliegen die leeren Hülsen auf den staubigen Boden. Im Laufschritt tragen Ladekanoniere neue Granaten herbei. Rufe werden laut, kurze Kommandos gellen dazwischen und ab und an brüllt einer der Landser getroffen auf.

»Los, kommen Sie hier rein, Mensch!«

Dombrowski sieht im Aufblitzen eines Mündungsfeuers einen Offizier in einer Geschützstellung winken. Der Obergefreite stolpert mehr, als dass er rennt. Er eilt hinter den Schutz eines Erdwalls und erkennt erst jetzt, dass er sich beim Funk- und Fernsprechbunker befindet.

Der fremde Offizier wendet sich an Dombrowski: »Wo kommen Sie denn her?«

Der keuchende Obergefreite leiert seine Meldung herunter: »Obergefreiter Dombrowski vom Stuka-Geschwader Zwo. Habe Alarm geschossen und wollte nachsehen, ob er hier gehört worden ist.«

Der Offizier, ein Oberleutnant, reicht ihm die schmutzige Hand.

»Gut gemacht, Dombrowski. Sie haben eher Alarm geschlagen als unsere eigenen Posten. Ich danke Ihnen. Nun machen Sie aber, dass Sie zu Ihrem Haufen zurückkommen, sonst vermisst man Sie dort noch.«

Während des Gespräches mit dem Oberleutnant vernimmt der Obergefreite immer wieder das Knallen der Flak.

Dombrowski blickt nun über den Grabenrand. Er erkennt, dass einige britische Spähpanzer versuchten, an den Flanken durch die deutschen Linien zu stoßen. Sie wurden aber auch dort von den 8,8-cm-Geschützen in Fetzen gerissen.

Anderen ist es gelungen, das Flugplatzgelände zu erreichen. Dort blitzt es nun auf. Mitten auf der Straße stehen einige lichterloh brennende Wracks. Daneben liegen die teils verkohlten Leichen der britischen Besatzungen.

Rechts von der Straße wird nun ein Panzerspähwagen vom Typ Humber Armoured Car von einer Acht-Acht getroffen. Er detoniert in einer Flammensäule und wird regelrecht auseinandergerissen. Der Qualm des brennenden Benzins verpestet die Luft. Doch noch immer kann Dombrowski das Klirren von Panzerketten im Gefechtslärm ausmachen.

Aus zahlreichen Stellungen von Flak und Pak wird nun das Feuer auf den Feind eröffnet. Die ersten Panzer, meist vom Typ Matilda II oder M 3 Lee, die dem vernichtenden Feuerschlag bisher entgangen sind, tauchen im Vorgelände des Flugplatzes auf.

Dombrowski nimmt die Beine in die Hand und hastet zurück zu seiner Einheit. Aus dem Augenwinkel sieht er einen

Panzerkampfwagen; eine Gestalt ragt aus dem Turmluk und blickt sich um.

Der Obergefreute reißt seinen Karabiner an die Schulter und drückt ab. Beinahe zeitgleich mit dem Knall des Schusses zuckt der feindliche Panzerkommandant und fällt in den Turm zurück.

Plötzlich vollführt der *M 3* eine scharfe Wendung, beinahe auf der Stelle, und rollt nun direkt auf den Obergefreiten zu. Der blickt dem näher und näher kommenden Stahlkoloss entgegen. Gleich muss der Kampfpanzer ihn erreicht haben. Nur noch Sekunden trennen den Obergefreiten, von Todesangst gelähmt, von dem tonnenschweren Stahlkasten.

Aus, denkt sich Dombrowski und sieht bereits das Bild seiner Verlobten vor seinem geistigen Auge.

Augenblicke später dröhnt ein lauter, schwerer Schlag gegen die Wanne des Tanks. Der Panzer macht noch einen Satz und dreht sich dann auf einer Kette im Kreis.

Die Detonation der Granate an der abgewandten Panzerseite wirft Dombrowski zu Boden. Er fällt mit seinem Gesicht auf die staubige Erde; der Stahlhelm rutscht ihm dadurch schmerzhaft in den Nacken.

Langsam, Zentimeter um Zentimeter, kriecht er zur Seite.

Plötzlich landet vor ihm ein Stiefelpaar auf dem Boden, in dem ein britischer Soldat steckt. Dieser kümmert sich jedoch nicht um den Deutschen. Dombrowski blickt vorsichtig nach oben und erkennt das angstverzerrte Gesicht des Mannes. Daraufhin zuckt der Brite zusammen und rennt mit drei seiner Kameraden in Richtung des Funk- und Fernmeldebunkers.

Verdammt, wenn die dort hineinstürmen, dann ist es aus mit der Verbindung nach rückwärts, denkt sich der Obergefreite, während ihm der Kopf dröhnt.

Unter unglaublichen Mühen gelingt es Dombrowski, sich auf die Ellenbogen aufzurichten. Er legt den Lauf seines Karabiners auf den linken Unterarm. Im zuckenden Licht der Flammen erkennt er die Briten gerade noch als Schemen. Der peitschende Schuss des K 98k geht im Getöse des Kampfes unter, doch einer der Briten reißt die Arme hoch und stürzt vornüber auf den staubig-gelben Boden.

Die drei anderen verharren kurz und blicken auf ihren sich am Boden wälzenden Kameraden. Diese kurze Zeitspanne genügt, um durchzuladen und den Abzug ein weiteres Mal zu betätigen.

Der zweite Brite fasst sich ruckartig an den Hals und bricht zusammen.

Die anderen beiden aber haben Dombrowski nun aufgeklärt. Sie heben ihre Maschinenpistolen. Schnarrende Salven hämmern los. Dombrowski sieht die roten Flammenspuren auf sich zu jagen. Er hört unmittelbar vor sich das zirpende Geräusch der in die Erde und den Staub einschlagenden Projektile.

Dann spürt er einen gewaltigen Schlag gegen die Schulter, der ihn emporzucken lässt, und auf einmal wird alles um ihn schwarz und leicht.

17. Februar 1943

Morgens, Mittelmeer

»Pass auf *Hajo*, du hast einen an der Hacke!«, ruft Unteroffizier Dengl seinem Rottenflieger über Sprechfunk zu.

Die Jagdflieger von Leutnant Hottinger haben den Begleitschutz für ungefähr zehn Me 323 *Gigant* und zwanzig Ju 52 übernommen, die soeben aus Afrika kommen und auf Sizilien landen wollen. Bereits kurz nach dem Start wurden die Transporter von feindlichen Jagdmaschinen angegriffen. Doch konnten sie von den sie begleitenden deutschen Jägern abgedrängt werden. Nun versucht der Gegner es erneut.

Es handelt sich um auf Malta stationierte Supermarine Spitfire.

Dengl dreht von der Maschine ab, die er bis dato verfolgt hat, und lässt seine Messerschmitt absacken. Dadurch schießt Steiner mit seinem Verfolger an ihm vorbei. Sofort zieht er seine Me 109 G wieder hoch und für Augenblicke durchkreuzt der britische Jäger sein Reflexvisier. Synchron drückt Dengl die Auslöseknöpfe der Bordwaffen. Sofort spürt er die Vibrationen beiden MG 131 und des MG 151/20.

Er sieht, wie die Geschosse unter die Flugzeugführerkanzel und in die Motorpartie einschlagen. Der britische Jäger dreht daraufhin ab; ein dicker werdender weißer Rauchschleier bildet sich unter der Motorpartie. Die Spitfire verliert schnell an Höhe. Doch Dengl hat keine Zeit, die Maschine weiter zu beobachten, denn schon kreuzen zwei feindliche Jagdflugzeuge seinen Flugweg.

Dengl tritt in das Seitenruder und lässt seine Maschine in eine elegante Linkskurve slippen.

Er drückt den Geschwindigkeitsregler bis zum Anschlag nach vorn, um sich schnellstmöglich hinter die beiden britischen Jagdmaschinen zu hängen, denn diese haben es offenbar auf die Transportmaschinen abgesehen.

Ein kurzer Blick nach hinten. Beruhigt stellt der Unteroffizier fest, dass sich Steiner noch hinter ihm befindet.

Rechts über sich macht Dengl die Maschine von Unteroffizier Fromm aus, der einer Spitfire mehrere Garben hinterherschickt. Der Brite versucht mit Abwehrbewegungen zu entkommen, doch Fromm bleibt dran. Letztlich kann er Treffer landen. Aus dem Motor des britischen Jägers spritzen Flammen hervor und es ist schwarzer Qualm zu erkennen. Kurz darauf stellt die britische Jagdmaschine sich auf den Kopf und stürzt wie ein Fahrstuhl nach unten.

In der Zwischenzeit hat Dengl die Verfolgung der beiden anderen Spitfire aufgenommen. Doch er erkennt, dass er unmöglich rechtzeitig zu ihnen aufschließen kann, ehe diese die Giganten erreichen. Es sind noch mehrere hundert Meter.

Angestrengt überlegt Unteroffizier Helmut Dengl, was er unternehmen kann.

Nützt nichts, feuern aus allen Knopflöchern! Wird' sie zwar nicht treffen, aber vielleicht kann ich sie wenigstens verschrecken, überlegt sich der Unteroffizier und lässt kurz entschlossen seine Waffen sprechen. Er wählt den Vorhaltewinkel so, dass die Geschosse über die britischen Maschinen hinwegfliegen werden. Entweder landet er einen Glückstreffer, oder aber die britischen Flugzeugführer werden zumindest auf die Geschosse aufmerksam.

Glücklich stellt er fest, dass sein kleiner Trick funktioniert.

Die beiden Spitfire drehen mit einen weiten Abschwung nach unten rechts ab. Dengl und Steiner bleiben an ihnen dran. Der 1.500 PS starke DB 605 A heult laut auf.

Die beiden deutschen Flugzeugführer werden in den Sitz gepresst, dennoch lässt der Unteroffizier die beiden Briten nicht aus den Augen. Die ziehen ihre Jäger nun steil in die Höhe und hoffen, dass sie ihre Verfolger so vielleicht abschütteln können. Doch die Deutschen kleben an ihnen wie ein Schatten. Schließlich zwingen die Briten ihre Spitfire wieder in die Horizontale. Auch bei diesem

Manöver bleiben Dengl und Steiner wie Kletten an den beiden Briten.

Schließlich teilen die zwei Spitfire sich auf. Eine von ihnen fliegt abrupt nach links; die zweite nach rechts. Unteroffizier Dengl entscheidet sich für den nach rechts abdrehenden Gegner. Wieder ein kurzer Blick nach hinten und er erkennt erneut die Messerschmitt von Steiner links hinter sich.

Also kann sich Dengl darauf konzentrieren, die Spitfire vor sich abzuschießen. Sein Rottenflieger Steiner wird wohl den andern Briten, der nach links abdrehte, im Auge behalten.

Nun macht Dengls Gegner einen entscheidenden Fehler. Er zwingt seine Spitfire in einen plötzlichen Abschwung. *Der Rolls-Royce Merlin*-Motor hat mit den plötzlich auftretenden negativen Beschleunigungskräften zu tun und die Treibstoffzufuhr durch den Vergaser wird unterbrochen.

Damit scheint der britische Flugzeugführer nicht gerechnet zu haben. Anscheinend weiß er in diesem Augenblick nicht, was er nun unternehmen soll. Es folgen Sekunden der Untätigkeit - und genau das nutzt Dengl eiskalt aus. Er zielt und drückt ab. Die 13 Millimeter- und 20 Millimeter-Geschosse der Bordwaffen jagen zu der britischen Jagdmaschine hinüber. Sie schlagen in die Flugzeugführerkanzel und die oberen Motorpartie ein. Beim Abschwung erkennt Dengl, wie das Glas der Flugzeugführerkanzel splittert.

»Der schmiert ab!«, hört der Unteroffizier die Stimme von Steiner durch das Gewirr in der FT-Haube.

Ein kurzer Anfall von Befriedigung steigt in Unteroffizier Helmut Dengl hoch.

Als er sich umblickt, sieht er, dass sich die Transportmaschinen bereits im Anflug auf den Flugplatz von Palermo befinden. Dann gerät eine FW 190 einer anderen Jagdgruppe in sein Blickfeld, die mit einem langen Flammenschweif ins Meer abstürzt.

Eine weitere Maschine durchbricht soeben die Wasseroberfläche und eine graue Säule schießt nach oben. Dengl konnte nicht erkennen, ob es sich um eine britische oder deutsche Maschine handelt.

Ein hektisches Leuchten auf dem Armaturenbrett erweckt nun die Aufmerksamkeit des Unteroffiziers - es ist das Signal dafür, dass es nun an der Zeit ist, den Heimflug anzutreten.

17. Februar 1943

Morgens, Neue Reichskanzlei

Der Kaiser läuft in seinem riesigen Arbeitszimmer nervös auf und ab.

»Wie ist der aktuelle Stand, Feldmarschall von Witzleben?«

Der alte, aber unheimlich energische und drahtige Generalfeldmarschall hievt einige Akten und eine Karte des Mittelmeerraums auf den großen Kartentisch.

Mit im Raum befindet sich auch die Kaiserin Kira, die versucht beruhigend auf ihren Gatten einzuwirken, sowie sein persönlicher Adjutant, Oberstleutnant Maximilian von Reichenbach.

»Eure Majestät, laut den letzten Meldungen von Feldmarschall Rommel ist *Hannibal* erfolgreich angelaufen. Die ersten Lufttransporte sind in der Nacht ohne Verluste auf Sizilien gelandet und danach mit weiteren Soldaten der Bewährungseinheiten wieder zurückgeflogen. Diese werden noch in diesen Stunden in die Abwehrstellungen rund um Tunis eingereiht, während als Nächstes die Verwundeten ausgeflogen werden sollen. Mein letzter Stand war der, dass eine Gruppe der Transportflieger über dem Mittelmeer von britischen Jagdmaschinen angegriffen wurde. Auch hatten die Alliierten einen Panzerangriff auf Tunis begonnen. Der Panzerangriff konnte erfolgreich abgewehrt werden. Über die Verluste der Transportflieger kann ich noch nichts sagen.«

Der Kaiser scheint einigermaßen zufrieden zu sein und nickt zustimmend.

»Wie sieht es mit den Marinekräften aus?«

Der OKW-Chef blättert in einer anderen Akte, ehe er antwortet: »Konteradmiral Weichold meldet, dass die Unterseeboote größtenteils in Stellung sind. Es gab einige Zwischenfälle durch den überstürzten und vorgezogenen Zeitpunkt. Doch die geplanten *Sperrlinien* konnten eingenommen werden. Die italienischen Flotteneinheiten sind samt und sonders ausgelaufen und übernehmen die Deckung der Transportflotte. Der erfolgreiche Angriff der italienischen Kleinkampfverbände auf die britischen Flotteneinheiten bei Malta war sehr hilfreich. Der Träger *Furious* wurde auf Grund gesetzt. Laut unseren letzten Luftbildaufnahmen weist er stärkste Beschädigungen auf und kann wohl abgeschrieben werden. Der leichte Kreuzer *Ajax* ist zerstört, der leichte Kreuzer *Orion* wurde schwer beschädigt.

Der Angriff auf den Flottenstützpunkt Alexandria war weniger erfolgreich. Dort wurde das Schlachtschiff *Rodney* beschädigt. Über den Grad der Beschädigung liegen uns leider keine genauen Angaben vor.

Der Angriff auf Gibraltar schlug vollkommen fehl.

Dennoch wurden die britischen Flotteneinheiten im Mittelmeer signifikant geschwächt.

Sobald wir Meldung darüber haben, dass sich die britische Flotte unserer Transportflotte nähert, werden die Kampfgeschwader der Luftwaffe eingreifen. Die Mistel und die Gleitbomben sind einsatzbereit. Major Baumbach zeigte sich sehr optimistisch.

Überhaupt haben wir die Luftwaffenverbände so weit wie möglich verstärkt.

Mehr können wir im Augenblick nicht unternehmen - außer vielleicht beten.«

17. Februar 1943

Morgens, Flugplatz Djerderda Tunis

Der Obergefreite Franz Diesterfink hockt unter den Tragflächen einer Henschel Hs 129 und montiert die letzte der vier 50 Kilogramm-Bomben.

Endlich hängt sie an dem ETC-Halter und ist einsatzbereit.

Der Angriff der britischen Panzerkampfgruppe am frühen Morgen wurde glücklicherweise erfolgreich abgewiesen, ohne dass es zu großen Schäden am Flugfeld und den abgestellten Flugzeugen kam.

Kurz darauf erging der Befehl, die erst gestern eingetroffenen Henschel-Schlachtflugzeuge startklar zu machen. Glücklicherweise trafen am frühen Morgen nicht nur Verstärkungen in Form der Strafdivision 999. und der Strafdivision 500 ein, sondern auch Treibstoff für die Flugzeuge.

Mit den Me 323 und den Junker Ju 52 wurde es zeitweise unheimlich voll auf dem Flugplatz. Doch die Giganten und die Tante Ju wurden schnellstmöglich mit den zahlreichen

Verwundeten beladen und flogen wieder ab. Angeblich befinden sich bereits weitere Transportmaschinen im Anflug, dieses Mal der Italiener. Am Rande des Flugfelds warten schon weitere Verwundete, teils auf Liegen gebettet.

Unteroffizier Blechschmitt wird unruhig.

»Disterfink! Wie weit bist du?«

Der Obergefreite schaut geduckt unter der Tragfläche hervor.

»Fertig, Herr Unteroffizier.«

»Gut, dann hilf Steimel, der hat Probleme beim Aufmunitionieren der 151iger!«

Danach ruft er quer über den Platz zu seinen Männern: »Mensch Leute, beeilt euch! Wenn die Tommies hier durchbrechen, dann wird es nichts mit der Heimat, dann geht es höchstens Richtung England - aber ich habe keine Sehnsucht nach schalem, warmem Bier!«

Diesterfink schiebt den Trägerwagen für die Bomben weg und eilt zu dem jungen Kameraden hinüber. Mit geübten Handgriffen wird der Munitionsgürtel für das MG 151 eingelegt. Nebenbei erklärt er dem jungen Kameraden mit einigen kurzen Worten, worauf er beim Einlegen der Munitionsgurte zu achten hat, damit es beim Einsatz nicht zu Hülsenklemmern und Ladehemmungen kommt, denn das könnte im Ernstfall tödlich für die Flieger enden.

Kurz darauf wird bereits die Wartungsklappe geschlossen. Befriedigt stellt Unteroffizier Blechschmitt fest, dass nun alle Maschinen startklar sind.

Schnellstens räumen die Warte der Bodenmannschaften die Fässer, Tankwagen und Gestellwagen für die Abwurflasten weg, damit die Maschinen starten können. Kaum ist das geschafft, da sehen sie, wie die Flugzeugführer herbeieilen. Die Starterwagen stehen schon bereit zum Anlassen der Motoren.

17. Februar 1943

Morgens, Kampfraum Tunis

Die Sonne Afrikas steht bereits am Himmel und übergießt das Land mit strahlendem Glanz. Glücklicherweise hat sie noch nicht die Kraft, um das Land in einen Glutofen zu verwandeln.

Doch in der Kabine wird es trotzdem sehr schnell wärmer.

Afrika, denkt sich Unteroffizier Bauer. Neben ihm fliegt wie immer sein Kamerad Voigt.

Weiter voraus sehen sie die Maschine von Leutnant Krüger, und auch die der anderen.

Hier in Afrika ist der Weg zur Front ungewöhnlich kurz. Die alliierten Verbände stehen kurz vor dem Flugfeld. Eine verrückte Situation. Doch Bauer ist der Meinung, dass eben diese Situation sich in die Gesamtheit der letzten Tage einfügt – einschließlich der Verlegung hierher.

Niemand in seiner Einheit rechnete damit und es ging alles unheimlich schnell. Verlegt wurden auch nur die fliegenden Einheiten. Die Bodenmannschaften blieben in Russland. Es hieß, dass die Bodenmannschaften und Warte vor Ort sich um alles kümmern würden.

Nachdem sie in diesem Durcheinander landeten, dachte sich nicht nur Bauer, die Führung wolle anscheinend verhindern, dass im Fall der Fälle neben dem fliegenden Personal auch noch das technische kassiert würde.

»Odin an alle Walküren – voraus gepanzerter Feindverband – Angriff – Frage Viktor?«

»Viktor«, erklingt es vielstimmig aus den Hörern der FT-Haube.

»Walküre Sieben an Walküre Acht – links voraus mehrere Halbkettenfahrzeuge, die nehmen wir – Viktor?«

Der Kamerad, der dicht neben Bauer fliegt, antwortet nicht verbal, sondern zeigt ihm den ausgestreckten Daumen der linken Hand.

Bauer legt seine *Henschel* in eine leichte Linkskurve, so dass er die Kolonne direkt von vorn angreifen kann. Mit einer flüssigen Bewegung macht er seine vier 50 Kilogramm-Sprengbomben bereit.

Er drückt den Steuerknüppel an und sofort senkt sich der Bug des Schlachtflugzeuges. Die Geschwindigkeit erhöht sich zusehends.

Doch die britischen Truppen haben die deutschen Schlachtflieger erkannt. Es schlägt ihnen konzentriertes Abwehrfeuer aus 12,7 Millimeter-Maschinengewehren entgegen.

Aber es ist bereits zu spät. Das erste Halbkettenfahrzeug wandert in das Revi und Bauer drückt die Waffenknöpfe der MG 151 und der MK 103. Er sieht, wie die glühenden Geschosse in den

M 3 Half-Truck einschlagen. Schon nach den ersten Schüssen explodiert der Motor und das Fahrzeug steht in hellen Flammen. Von der Ladefläche des springen mehrere Soldaten herunter. Einige wälzen sich brennend auf der Erde.

Als Bauer das erste Fahrzeug überflogen hat, löst er seine Bomben aus. Diese fallen torkelnd der Erde entgegen und schlagen in die Fahrzeugkolonne ein. Die Wirkung ist verheerend. Eines der *Half-Trucks* wird direkt getroffen und auseinandergerissen. Ein weiteres Fahrzeug wird von der Fahrbahn geschleudert und überschlägt sich. Dann ist Bauer auch schon über die Kolonne hinweggebraust. Er hört noch, wie einige Abwehrgeschosse gegen die Panzerung seiner Hs 129 schlagen. Doch dank der starken Panzerung prallen sie wirkungslos ab und zischen als Querschläger davon.

Im Rückspiegel erkennt der Unteroffizier die vernichtende Wirkung der vier Bomben und auch, dass Voigt nun seinen Angriff begonnen hat. Auch er beharkt als Erstes die Fahrzeuge mit den Bordwaffen, bevor er seine Sprengbomben ebenfalls zielsicher abwirft.

Beim Abdrehen zu einem neuen Angriff erkennt Bauer zudem, wie sich Leutnant Krüger und die anderen Kameraden auf eine Panzerkolonne stürzen und auch dort hält der Tod reiche Ernte.

Plötzlich kommt Bewegung in die Maschinen um den Leutnant. Es haben sich einige feindliche Jäger an die Schlachtflugzeuge herangeschlichen und stürzen sich nun wie die Habichte auf die verwundbaren Schlachtflugzeuge. Doch Bauer ist bereits zu weit in der Drehung, er kann die Geschehnisse nicht mehr beobachten. Auch Unteroffizier Voigt sieht nichts mehr. Angespannt blicken beide in die Spiegel, um zu erkennen, ob feindliche Jäger auch sie aufgefasst haben. Doch es ist nichts zu sehen.

Das aufgeregte Stimmengewirr in den Kopfhörern wird immer lauter und verworrener.

Verflucht, was nun? Rückflug oder einen weiteren Angriff riskieren?, geht es Unteroffizier Ludwig Bauer durch den Kopf.

Ach verdammt, ich riskiere es. Die Maschine dreht wieder auf die Feindkolonne zu. Diesmal fliegen sie jedoch von hinten an. Wieder spritzen ihnen Geschosse aus den überschweren Maschinengewehren entgegen, aber auch diesmal zeigen sie keine Wirkung. Erneut drückt der Flugzeugführer die Auslöseknöpfe der

Bordwaffen. Ihr Wummern spürt er bis in die Kabine, die Vibrationen kriechen bis in die Finger und Hände.

Er erkennt das Aufspritzen der kleinen Staubfontänen hinter dem letzten Fahrzeug und dann schlagen sie genau in dieses ein. Die 3-Zentimeter-Geschosse der Maschinenkanone zerfetzt die dünne Panzerung der Aufbauten und des Führerhauses und schließlich schlagen sie in den Sechszylinder White 160 AX-Ottomotor und den Tank ein. Eine grelle Stichflamme spritzt nach oben und das Fahrzeug ist umhüllt von einem Flammenmeer. Die Maschine von Unteroffizier Bauer fliegt durch die letzten Ausläufer dieser Flammen hindurch und dreht danach in einer weiten Rechtskurve ab. Diesmal überkommt Bauer das Gefühl, dass niemand mehr auf ihn schießt. Er sieht durch die Seitenscheibe, dass auch Unteroffizier Voigt wieder erfolgreich war und eines der Fahrzeuge hat aufbrennen lassen.

Schnell blickt er zu den anderen Schlachtflugzeugen hinüber und erkennt, dass eine der Henschel gerade zu Boden stürzt und in einem Aufschlagbrand verglüht. Wie wild tanzen die feindlichen Jagdflugzeuge um die deutschen Schlachtflieger. Doch es scheinen sich nun auch eigene Jagdmaschinen an diesen tödlichen Reigen zu beteiligen.

Dennoch zieht es Bauer vor, den Heimflug anzutreten.

»Walküre Sieben an Walküre Acht - Heimflug - Frage Viktor?«

Doch durch das unglaubliche Stimmengewirr kann Unteroffizier Bauer keine Antwort des Kameraden herausfiltern. Daher versucht er es nochmal.

»Walküre Sieben an Walküre Acht - Heimflug - Frage Viktor?«

Erneut erhält er keine Antwort.

Er geht auf Heimatkurs. Durch den Rückspiegel erkennt er, dass Voigt hinter ihm fliegt. Unteroffizier Bauer nimmt Fahrt heraus, so dass sich Voigt neben ihn setzt. Durch Handzeichen gibt er ihm zu verstehen, dass es für sie heimwärts geht. Voigt reckt den Daumen in die Höhe.

17. Februar 1943

Mittags, Mittelmeer

Wieder befinden sich Unteroffizier Dengl und seine Gruppe in der Luft. Ein Einsatz jagt den nächsten. Sie haben eigentlich keinen Augenblick zu verschnaufen. Sie landen, werden aufmunitioniert, aufgetankt und können einen Happen essen oder kurz austreten. Dann geht es schon wieder los.

Es sei denn, die Maschinen sind so durchlöchert, dass ein Start nicht mehr ratsam ist. Die Warte und Mechaniker leisten Höchstarbeit. Dengl verspürt tiefsten Respekt vor diesen Männern, die Unmögliches möglich machen.

»Vorsicht, feindlicher Flottenverband ausgemacht, mit Einsatz von Trägerflugzeugen wird gerechnet. Besonderes Augenmerk mögliche Bomben- und Torpedoflugzeuge. Diese priorisiert angreifen!«,

Diese Meldung lässt Dengl aufhorchen. Er hat es noch nie mit dieser Art von Maschinen zu tun bekommen.

Er lässt sein Flugzeug an Höhe gewinnen und sieht unter sich den deutschen Flottenverband. Begleitet wird dieser von einer großen Anzahl an Zerstörern und Torpedobooten der italienischen Marine. Von oben sieht es aus, als ob Wachhunde eine Schafherde umkreisen würden, um Wölfe abzuschrecken.

Ein wenig abgesetzt sieht er einige größer Einheiten. Dengl hat keine Ahnung, um welche Schiffstypen es sich handelt, aber in der kurzen Einsatzbesprechung wurde ihnen mitgeteilt, dass als Nahsicherung leichte Kreuzer eingesetzt würden. Weiter entfernt von den Transportschiffen sollen dann schwere Kreuzer und die Schlachtschiffe stehen.

Die etwas größeren Einheiten müssen dann wohl die leichten Kreuzer sein – als Nahsicherung, denkt sich der Unteroffizier aus der Steiermark bei diesem Anblick.

Plötzlich kommt Bewegung sowohl in die zahlreichen Jagdmaschinen, die am Himmel hängen, als auch in die Geleitschiffe auf See.

Noch kann Dengl keinerlei Feindaktivitäten ausmachen. Doch die deutschen Jäger in weiterer Entfernung geraten bereits in hektische Bewegung.

»An Alle! Feindflugzeuge im Anflug!«, krächzt es aus den Kopfhörern der FT-Haube. Danach wird noch der Kurs der Feindkräfte durchgegeben und sofort blickt Dengl in die angegebene Richtung. Sowohl die Staffel um Leutnant Hottinger als auch die übrige Gruppe schwenkt auf den Feind ein. Dabei gewinnen die deutschen Jagdmaschinen weiter an Höhe, um später den Vorteil des Fahrtüberschusses ausnutzen zu können. Die italienischen Jagdmaschinen verbleiben kreisend über den Transportschiffen.

Je näher die deutschen Maschinen sich den anfliegenden Feindkräften nähern, desto deutlicher zeichnen diese sich ab am strahlenden Himmel ab. Schon entbrennen die ersten Luftkämpfe, da einige deutsche Jäger viel näher am Feind standen als die Staffel rund um Leutnant Hottinger und seine Männer.

»Obacht! Es handelt sich um amerikanische F6F Wildcat und Douglas SBD Dauntless. Also muss irgendwo ein amerikanischer Träger in der Nähe sein!«

Na toll, auch das noch. Mitten hinein in den Schlamassel, denkt sich Dengl und fliegt stur weiter.

Noch trennen die Flugzeuge einige Kilometer, da knarzt es wieder aus den Kopfhörern. Unteroffizier Dengl erkennt die Stimme seines Staffelführers; in ihr liegt ein gehöriges Maß an Aufregung. Das allein sorgt bei Dengl schon für Nervosität, denn dies kennt er von seinem Staffelführer ganz und gar nicht.

Jener gibt durch, dass sie schnellstmöglich zurückfliegen sollen, da der Verband aus Richtung Malta von Flugzeugen und schweren britischen Schiffseinheiten angegriffen werde.

Sofort reißt die komplette Staffel ihre Maschinen herum und mit höchster Geschwindigkeit streben sie der Transportflotte entgegen.

Nach einer gefühlten Ewigkeit haben sie diese eingeholt. Anscheinend wurden zwei Transporter bereits getroffen, denn es kringelt sich dunkler Rauch aus den Schiffen empor.

Die italienischen Jagdflugzeuge des Typen Macchi MC. 202 Folgore stürzen sich immer wieder auf die anfliegenden Feindmaschinen. Diese sind Fairey Albacore, begleitet von zahlreichen Supermarine Spitfire. Flugzeuge beider Seiten stürzen getroffen vom Himmel. Doch da die Spitfire mit den italienischen Jagdflugzeugen beschäftigt sind, können sich die deutschen Messerschmitt um die britischen Torpedoflugzeuge kümmern.

Aus der Überhöhung heraus stürzen sie sich herab. Schon beim ersten Anflug werden fünf Albacore getroffen. Die von Dengl angegriffene Maschine platzt förmlich auseinander. Auch seinem Rottenflieger Steiner gelingt ein Abschuss. Schnell ziehen die Deutschen ihre Maschinen wieder in die Höhe, um den Geschwindigkeitsüberschuss auszunutzen. Sofort suchen sich die Jäger neue Ziele. Die gegnerischen Torpedoflugzeuge stürzen nun weiter hinab, um ihre Torpedos abwerfen zu können. Die Deutschen aber hängen sich gnadenlos an sie dran. Die Entfernung zu ihnen nimmt rasend schnell ab. Zwischen Dengl und seinem Ziel liegen nur noch rund 100 Meter. Bei 60 Meter drückt der Steiermärker die Auslöseknöpfe seiner Bordwaffen. Aus solcher geringen Entfernung entfalten sie eine vernichtende Wirkung. Dengl kann einzelne Teile von der vor ihm fliegenden Maschine wegflattern sehen. Brennend stürzt sie die letzten paar Meter zur Wasseroberfläche und beim Aufprall wird sie regelrecht zerrissen. Schnell muss Dengl abdrehen, um nicht mit der nächsten Feindmaschine, die nur zehn Meter entfernt ebenfalls auf die Transporter zustrebt, zusammen zu stoßen. Doch es gelingt dem hinter ihm fliegenden Obergefreiten Steiner, diesen Torpedobomber abzuschießen. Während die Geschosse in den Briten einschlagen, klingt er jedoch noch seinen Torpedo aus.

Der Torpedo klatscht ins Wasser und nach weniger als 100 Meter schlägt er krachend in eines der Transportschiffe ein. Eine meterhohe Wassersäule steht an der Einschlagsstelle und der Transporter verliert augenblicklich an Geschwindigkeit und bekommt Schlagseite.

Die Kampfhandlungen verlagern sich jedoch, weg von den Transportschiffen. Den deutschen und italienischen Jagdfliegern gelingt es, die feindlichen Flugzeuge immer weiter abzudrängen. Doch beide Seiten müssen schmerzliche Verluste hinnehmen.

Dengl steht der Schweiß auf der Stirn. Sein Mund ist staubtrocken. Endlich fliegen die feindlichen Flugzeuge ab, vermutlich zurück nach Malta.

Eine weitere Durchsage erklingt blechern in den Kopfhörern.

Hottingers Staffel soll den Begleitschutz für einen Kampfverband übernehmen, der auch wenige Minuten später erscheint.

Doch solche Flugzeuge hat Dengl noch nie gesehen.

Mitten in dem Verband aus He 111, Ju 88 und sogar He 177 fliegen zwei sehr merkwürdige Maschinen. Sie bestehen aus je einer

Me 109. Darunter, verankert an mehreren Streben, hängt ein zweites Flugzeug, das eigentlich wie eine Ju 88 aussieht. Doch statt der Flugzeugführerkanzel verfügt es über eine Art spitz zulaufenden Kopf. Einige der He 111 und He 177 tragen Bomben oder Ähnliches unter den Rumpf oder den Tragflächen, wie sie Dengl auch noch nie gesehen hat. Alles in allem ein sehr sonderbarer Verband.

Nach wenigen Minuten beobachtet Dengl auf der See ein atemberaubendes Schauspiel. Anscheinend stehen dort zwei Flottenverbände miteinander im Kampf. Auf beiden Seiten scheint es bereits Treffer gegeben zu haben, denn auf verschiedenen Schiffen steigen Rauchfahnen in den Himmel.

Die Entfernung nimmt schnell ab.

Deutlich können die Flugzeugführer nun die Mündungsblitze an den schweren Schiffseinheiten erkennen. Zwei der He 177 und eine He 111 steigen in die Höhe.

Der restliche Verband hält merkwürdigerweise noch respektvollen Abstand zu dem feindlichen Flottenverband. Als Dengl die Höhe der drei seltsamen Luftfahrzeuge auf ungefähr 6.000 Meter schätzt, aber sie noch immer recht weit von den feindlichen Schiffen entfernt sind, lösen sich mehrere Objekte von ihnen. Die *Bomben* fallen herab.

Was soll denn dieser Blödsinn?, denkt sich Dengl kopfschüttelnd. *Die Eier fallen doch so einfach nur sinnlos in den Bach.*

Nun steuern weitere He 111 auf den feindlichen Flottenverband zu. Auch bei ihnen lösen sich sonderbare Objekte, ebenfalls weit von den Schiffen entfernt.

Auch das kann sich Dengl nicht erklären.

Aus dem Augenwinkel sieht er, wie gerade eines der italienischen Schlachtschiffe getroffen wird. Hell leuchtet es zwischen den beiden Schornsteinen auf ... kurz darauf auch hinter dem achteren Schornstein.

Die merkwürdigen Bomben senden Blink- und Rauchzeichen, auch das ist für den Unteroffizier unverständlich. Doch noch mehr wundert er sich darüber, dass sie anscheinend auf die britischen Schiffe »zusteuern«.

Kurz darauf ereignen sich es bei einem der britischen Schlachtschiffe zwei mächtige Detonationen. Eine kurz über der Wasserlinie und eine genau seitlich des mächtigen Brückenaufbaus.

Wenige Augenblicke später werden auch die begleitenden schweren Kreuzer von den merkwürdigen Bomben getroffen. Einer der Kreuzer wird gleich von drei Detonationen erschüttert.

Das Schlachtschiff und zwei der schweren Kreuzer haben anscheinend das Feuer eingestellt, oder mussten es einstellen.

Nun nehmen die beiden merkwürdigen Flugzeuggestelle Kurs auf den mächtig angeschlagenen britischen Flottenverband.

Diese müssen anscheinend näher an die Schiffe heran.

Was diese Gebilde wohl können, denkt sich Unteroffizier Helmut Dengl bei ihrem Anblick. Er drosselt seine Geschwindigkeit ein wenig, um das Spektakel von Anfang bis Ende beobachten zu können.

Die Me 109 mit den angehängten *Junkers* stürzen sich nun auf das zweite Schlachtschiff des Verbandes. Plötzlich werden anscheinend die unteren Flugzeuggestelle ausgeklinkt; doch die führenden Messerschmitt drehen ab. Das untere Flugzeug rast weiter auf das Schlachtschiff zu.

Auf einmal kippt eines der zweimotorigen Flugzeuge ab und stürzt senkrecht ins Wasser. Das zweite, nun führerlose Flugzeug jedoch fliegt weiter in spitzem Winkel auf das Schiff zu. Sekunden später schlägt es ein. Die Detonation ist beinahe unbeschreiblich.

Dengl überlegt bei diesem Anblick, dass es mit vielen Tonnen Sprengstoff gefüllt gewesen sein muss.

Eine riesige Rauch- und Feuerwand umhüllt das britische Schlachtschiff. Kurz darauf wird es von mehreren Folgedetonationen zerrissen.

Dem Unteroffizier stockt der Atem bei diesem Anblick.

Als der Qualm sich einigermaßen gelegt hat, ist von dem Schlachtschiff außer Wrackteilen auf der Wasseroberfläche nichts mehr zu sehen.

Nach dem Verlust von zwei Schlachtschiffen und einem schweren Kreuzer zieht es der britische Flottenverband anscheinend vor abzudrehen.

Der italienische Flottenverband feuert weiter auf den fliehenden Gegner und kann noch einen der schweren Kreuzer versenken. Doch auch das getroffene italienische Schlachtschiff muss angeschlagen abdrehen.

Die He 111 und He 177 fliegen zurück. Die Ju 88 schweben weiter in Richtung Malta.

Doch Dengl und seine Kameraden müssen nun ebenfalls schleunigst das Weite suchen, da ihr Treibstoff zur Neige geht.

17. Februar 1943

Nachmittags, Mittelmeer

Unteroffizier Ludwig Bauer fühlt sich in seiner Haut alles andere als wohl. Nachdem sie von ihrem zweiten Feindflug zurückgekehrten, ist ihnen mitgeteilt worden, dass sie mit einer 500 Kilogramm schweren panzerbrechenden Bombe bestückt und gegen einen feindlichen Flottenverband eingesetzt würden.

Nun fliegen sie, geschützt durch zahlreiche italienische Jäger, auf eben diesen Flottenverband zu. Die bisherigen Einsätze haben schwere Verluste vom Schlachtverband gefordert. Von der Staffel sind nur noch vier Maschinen einsatzbereit. Das sind Bauer selbst, dann sein Kamerad Voigt, ihr Staffelführer Leutnant Krüger und Feldwebel Georg Paus.

Hinter ihnen fliegen noch einige Stukas des 2. Geschwaders. Auch sie haben je eine 500 Kilogramm schwere Bombe angehängt bekommen.

Nach wenigen Minuten klären die deutschen Flugzeugführer den feindlichen Kampfverband auf, der sich ein Gefecht mit italienischen Kriegsschiffen liefert.

Die Italiener werden offenkundig von mehreren Flugzeugen angegriffen, denn von ihren Schiffen jagen zahllose Leuchtspuren aus den Flugabwehrgeschützen gen Himmel.

Immer wieder blitzen von den Flotteneinheiten beider Seiten Mündungsblitze nach oben und künden von den Abschüssen der Artillerie. Immer wieder spritzen Wasserfontänen in der Nähe der Schiffe empor.

Plötzlich blitzen drei Flammenpilze bei einem der italienischen Schlachtschiffe auf. Nur Augenblicke später scheinen erneut Granaten in es einzuschlagen.

Die beiden übrigen Schlachtschiffe erwidern das Feuer auf den Feind. Doch scheint dies keinen Erfolg zu zeitigen.

Wieder wird das angeschlagene Schlachtschiff getroffen und plötzlich sieht Bauer, wie einer der schweren Geschütztürme durch eine Detonation mehrere Meter in die Höhe gehoben wird. Und dann geht es Schlag auf Schlag. Das gesamte Vorschiff explodiert und wird förmlich zerrissen.

Einer der schweren Kreuzer des italienischen Verbandes wird in diesem Augenblick von einem Torpedo erwischt. An der Rumpfseite steigt eine Wassersäule in die Höhe. Kurz darauf scheint ein Feuer an Bord auszubrechen. Die italienischen Jagdflugzeuge stürzen sich todesmutig auf die feindlichen Torpedobomber.

Leutnant Krüger meldet sich über FT und setzt seine vier Henschel auf einen der feindlichen schweren Bomber an. Denn dem Leutnant ist vollkommen klar, dass die mitgeführten Bomben die Panzerung der feindlichen Schlachtschiffe nicht durchschlagen werden.

Auch die Stukas widmen sich anscheinend den leichten und schweren Kreuzern.

Aus dem rechten Augenwinkel erkennt Bauer einen weiteren Flugzeugverband, der sich nähert.

Rasendes Abwehrfeuer jagt den deutschen Flugzeugen aus den Flugabwehrgeschützen der Schiffe entgegen. Bauer versucht seine Henschel möglichst niedrig anfliegen zu lassen, um den Flugabwehrgeschützen keinen großen Schusswinkel zu bieten. Im Rückspiegel sieht er, dass Voigt es ihm gleichtut. Neben ihm fliegen Leutnant Krüger und Feldwebel Paus.

Die Wasseroberfläche jagt unter ihnen entlang. Links und rechts fliegen die Abwehrgeschosse an ihnen vorbei.

Bauer schätzt die Entfernung zum anvisierten Kreuzer ab, da sieht er, wie das Schlachtflugzeug von Feldwebel Paus von einer Garbe der Flak getroffen wird. Die rechte Tragfläche montiert ab, die Maschine überschlägt sich einige Male und schlägt dann auf die Wasseroberfläche auf. Sie wird durch die Wucht in ihre Einzelteile zerlegt.

Die verbliebenen drei Flugzeuge bleiben auf Kurs.

Als Bauer noch 100 Meter vom Kreuzer entfernt ist, reißt er seine Hs 129 nach oben und klingt dabei die Bombe aus.

Die Henschel fliegt wenige Meter an den Schiffsaufbauten vorbei. Die ausgeklinkte Bombe schlägt in die Bordwand des schweren Kreuzers ein.

Auch Unteroffizier Voigt und Leutnant Krüger können ihre Bombe erfolgreich ins Ziel bringen. Krüger trifft die Brücke und

Voigts Bombe schlägt unter dem Schornstein ein und durchschlägt das Panzerdeck.

Doch beim Abflug wird Voigts Maschine durch die Bordflak getroffen und explodiert noch im Flug.

Bauer kann es nicht fassen.

Der Anblick der sich zerteilenden Maschine lässt ihn nicht mehr los.

Krüger reißt seine Maschine wieder in Richtung Wasseroberfläche und nimmt Kurs auf die afrikanische Küste. Der getroffene schwere Kreuzer wird von mehreren inneren Explosionen erschüttert. Brände entfachen sich und bringen bald das ganze Deck zum Dampfen.

Der zweite Kampfverband, den Bauer kurz vor dem Angriff erkannt hat, befindet sich nun ebenfalls am Feind.

Die zwei He 111 und eine He 177 sind mit Hs 293 bewaffnet. Sie lösen diese in einiger Entfernung zum Ziel aus, ebenso wie drei Do 217, die mit je einer Fritz X ausgerüstet sind.

Die Bombenschützen steuern die Gleitbomben nach. Anscheinend sind die amerikanischen Flakschützen voll und ganz mit der Abwehr der anderen Flugzeuge beschäftigt und schenken den weit abseits abgeworfenen Bomben keine große Beachtung.

Als sie erkennen, dass diese Bomben sehr wohl eine ernsthafte Bedrohung für ihre Schiffe darstellen, ist es bereits zu spät.

Zwar schlagen zwei der drei Fritz X vor ihrem Ziel ein, doch die dritte trifft das anvisierte amerikanische Schlachtschiff voll. Die Bombe schlägt in die Bordwand unterhalb des Turms *Bruno* ein und durchschlägt diese, um dann im Inneren zu explodieren.

Wenige Minuten später erfolgt eine gewaltige Detonation, in deren Folge der Turm aus seiner Barbette gerissen wird. In der Folge explodiert die Bereitschaftsmunition der vorderen Türme und das gesamte Vorschiff bis zum Brückenaufbau knickt ab.

Bei den abgeworfenen Hs 293 treffen zwei der drei Gleitbomben. Diese beiden Bomben schlagen in die Gefechtstürme der schweren Kreuzer ein. Dabei wird ein Großteil der Besatzung getötet oder schwer verwundet.

Dennoch ist der US-amerikanische Flottenverband dem italienischen Verband überlegen.

Nun greifen die beiden Mistel-Gespanne an. Sie kommen nahe genug an die amerikanischen Schiffe heran und klinken die Ju 88 mit den 3.500 Kilogramm-Sprengkopf aus.

Bei einer der Mistel funktioniert anscheinend das Ausklinken nicht. Und sie wird danach von der Flugabwehr getroffen. Die folgende Detonation lässt von den beiden Flugzeugen und dem Flugzeugführer nichts mehr übrig.

Doch die zweite Mistel trifft das amerikanische Schlachtschiff genau mittig unterhalb des Schornsteins. Die 3.500 Kilogramm im Sprengkopf haben eine verheerende Wirkung. Innerhalb weniger Minuten wird das Schiff durch zahlreiche Detonationen zerrissen.

Noch immer würde der amerikanische Flottenverband die Oberhand behalten, doch plötzlich werden die feindlichen Schiffe anscheinend von der gegenüberliegenden Seite beschossen.

Sehr schnell werden zwei schwere Kreuzer und ein weiteres Schlachtschiff getroffen. In weiter Entfernung sieht Bauer beim Abflug, dass es dort immer wieder aufblitzt.

Doch kann er nichts Genaues erkennen. Nach dem Verlust seines besten Freundes hat er auch keine Nerven für den Fortgang der Schlacht.

Die Stukas fliegen ebenfalls, nachdem sie einen schweren Kreuzer, einen leichten Kreuzer und zwei Zerstörer versenkt oder schwer beschädigt haben, wieder ab. Auch sie kehren in deutlich verringerter Zahl zu ihrem Flugplatz zurück.

17. Februar 1943

Später Nachmittag, Neue Reichskanzlei

Die Stimmung im Arbeitszimmer des Kaisers ist freudig erregt, gleichzeitig aber angespannt. Die eintreffenden Nachrichten zeigen zwar auf, dass sowohl Luftwaffe als auch Marine schwere Verluste zu verzeichnen haben, doch auch den Alliierten konnten schwere Verluste zugeführt werden.

Die Geheimwaffen Mistel, Fritz X und Hs 293 zeitigten im wahrsten Sinne einen durchschlagenden Erfolg. Sowohl die Briten als auch die Amerikaner haben Schlachtschiffe und schwere Kreuzer verloren. Eine genaue Auflistung wird folgen, sobald die *Operation Hannibal* abgeschlossen ist.

Leider haben auch die Italiener zwei Schlachtschiffe und drei schwere Kreuzer verloren. Hinzu kommen mehrere Zerstörer und Torpedoboote.

Doch vor allem haben die Unterseeboote Verluste erlitten, die als katastrophal eingestuft werden müssen. Sie wurden teilweise von den Geleitschiffen der alliierten Flottenverbände frühzeitig ausgemacht und entweder versenkt oder beschädigt. Kaum eines kam zum Schuss. Letztendlich hatten sich die meisten Unterseeboote wieder in ihre Häfen zurückgezogen oder befinden sich auf dem Weg dorthin. Als einzige Erfolge können sie die Versenkung von zwei Zerstörern und einem leichten Kreuzer verbuchen. Dem steht der Verlust von fünf deutschen und drei italienischen Unterseebooten gegenüber nebst mehreren schwer beschädigten U-Booten.

Der Kaiser sieht daher noch keinen Grund, sich zu entspannen.

»Wie hoch sind die bisherigen Verluste an Transportschiffen und Flugzeugen?«

Generalfeldmarschall von Witzleben blättert in einer Akte, gefüllt mit Lagebildern und aktuellen Meldungen.

»Bisher wurden acht Transportschiffe in der Größenordnung von 2.000 Bruttoregistertonnen bis 20.000 Bruttoregistertonnen versenkt. Vier weitere wurden so schwer beschädigt, dass sie sich gerade noch in den Hafen retten konnten, aber nicht mehr auslaufen können. Wir erwarten im Laufe des Tages aber noch den Zulauf von zwei rumänischen und zwei bulgarischen Dampfern, nachdem sie den Bosporus endlich passieren durften.

Zudem habe ich eine ungeheuerlich erfreuliche Nachricht von Feldmarschall Rommel erhalten!«

Nun schaut der Kaiser auf, der die ganze Zeit geduldig zuhörte und dessen Blick dabei auf einer Karte des Mittelmeers ruhte, in der die aktuellen Bewegungen aller Flotten eingezeichnet sind.

»Welche *ungeheuerlich erfreuliche* Nachricht hat Feldmarschall Rommel übermittelt?«

Der Chef des OKW atmet tief durch.

»Auf das Konto der Franzosen geht die Versenkung eines amerikanischen Flugzeugträgers und eines Schlachtschiffes sowie die schwere Beschädigung eines schweren Kreuzers! Darüber hinaus stellen sie uns zehn Transportschiffe zur Verfügung und auch mehrere Transportmaschinen!«

Der Regent des Großdeutschen Kaiserreiches sieht den Generalfeldmarschall entgeistert an.

»Wie war das gerade, Feldmarschall von Witzleben?«

Der alte, gewiefte Generalfeldmarschall setzt ein verschmitztes Lächeln auf.

»Ja, so habe ich auch geschaut, als ich die Nachricht soeben erhalten habe. Feldmarschall Rommel hat persönlich angerufen, keine fünf Minuten, bevor ich bei Ihnen war. Konteradmiral Weichold ist im Bilde. Die fahrbereiten französischen Marineeinheiten hatten sich auf den Weg gemacht, um sich in den Schutz der italienischen Häfen zu begeben. Auf der Fahrt dorthin wurden sie von starken französischen Luftwaffeneinheiten gedeckt. Die Flugzeuge hatten einen bereits vorher gemeldeten amerikanischen Flugzeugträger aufgeklärt, mit dessen Bordflugzeugen unsere Luftwaffe im Kampf stand und die zuvor die italienische Flotte angegriffen hatten.

Die Franzosen nutzten die Abwesenheit der Bordflugzeuge des Amerikaners aus und griffen den Träger an - offenbar sehr erfolgreich.

Danach griffen sie in den Kampf gegen jene amerikanische Flotte ein, welche die italienische Westflotte beharkte, und die es trotz unserer Erfolge durch die Mistel-Gespanne und Gleitbomben, wohl geschafft hätte, bis zu unseren Transportschiffen durchzubrechen.

Doch die Franzosen vereitelten dies und die Amerikaner liefen in einem großen Bogen in Richtung Gibraltar ab.

Die französische Flotte wird wohl morgen in die entsprechenden Häfen einlaufen.«

Der Kaiser hört dem Generalfeldmarschall ungläubig zu. Die Freude über das Gehörte übersteigt sogar den Ärger darüber, dass er nicht sofort von dieser Entwicklung unterrichtet worden ist.

Doch Generalfeldmarschall Erwin von Witzleben ist noch nicht am Ende seiner Ausführungen angelangt.

» Herr Laval persönlich hat sich vor einer Stunde bei Generalfeldmarschall von Bock gemeldet und ihm mitgeteilt, dass sich Frankreich nun offiziell im Kriegszustand mit den westlichen Alliierten befindet. Über weitere politische Schritte wolle Herr Laval im Auftrag von Marschall Petain mit Ihnen oder mit von Neurath persönlich sprechen.«

Nun ist der Kaiser wie elektrisiert. »Aber natürlich, was hat von Bock geantwortet?«

»Er meinte, dass so schnell wie möglich ein Termin gefunden werde.«

»Sehr gut, ich werde sofort mit von Neurath telefonieren. So schnell wie möglich, muss ein Termin gefunden werden!«

Das Oberkommando der Wehrmacht gibt bekannt

In den vergangenen drei Tagen wurde die Operation Hannibal erfolgreich fortgesetzt. Die Masse der Heeresgruppe Afrika konnte bereits über den Luft- und Seeweg auf Sizilien und das italienische Festland überführt werden. Dem Feind fielen keine nennenswerten Mengen an Menschen und Material in die Hände. Auch konnten die meisten Verwundeten erfolgreich evakuiert werden.

An Verlusten sind Marine- und Luftwaffenkräfte zu verzeichnen, die noch gesondert genannt werden, doch ist jetzt schon festzustellen, dass der Feind durch den Einsatz modernster Kampfmittel weitaus größere Verluste erlitten hat. Zu nennen sind allem die britischen und amerikanischen Flugzeugträger HMS Furious und USS Ranger sowie die britischen Schlachtschiffe HMS Warspite und HMS King Georg V. Auch die amerikanischen Schlachtschiffe USS New York, USS Texas und USS Massachusetts wurden versenkt

Über den Verlauf der Operation Hannibal wird noch gesondert berichtete werden.

Aus den Bereichen der Heeresgruppen Nordland und Mitte wurden keine nennenswerten Gefechtstätigkeiten gemeldet.

Im Bereich der Heeresgruppe Nord kam es zu stärkeren Spähtrupptätigkeiten durch den bolschewistischen Gegner.

Im Bereich der Heeresgruppe Süd konnte die geordnete Räumung des Kuban-Brückenkopfes erfolgreich abgeschlossen werden.

Im Kampfraum um Rozhok zeitigt die Offensive unter dem Decknamen Frühlingsgewitter weiter Erfolge. Unsere rumänischen und slowakischen Verbündeten melden Geländegewinne. Unterstützt werden sie durch deutsche Infanterie- und Sturmgeschützeinheiten.

...

20. Februar 1943

Frühmorgens, nördlich von Mga

»Eine Schweinekälte ist das«, schimpft der Soldat Paul Adomeit auf seinem Posten.

»Ach, reg dich doch nicht auf, Paul. Sei froh, dass du hier eigentlich in Ruhe herumstehen kannst. Wenn man hört, wie es im Süden oder in Afrika rundgeht, haben wir es doch hier ganz gut. Der Russe lässt uns wenigstens in Frieden. - Nun mach, dass du in den warmen Bunker kommst. Du wolltest doch deinen Eltern schreiben, dass du endlich deinen Urlaub durchbekommen hast und dich bald los machen kannst.«

Richtig, dass hätte ich ja beinahe vergessen. Scheiß Kälte, da friert einem das Hirn ein, denkt sich Adomeit.

»Danke, dass du mich daran erinnerst, Fred. Fast vergessen.«

Gerade will sich Adomeit davonmachen, da leuchtet bei den Sowjets der ganze Himmel blutrot auf. Soweit Adomeit sehen kann, blitzt und funkt es. Schon im nächsten Augenblick ertönt ein Donnern wie bei einem urzeitlichen Gewitter.

Adomeit und sein Kamerad werfen sich instinktiv auf den gefrorenen Boden des Grabens und halten die Hände schützend über den Kopf.

Sekunden später schlägt es mit brutaler Kraft in die Stellungen der gesamten deutschen Front ein. Granaten unterschiedlichster Kaliber hämmern in Gräben und Schützenlöcher, zerstampfen Bunker und ebnen Laufgräben ein.

20. Februar 1943

Morgens, Neue Reichskanzlei

Die Feierlaune im Arbeitszimmer des Kaisers ist groß. Die Evakuierung der Heeresgruppe Afrika konnte erfolgreich abgeschlossen werden. Die erlittenen Verluste sind tragbar angesichts des überwältigenden Erfolgs.

Bereits am ersten Tag der Operation *Hannibal* konnte der alliierten Flotte ein solcher Schlag versetzt werden, dass sie es nicht wagte, mit den restlichen Marineeinheiten nochmals anzugreifen.

Zu groß war wohl der Schock über die erlittenen Verluste. Wahrscheinlich rätseln die alliierten Marine- und Luftwaffenchefs noch, wie es zu diesem Desaster kommen konnte. Sie wagten es vermutlich nicht, das Risiko einzugehen, weitere Verluste durch die deutschen Geheimwaffen zu erleiden.

Sie konnten natürlich nicht wissen, dass die Deutschen ihren gesamten Vorrat dieser Waffen bereits aufgebracht haben.

Zu aller Freude über die gelungene Rückführung der Afrika-Truppen gesellt sich die Freude über den neuen potenziellen Bündnispartner Frankreich. Die Verhandlungen dazu sollen noch an diesem Nachmittag beginnen.

Die deutsche Führung kann durchaus zufrieden mit dem Erreichten sein, auch wenn die eigenen Verluste an Soldaten, Flugzeugen und auch an Schiffen durchaus nicht unbeträchtlich sind.

Genaue Angaben sollen dem Kaiser unverzüglich vorgelegt werden.

Als die Anwesenden, namentlich der Kaiser, seine Gattin, Generalfeldmarschall von Witzleben, Vizeadmiral Canaris, Reichsaußenminister von Neurath und Herr Goerdeler mit einem Glas Sekt auf das Gelingen von *Hannibal* anstoßen wollen, wird die Tür zum Arbeitszimmer aufgerissen.

»Die Russen haben eine Großoffensive bei Leningrad begonnen!«, ruft Oberstleutnant von Reichenbach in den Raum.

Eisige Stille. Eines der Kristallgläser zerspringt auf dem Boden.

Ende

Hermann Weinhauer arbeitet bereits an Band 4 …

Entdecken Sie spannende Alternativwelt-Geschichten!

Erleben Sie den Auftakt zu Tom Zolas erfolgreicher Alternativwelt-Serie über einen *anderen 2. Weltkrieg* jetzt als rundum überarbeitete Neuausgabe! Nie war Military Fiction besser!

Synopsis: Im Herbst 1942 geschieht das Unglaubliche: Der „Führer" des Deutschen Reichs verunglückt bei einem Flugzeugabsturz. Die höchsten Offiziere der Wehrmacht ergreifen die Gunst der Stunde und bilden eine **Militärregierung**. Sie wollen die Strategie im Krieg neu ausrichten, um die Niederlage abzuwenden.

Ihre ersten Befehle lauten, die 6. Armee aus Stalingrad herauszuziehen, ehe sie eingekesselt werden kann, und das Afrika Korps heimzuholen. Danach fasst das Oberkommando der Wehrmacht den Frontbogen von Kursk ins Auge. Dort könnten mit einem konzentrierten Zangenangriff mehrere sowjetische Panzerarmeen vernichtet werden. Ein Sieg bei Kursk würde die Sowjetunion an den Verhandlungstisch zwingen, so das Kalkül.

Und so bahnt sich im Frontbogen von Kursk **die größte Panzerschlacht in der Geschichte der Menschheit** an … Können die deutschen Truppen durch einen vorgezogenen Angriff die sowjetischen Abwehrlinien überwinden?

Im Mittelpunkt dieser historisch detaillierten Alternativwelt-Serie stehen die lebendigen Figuren: Der Panzeroffizier Josef Engelmann, der Agent der Abwehr Thomas Taylor, der Infanterist Franz Berning. Über 12 Bände hinweg machen sie lebensverändernde Entwicklungen durch, während Deutschland, die Sowjetunion und die Westalliierten über die Vorherrschaft Europas ringen. Und über allem schwebt die spannende Frage: *Was wäre, wenn ...?*

***Deutschlands Rückkehr* – Alternativweltgeschichte vom Feinsten: Die Weimarer Republik im Zweiten Weltkrieg!**

Verpassen Sie keine Neuerscheinung mehr!

Tragen Sie sich in den Newsletter von *EK-2 Militär* ein, um über aktuelle Angebote und Neuerscheinungen informiert zu werden und an exklusiven Leser-Aktionen teilzunehmen.

Link zum Newsletter:
https://ek2-publishing.aweb.page

Über unsere Homepage:
www.ek2-publishing.com
Klick auf *Newsletter*

***Via Google**: EK-2 Verlag*

Als besonderes Dankeschön erhalten Sie **kostenlos** das E-Book »Die Weltenkrieg Saga« von Tom Zola.

Deutsche Panzertechnik trifft außerirdischen Zorn in diesem fesselnden Action-Spektakel!

Ihre Zufriedenheit ist unser Ziel!

Liebe Leser, liebe Leserinnen,

hat Ihnen unser Buch gefallen? Haben Sie Anmerkungen für uns? Kritik? Bitte zögern Sie nicht, uns zu schreiben. Wir werden jede Nachricht persönlich lesen und beantworten.

Schreiben Sie uns: info@ek2-publishing.com

Wussten Sie schon, dass Sie uns dabei unterstützen können, deutsche Militärliteratur sichtbarer zu machen? Bitte nehmen Sie sich einen Moment Zeit und bewerten Sie dieses Buch auf Amazon. Viele positive Rezensionen führen dazu, dass das Buch mehr Menschen angezeigt wird.

Sie können somit mit wenigen Minuten Zeitaufwand unserem kleinen Familienunternehmen einen großen Gefallen tun. Vielen Dank für Ihre Unterstützung!

PS: In seltenen Fällen kommt ein Buch beschädigt beim Kunden an. Bitte zögern Sie in diesem Fall nicht, uns zu kontaktieren. Selbstverständlich ersetzen wir Ihnen das Buch kostenlos.

Entdecken Sie weitere Bücher von EK-2 Militär

Link: https://lmy.de/UhusrGAX

Eine Veröffentlichung der EK-2 Publishing GmbH

Friedensstraße 12
47228 Duisburg
Registergericht: Duisburg
Handelsregisternummer: HRB 30321
Geschäftsführerin: Monika Münstermann

E-Mail: info@ek2-publishing.com
Website: www.ek2-publishing.com

Cover/Umschlag: Kayla Pelgrim
Autor: Hermann Weinhauer
Lektorat & Buchsatz: Jill Marc Münstermann

3. Auflage, Januar 2024

www.ingramcontent.com/pod-product-compliance
Lightning Source LLC
LaVergne TN
LVHW091258190726
843491LV00001B/309
9783964033086